ALDO
USHU
XLEY

ALDO
USHU
XLEY

Também o cisne morre

tradução
Paulo Moreira da Silva

BIBLIOTECA AZUL

Texto fixado conforme as regras do novo Acordo Ortográfico da Língua Portuguesa (Decreto Legislativo nº 54, de 1995).

Editor responsável: Ana Lima Cecilio
Editor assistente: Erika Nogueira Vieira
Preparação: Vanessa Carneiro Rodrigues
Revisão: Fabio Cesar Alves
Diagramação: Jussara Fino
Capa: Thiago Lacaz
Ilustração da capa: Catarina Bessel
Foto do autor: Hulton Archive/Getty Images

CIP-BRASIL. CATALOGAÇÃO NA PUBLICAÇÃO
SINDICATO NACIONAL DOS EDITORES DE LIVROS, RJ

H989T
Huxley, Aldous
Também o cisne morre / Aldous Huxley ; tradução Paulo Moreira da Silva. - 3ª ed. - São Paulo : Globo, 2014.
352 p. ; 21 cm.
Tradução de: *After many a summer dies the swan*

ISBN 978-85-250-5665-8

1. Romance inglês. I. Silva, Paulo Moreira da. II. Título.

14-10073 CDD: 823
CDU: 813.111-3

3ª edição, 2014

Direitos exclusivos de edição em língua portuguesa, para o Brasil adquiridos por Editora Globo S. A.
Av. Jaguaré, 1485
05346-902 São Paulo-SP
www.globolivros.com.br

Os bosques apodrecem e se extinguem,
A nuvem se desfaz em chuva sobre o solo.
E o homem lavra a terra, e sob a terra jaz,
E após muitos verões também o cisne morre.

TENNYSON

PARTE I

CAPÍTULO I

Tudo tinha sido combinado por telegrama. Jeremy Pordage devia procurar um chofer negro de uniforme cinzento, com um cravo encarnado na lapela, e o chofer negro devia procurar um inglês de meia-idade, com as *Obras poéticas de Wordsworth* debaixo do braço. Apesar da multidão que literalmente lotava a estação, encontraram-se sem dificuldade.

— É o senhor o chofer de mister Stoyte?

— É o senhor? Mister Pordage?

Jeremy assentiu com um movimento de cabeça e, o *Wordsworth* numa das mãos, o guarda-chuva na outra, estendeu um pouco os braços, como um manequim autodepreciativo a exibir, com plena e bem-humorada consciência de seus defeitos, uma figura deplorável acentuada pelas roupas ridículas. "Sei que sou um pobre diabo", parecia dizer, "mas a culpa não é minha!". Já lhe era habitual esse rebaixamento defensivo em qualquer ocasião.

De súbito, uma nova ideia tomou sua mente. Angustiado, perguntou-se se deveria, neste faroeste democrático, apertar a mão do chofer — especialmente por se tratar de um homenzarrão negro daqueles — ao menos para demonstrar que não era um *pukka sahib*, apesar de ser originário do país que, no momento, era o portador do "fardo do homem branco".[1] No fim resolveu não fazer coisa alguma. Ou, mais precisamente, se viu forçado a isso — "como de costume", disse com seus botões, sentindo um prazer estranho, um prazer amargo, do reconhecimento das próprias insuficiências. Pois enquanto hesitava, o chofer tirou o boné e, interpretando com um tanto de exagero o papel de mordomo negro dos velhos tempos, fez uma reverência, sorriu mostrando os dentes e disse:

— Bem-vindo a Los Angeles, mister Pordage!

E, mudando do dramático para o confidencial o tom cantante e arrastado de sua voz, acrescentou:

— Mesmo que o senhor estivesse sem o livro, mister Pordage, eu o teria reconhecido pelo sotaque...

Jeremy deu um risinho amarelo. Uma semana de América fora o bastante para que percebesse a esquisitice de sua voz. Era uma voz medíocre, aflautada, produto do Trinity College de Cambridge dez anos antes da guerra, que lembrava a sonoridade das vésperas nas catedrais inglesas. Na Inglaterra podia usá-la à vontade, pois ninguém reparava. Jamais tivera de caçoar dela, tal como fazia — por medida de proteção — de sua aparência ou de sua idade, por exemplo. Mas aqui, na América, a coisa era outra. Bastava-lhe pedir um café ou perguntar o caminho do lavatório (que, por sinal, ninguém chamava de lavatório neste país desconcertante) para que todos o olhassem com a curiosidade maliciosa e atenta com que se olha um monstro exibido num parque de diversões. Não era nada agradável!

— Onde está o encarregado? — perguntou, afobado, para mudar de assunto.

1 *Pukka sahib*, em anglo-hindu, significa "senhor autêntico". O "fardo do homem branco" é uma ficção poética de Kipling, e trata da responsabilidade britânica na colonização dos hindus. [N.T.]

Poucos minutos depois estavam a caminho. Refestelado no assento traseiro do automóvel, fora do alcance — ao que esperava — da conversa do chofer, Jeremy Pordage abandonou-se ao prazer de simplesmente olhar. A Califórnia meridional desfilava pelas janelas. Tudo o que tinha a fazer era conservar os olhos abertos.

A primeira coisa a se apresentar foi um bairro sórdido de africanos e filipinos, japoneses e mexicanos. Que combinações, que misturas de preto, amarelo e pardo! Que complexos hibridismos! E as moças, como eram lindas em seus vestidinhos de seda sintética!

"E negras senhoras em branca musselina", seu verso predileto de "O prelúdio". Sorriu, para si mesmo.

Entretanto, o bairro sórdido dera lugar aos elevados edifícios de um distrito comercial. A população assumira tonalidade mais caucasiana. Em cada esquina havia um bar. Jornaleiros vendiam manchetes anunciando a marcha de Franco sobre Barcelona. Quase todas as moças que passavam pareciam absortas em preces silenciosas. Mas, pensando bem, Jeremy chegou à conclusão de que era chiclete aquilo que elas, incessantemente, ruminavam. Chiclete, e não Deus.

De repente o carro mergulhou num túnel e saiu num outro mundo, um mundo imenso, desalinhado, suburbano, cheio de cartazes e postos de gasolina, casinhas de um só pavimento no meio de jardins, terrenos baldios, lixo, uma ou outra casa de negócio, edifícios de escritórios e igrejas metodistas primitivas — quem o diria? — no estilo da Cartuxa de Granada, igrejas católicas do tipo da catedral de Canterbury, sinagogas disfarçadas em Santas Sofias, igrejas da Christian Science, com colunas e frontões, à maneira dos bancos.

Apesar do inverno, e de estar muito cedo, o sol brilhava, esplêndido, e não havia uma só nuvem no céu. O carro rumava para oeste, e os raios de luz, oblíquos, iluminavam cada edifício, cada letreiro, cada cartaz, como um holofote empenhado em mostrar ao recém--chegado todas as vistas da cidade.

REFEIÇÕES. COQUETÉIS. ABERTO A NOITE TODA.

FARINHA MALTADA JUMBO.

USE E ABUSE DA SUPERGASOLINA CONSOL!

NO PANTEÃO BERVELY OS BONS FUNERAIS NÃO SÃO CAROS.

O carro continuava a avançar. No meio de um terreno baldio havia um restaurante com forma de buldogue sentado, a entrada entre as patas dianteiras, os olhos acesos.

"Zoomorfo!", murmurou para si Jeremy Pordage, e repetiu: "Zoomorfo". Tinha pelas palavras o amor de um erudito. O buldogue projetou-se no passado.

ASTROLOGIA, NUMEROLOGIA, LEITURAS PSÍQUICAS.

ENTRE E PEÇA UM NUTBERGER. Fosse o que fosse, Jeremy resolveu comprar assim que tivesse oportunidade. Um Nutberger e uma lata de Jumbo.

PARE AQUI E LEVE A SUPERGASOLINA CONSOL!

Surpreendentemente, o chofer parou.

— Dez galões de Super-Super! — ordenou ele, e, virando-se para Jeremy, acrescentou:

— Esta companhia é nossa. O presidente é mister Stoyte!

Apontou para um cartaz, no outro lado da rua. EMPRÉSTIMOS RÁPIDOS EM QUINZE MINUTOS, leu Jeremy. CONSULTE A COMPANHIA FINANCEIRA DE SERVIÇOS SOCIAIS.

— Também é nossa! — disse o chofer, com orgulho.

Partiram. O rosto de uma linda jovem, contorcido de pesar, qual o de uma Madalena, destacava-se de um cartaz gigantesco.

ROMANCE FRUSTRADO, proclamava o letreiro. A CIÊNCIA PROVA QUE 73% DOS ADULTOS TÊM MAU HÁLITO.

NA DOR, ACEITE OS PRÉSTIMOS AMIGOS DO PANTEÃO BERVERLY.

MASSAGENS FACIAIS, PERMANENTES, MANICURES.

SALÃO DE BELEZA "BETTY".

Ao lado do salão de beleza havia uma agência da Western Union. O telegrama de sua mãe! Já ia esquecendo! Inclinando-se, Jeremy, no tom de desculpa com que sempre se dirigia aos criados, pediu ao chofer que parasse um pouquinho. O carro parou. Com a preocupação estampada no seu rosto de coelho manso, Jeremy saltou, atravessou às pressas a calçada e entrou na agência.

"Mrs. Pordage — As Araucárias — Woking — Inglaterra", escreveu ele, sorrindo discretamente. O absurdo singular desse endereço era eterna fonte de diversão para ele. "As Araucárias — Woking." Quando sua mãe comprou a casa, quisera mudar o nome, a pretexto de que "As Araucárias" era muito ingenuamente burguês, muito parecido com uma pilhéria de Hilaire Belloc.

— Mas é justamente nisto que está sua beleza — protestara ele. — Seu encanto.

E procurara fazê-la ver como lhes convinha, maravilhosamente, morar num endereço desses. Que delicioso e cômico o contraste entre o nome da casa e o caráter dos moradores! E que estupenda, que singular contradição, no fato de a velha amiga de Oscar Wilde, a espirituosa e culta mrs. Pordage, escrever nas "Araucárias" suas cartas cintilantes, no fato de dessas mesmas "Araucárias" — em Woking, note-se — saírem aquelas obras de variada erudição e sutil mordacidade que tinham feito a reputação do filho! Mrs. Pordage tinha percebido quase de imediato onde ele queria chegar. Felizmente, a insistência era supérflua. Era possível falar com ela apenas por alusões e anacolutos e certamente ser compreendido. "As Araucárias" continuaram, assim, sendo "As Araucárias".

Escrito o endereço, Jeremy fez uma pausa, franziu meditativamente a testa e iniciou o gesto familiar de morder a ponta do lápis, até que descobriu — com que descontentamento! — que *esse* lápis era revestido de cobre e preso a uma correntinha. "Mrs. Pordage — As Araucárias — Woking — Inglaterra", leu ele em voz alta, na esperança de que essas palavras o inspirassem a redigir o telegrama perfeito — o telegrama que sua mãe esperava dele, terno e espirituoso, cheio de genuína e irônica devoção, reconhecendo o domínio materno, mas, ao mesmo tempo, caçoando dele, a fim de que a velha pudesse manter a consciência em paz, certa de que o filho era inteiramente livre, e ela, a menos tirânica das mães. Não era fácil, sobretudo com esse lápis de correntinha...

Depois de várias tentativas infrutíferas, Jeremy decidiu-se (ainda que não fosse absolutamente satisfatório) por: "Como o clima é subtropical, quebrarei voto acerca da roupa de baixo ponto Gostaria que a senhora estivesse aqui vg por mim vg não pela senhora vg que vg creio vg não apreciaria este Bournemouth inacabado indefinidamente ampliado ponto".

— Bourne... o quê? — perguntou a mocinha, do outro lado do guichê.

— B-o-u-r-n-e-m-o-u-t-h — soletrou Jeremy, sorrindo. Os olhos azuis brilharam por trás das lentes bifocais dos óculos e, com um gesto inconsciente, mas que sempre fazia de maneira automática antes de soltar uma de suas piadas, deu uma palmadinha na careca lustrosa do alto da cabeça.

— Você sabe, Bournemouth... — disse ele, num tom particularmente aflautado. — O limite a que nenhum viajante chega, desde que possa evitá-lo![2]

A mocinha olhou para ele perplexa, mas, inferindo da expressão de seu rosto que algo de engraçado tinha sido dito e lembrando-se

2 *Bourne*, em inglês, significa limite. Daí o trocadilho de Jeremy. [N.T.]

de que "Delicadeza acima de tudo" era o lema da Western Union, deu o sorriso resplandecente que com certeza aquele velho idiota estava esperando e continuou a ler: — "Espero que a senhora tenha se divertido em Grasse ponto Carinhos do Jeremy".

O telegrama saiu caro. Mas, felizmente — refletiu — estava sendo pago com generosidade principesca. Três meses de trabalho a seis mil dólares. Para o diabo a despesa!

Voltou para o automóvel e seguiram viagem. Milhas e milhas de casinhas suburbanas, postos de gasolina, terrenos baldios, igrejas e lojas, numa sucessão interminável. À direita e à esquerda, entre palmeiras, pimenteiras e acácias, as ruas do imenso bairro residencial corriam, velozes, e desapareciam.

COMIDA DE PRIMEIRA.

SORVETES DE UM QUILÔMETRO DE ALTURA.

JESUS, NOSSO SALVADOR.

BIFES E HAMBÚRGUERES.

Mais uma vez o sinal fechou. Um jornaleiro meteu a cara na janela. "Franco anuncia vitórias na Catalunha", Jeremy leu e virou o rosto. A hediondez do mundo chegara a um ponto tal que já não o comovia, apenas o entediava. Do carro parado à sua frente, duas senhoras, ambas de calças vermelhas, saltaram, cada qual com um cachorrinho Yorkshire. Os cachorrinhos chegaram até o pé do semáforo, mas, antes que decidissem fazer uso da oportunidade que lhes era concedida, o sinal abriu. O negro engatou a primeira e o carro, com um arranco, precipitou-se no futuro. Jeremy, bastante surpreso, lembrou-se de que sua mãe também tinha um cachorrinho Yorkshire.

BEBIDAS FINAS.

SANDUÍCHES DE PERU.

VÁ À IGREJA PARA SENTIR-SE BEM O RESTO DA SEMANA.

O QUE É BOM PARA O NEGÓCIO É BOM PARA TODOS.

Outro zoomorfo apareceu, desta vez uma agência de companhia imobiliária, na forma de uma esfinge egípcia.

JESUS ESTÁ VOLTANDO.

VOCÊ TAMBÉM PODE TER JUVENTUDE PERPÉTUA USANDO OS CORPETES SEDUTORES.

PANTEÃO BEVERLY, O CEMITÉRIO DIFERENTE.

Com a expressão triunfal de um Gato de Botas enumerando as possessões do Marquês de Carabás, o negro deu uma olhadela para Jeremy por cima do ombro, indicou com um gesto o cartaz e disse:

— Também é nosso!

— O quê? O Panteão Beverly?

O chofer fez que sim com a cabeça.

— Aposto que é o melhor cemitério do mundo! — disse, e, após um momento de silêncio, acrescentou: — O senhor gostaria de visitá-lo? Vamos passar por perto.

— Oh! Seria formidável! — disse Jeremy, com a graciosidade de um aristocrata inglês. Sentindo, porém, que devia exprimir a aceitação de um modo mais cordial e democrático, clareou a voz com um pigarro, e, num esforço consciente para reproduzir o vernáculo local, acrescentou: — Ótimo! — Mas, pronunciada assim, na sua voz do Trinity College, a palavra ficou tão esquisita que Jeremy corou de vergonha. Felizmente o chofer estava por demais atento ao tráfego para reparar.

Dobraram à direita, passaram a toda velocidade por um templo rosa-cruciano, dois hospitais para gatos e cachorros, uma escola de balizas femininas e mais dois anúncios do Panteão Beverly. Ao entrarem, dobrando à esquerda, no Sunset Boulevard, Jeremy vislumbrou uma moça que estava fazendo compras, de maiô azul-

-hortênsia frente única, cachos platinados e um casaquinho de pele preto. Mas logo também ela foi arrebatada pelo passado.

A estrada corria, agora, ao pé de uma cadeia de colinas íngremes, por entre pequeninas lojas de aparência dispendiosa, restaurantes e casas noturnas fechados à luz do dia, edifícios de escritórios e de apartamentos. Também eles passaram para o irrevogável.

Uma placa anunciava que estavam transpondo os limites da cidade de Beverly Hills. O ambiente mudou por completo. Os jardins de um rico distrito residencial margeavam a estrada. Por entre as árvores, Jeremy podia ver as fachadas das casas, todas novas, quase todas de bom gosto — imitações elegantes e refinadas de mansões dos Lutyen, Petits-Trianon, Monticello, alegres paródias das solenes "máquinas de morar" de Le Corbusier, fantásticas adaptações de *haciendas* mexicanas e estâncias da Nova Inglaterra.

Dobraram à direita. Palmeiras enormes margeavam a estrada. Sob o sol, tufos de mesembriantemácias refulgiam com um brilho intenso de púrpura. As casas sucediam-se como pavilhões de alguma interminável exposição internacional. Gloucesteshire sucedia a Andaluzia, para logo, por sua vez, dar lugar a Touraine e Oaxaca, Dusseldorf e Massachusetts.

— É aqui que mora Harold Lloyd — disse o chofer, indicando uma espécie de Bóboli. — Lá, Charles Chaplin. E aquilo, acolá, é Pickfair.

A estrada começou a subir, vertiginosamente. O chofer apontou para algo semelhante a um convento tibetano, na colina fronteira, do outro lado de um abismo de sombras:

— É a casa de Ginger Rogers, é sim, senhor! — disse e, acentuando triunfalmente com um movimento de cabeça o "sim, senhor!", girou o volante.

Mais umas cinco ou seis voltas e o carro chegou ao alto da colina. Lá embaixo, na planície, a cidade, reduzida às proporções de um mapa, estendia-se indefinidamente, até sumir-se numa névoa cor-de-rosa.

À frente e de cada lado havia montanhas — serras e mais serras, a perder de vista, como uma Escócia seca e vazia, sob o céu azul, deserto.

O carro contornou um rochedo alaranjado e, de repente, num pico até então invisível, apareceu um grande letreiro com os dizeres: PANTEÃO BEVERLY, O CEMITÉRIO DE PERSONALIDADE, em tubos de gás néon de dois metros de altura, e, por sobre ele, bem no topo do morro, uma reprodução, em tamanho natural, da Torre Inclinada de Pisa — com a diferença que esta não era inclinada.

— O senhor está vendo? — perguntou o negro, com ênfase. — É a Torre da Ressurreição. Duzentos mil dólares, foi quanto custou. Sim, senhor!

Falava com tal solenidade que se tinha a impressão de que todo aquele dinheiro saíra de seu bolso.

CAPÍTULO II

Uma hora mais tarde já estavam de novo a caminho, tinham visto tudo. Tudo. Os gramados em rampa — verde oásis no seio da desolação das montanhas. Os bosques. As pedras tumulares sobre a relva. O cemitério dos *pets* com seu conjunto de mármore, reprodução da *Dignidade e imprudência* de Landseer. A pequenina Igreja do Poeta — cópia fiel e reduzida da Santíssima Trindade de Stratford-on-Avon, completa, até com o túmulo de Shakespeare e um serviço contínuo de música de órgão, produzida automaticamente por um Wurlitzer Perpétuo e irradiada, graças a alto-falantes ocultos, por todo o cemitério.

E, à saída da sacristia, o Apartamento das Noivas (porque nessa mesma capelinha se realizavam enterros e casamentos) — o Apartamento das Noivas, segundo o chofer, acabara de ser redecorado no estilo do toucador de Norma Shearer em *Maria Antonieta*. E, ao lado dele, o primoroso Vestíbulo das Cinzas, todo em mármore negro, dando para o Crematório, onde três fornalhas mortuárias a óleo, supermodernas, estavam sempre acesas, prontas para qualquer emergência.

Acompanhados, onde quer que fossem, pelos trêmulos do Wurlitzer Perpétuo,[3] visitaram depois a Torre da Ressurreição —

3 Wurlitzer é uma conhecida marca de aparelhos eletrônicos, conhecida nos Eua por fornecer *jukebox* para estabelecimenos comerciais. [N.E.]

só pelo lado de fora, porque dentro funcionava a administração da Companhia de Cemitérios da Costa Ocidental; o Recanto das Crianças, com estátuas de Peter Pan e do Menino Jesus, grupos de crianças em alabastro brincando com coelhos de bronze, um lago margeado de lírios e um aparelho denominado A Fonte da Música Colorida, pois dali jorravam, simultaneamente, água, luzes multicores e as melodias inevitáveis do Wurlitzer Perpétuo. Depois, em rápida sucessão, o Jardim da Paz, o pequenino Taj Mahal, o Mortuário Antigo e, reservado pelo chofer para o final, como prova definitiva e suprema da glória do patrão, o Panteão propriamente dito.

"Seria possível", perguntou Jeremy a si mesmo, "que tal objeto existisse"? Possível sim, mas provável não. O Panteão era algo a que faltava toda verossimilhança, algo que transcendia todos os recursos de sua imaginação. Mas só o fato de ter agora a ideia daquilo na cabeça era prova suficiente de que aquilo existia. Fechando os olhos à paisagem, Jeremy procurou chamar à memória os detalhes daquela realidade inconcebível. A arquitetura exterior, inspirada na do *Toteninsel* de Boecklin. O vestíbulo circular. A reprodução de *O beijo* de Rodin, iluminada por jatos de luz cor-de-rosa. As escadarias de mármore negro. O Columbário de sete andares, com suas galerias intermináveis, camadas e câmadas de túmulos e lápides. As urnas de bronze e prata dos cremados, como troféus esportivos. As janelas de vidro fosco, à maneira de Burne-Jones. As inscrições das lápides de mármore. O Wurlitzer. Onde quer que se olhasse havia uma estátua. Eram centenas e centenas, pareciam ter sido compradas por atacado em alguma marmoraria colossal de Carrara ou Pietrasanta. Todas nuas, femininas, exuberantemente núbeis. O tipo de estátuas que se esperaria encontrar na sala de recepção de um bordel elegante no Rio de Janeiro.

"Oh, Morte!", inquiria uma lousa de mármore à entrada de cada galeria, "onde está o teu aguilhão?" Muda, mas eloquentemente, as estátuas davam respostas tranquilizadoras. Estátuas de donzelas quase nuas, apenas com um cinto muito justo embutido, com realismo berniniano, na carne marmórea. Estátuas de donzelas prostradas; donzelas resguardando a modéstia com ambas as mãos; donzelas espreguiçando-se, contorcendo-se, reclinando-se, recurvando-se calipigiamente para amarrar os cadarços das sandálias. Donzelas com pombinhos, panteras e com outras donzelas, todas de olhos fitos no céu, tentando exprimir, desta maneira, o despertar das almas.

"Eu sou a Ressurreição e a Vida!", proclamavam as lápides. "O Senhor é o meu pastor, e nada me faltará." Mas, então, para que o Wurlitzer, para que todas aquelas donzelas de cinto apertado em torno do ventre? "A Morte se dilui na vitória" — não mais a vitória do espírito, e sim a vitória do corpo, do corpo bem nutrido, eternamente jovem, imortalmente atlético, infatigavelmente sexual. O paraíso maometano tivera seis séculos de copulação. Neste novo céu cristão, porém, sem dúvida o progresso dilatara este prazo para um milênio, e acrescentara aos prazeres antigos as delícias do infindável tênis, do eterno golfe e da natação.

De repente o carro começou a descer. Só então Jeremy abriu os olhos e viu que já tinham chegado ao extremo da cadeia de colinas sobre uma das quais se erguia o Panteão.

Lá embaixo a grande planície trigueira, quadriculada de verde e pontilhada de casinhas brancas, alongava-se, imensa, por uns trinta quilômetros, até terminar nos montes cor-de-rosa que rodeavam o horizonte.

— Que é aquilo? — perguntou Jeremy.

— É o Vale de San Fernando — disse o chofer. E indicando um ponto no meio da planície: — Groucho Marx mora lá! Sim, senhor!

No sopé da colina, o carro dobrou à esquerda e meteu-se por uma estrada muito larga, um tapete de concreto ladeado de casinhas suburbanas que atravessava a planície. O chofer pisou no acelerador; cartazes sucediam-se com uma rapidez estonteante. FARINHA MALTADA CABINES RESERVADAS JANTE E DANÇE NO CASTELO HONOLULU CURA ESPIRITUAL E LAVAGENS INTESTINAIS CACHORROS--QUENTES DO TAMANHO DE UM BONDE COMPRE HOJE A CASA DE SEUS SONHOS. Por detrás dos cartazes, nogueiras e damasqueiros matematicamente plantados desfilavam ligeiros — sucessão de perspectivas instantâneas, precedidas e seguidas de avanços e recuos, como um leque que se abria e se fechava intermitentemente.

Enormes laranjais verde-escuro, pontilhados de ouro, manobravam — magníficos regimentos de três hectares —, fulgurando ao sol. Ao longe, muito ao longe, as montanhas riscavam no céu um gráfico indecifrável de altos e baixos.

— Tarzana! — disse o chofer de repente; sim, lá estava de fato o nome, em letras brancas, suspenso por sobre a estrada. — Universidade de Tarzana — completou o chofer, indicando um grupo de palácios de estilo colonial espanhol que se agrupavam em torno de uma basílica românica. — Mister Stoyte há pouco deu-lhes um auditório de presente.

Dobraram à direita, numa estrada de menor importância. Por alguns quilômetros, os laranjais deram lugar a imensos campos de alfafa e de capim melado empoeirado, para logo voltarem, mais viçosos que nunca. Entretanto, os morros que barravam o vale ao norte já estavam mais próximos e, avançando do oeste, outra serra ia apontando à esquerda. Continuaram. A estrada, de súbito, se recurvou, dirigindo-se — ao que parecia — para o ponto de encontro das duas serras. E, de repente, por um intervalo entre dois laranjais, Jeremy viu a coisa mais extraordinária do mundo.

A cerca de um quilômetro do sopé das montanhas, como uma ilha destacada de uma costa escarpada, elevava-se de forma abrupta da planície, quase precipitosamente em partes, uma colina de pedra. No seu cume, como uma eflorescência, havia um castelo. E que castelo! O torreão mais parecia um arranha-céu; os bastiões mergulhavam encosta abaixo com o poderoso declive de um paredão de concreto. A coisa era gótica, medieval, baronal — duplamente baronal e gótica, mas com a goticidade elevada, por assim dizer, à mais alta potência, mais medieval que qualquer edifício do século XIII. Porque este... objeto (foi o único nome que Jeremy pode arranjar-lhe) era medieval, mas não por simples necessidade histórica, como Coucy, por exemplo, ou Alnwick, mas por esporte, por capricho, platonicamente, por assim dizer. Era medieval, mas como só o desejaria ser um arquiteto moderno, humorista e irresponsável, como só o poderiam ser — por motivos técnicos — os mais competentes engenheiros modernos.

Num ímpeto, Jeremy, apontando para o pesadelo do alto da colina, perguntou:

— Que diabo é aquilo?

— Ora, é a residência de mister Stoyte! — disse o chofer; e, sorrindo mais uma vez, com orgulho de ser proprietário por tabela, acrescentou: — É uma residência e tanto, não?

Os laranjais tornaram a ocultar à vista o estranho objeto; reclinado no assento, Jeremy Pordage pôs-se a imaginar, bastante apreensivo, em que boas teria se metido ao aceitar a proposta de mister Stoyte. O ordenado era, sem dúvida, principesco; o trabalho — que consistia em catalogar os quase legendários Documentos Hauberk — delicioso. Mas aquele cemitério, este... Objeto! E Jeremy balançou a cabeça. Naturalmente sabia, ao aceitar a proposta, que mister Stoyte era rico, colecionava quadros e tinha um teatro de variedades na Califórnia. Mas não esperava por *isto*! Aquilo chocava profundamente o puritanismo humorado de seu bom gosto; aterrorizava-o a perspectiva de ter de se encontrar com a pessoa capaz de cometer tal desatino. Porque, no fim das contas, entre essa pessoa e ele, que contato, que comunhão de pensamento e sentimento poderiam existir? Que razões teria para procurá-lo? Era inconcebível que essa pessoa tivesse gostado de seus livros. Inconcebível mesmo que os tivesse lido. Que ideia faria dele essa pessoa? Seria capaz de compreender, por exemplo, por que ele insistira em que não se mudasse o nome das "Araucárias"? Seria capaz de apreciar o seu ponto de vista sobre...?

Este ansioso questionário foi interrompido pelo som da buzina, que o chofer apertava com uma insistência estridente e ofensiva. Jeremy levantou os olhos. A uns cinquenta metros, um Ford modelo antigo ia se arrastando aos solavancos pela estrada. Amarrado de maneira insegura à capota, aos paralamas e ao suporte da bagagem, um mísero carregamento de utensílios domésticos, roupa de cama enrolada, um velho fogareiro de ferro, um engradado cheio de potes e panelas, uma barraca dobrada, uma banheira de lata. Quando passaram à frente do Ford, a toda velocidade, Jeremy pôde entrever três crianças anêmicas, de olhar idiota, uma mulher com um pedaço de aniagem sobre os ombros, um pobre-diabo com a barba crescida.

— Retirantes — explicou o chofer, num tom de desprezo.

— O quê? — perguntou Jeremy.

— Retirantes — repetiu o negro, de forma enfática, como se a ênfase explicasse tudo. — Aposto que são flagelados da seca. Placa de Kansas. Vêm colher laranjas-de-umbigo.

— Laranjas-de-umbigo? — repetiu Jeremy, incrédulo.

— Sim — disse o chofer. — Está no tempo. Este ano vamos ter boa safra, parece.

Passando por outro intervalo entre os laranjais, avistaram novamente o Objeto, maior que antes. Dessa vez Jeremy teve tempo de estudar os detalhes da construção. Uma muralha, cheia de torres, cercava a base da colina; uma segunda linha de defesa estendia-se, a meia distância entre o sopé e o cume, no melhor estilo do Pós-Cruzadas. Lá em cima ficava o castelo, rodeado de edifícios subsidiários.

Do torreão, os olhos de Jeremy desceram até um grupo de edifícios que se erguiam na planície, não longe do sopé da colina. Na fachada do maior de todos, o nome "Lar Stoyte para crianças enfermas", em letras douradas. Duas bandeiras, a nacional e uma branca com a letra S em vermelho, tremulavam ao vento. Quase no mesmo instante em que um bosque de nogueiras desfolhadas lhes interceptou a visão, o chofer reduziu a marcha e freou. O carro foi parar, suavemente, ao lado de um homem que vinha andando a passos rápidos pela relva que margeava a estrada.

— Quer carona, mister Propter? — perguntou o negro.

O estranho virou a cabeça, deu para o chofer um sorriso de conhecido e caminhou para a porta do automóvel. Era um homem corpulento, ombros largos, mas bastante encurvado. Os cabelos castanhos já começavam a embranquecer, e seu rosto — pensou Jeremy — fazia lembrar o daquelas estátuas que os escultores góticos esculpiam nas frontarias ocidentais dos seus edifícios, rosto de súbitas proeminências, reentrâncias, cavidades e sombras, talhado a fundo, enfaticamente, de modo a impressionar mesmo à distância. Mas este rosto — observou Jeremy — não era apenas enfático, não impressionava apenas à distância. Era um rosto para também ser apreciado de perto, intimamente, um rosto sutil, em que tanto havia sinais de inteligência e sensibilidade quanto de vigor, tanto de suave e satisfeita serenidade quanto de energia e personalidade.

— Alô, George! — disse o estranho, dirigindo-se ao chofer. — Muito obrigado por ter parado.

— O prazer é todo meu, mister Propter — disse o negro, cordialmente. E, virando-se no assento, indicou com um aceno de mão a presença de Jeremy e, com florida cerimônia na voz e no gesto, disse: — Quero ter o prazer de apresentar-lhe mister Pordage, da Inglaterra. Mister Pordage... Mister Propter.

Os dois homens trocaram um aperto de mão e, após as cortesias, mr. Propter entrou no carro,

— Está de visita a mr. Stoyte? — perguntou, quando o carro partiu.

Jeremy balançou a cabeça. Viera a negócios, para estudar uns manuscritos, mais precisamente, os Documentos Hauberk.

Mr. Propter ouvia-o com atenção; de quando em quando aprovava com a cabeça e, quando Jeremy acabou de falar, ficou um momento em silêncio.

— Pegue um cristão decadente — disse ele, afinal, em tom meditativo — e os remanescentes de um estoico; misture bem com boas maneiras, algum dinheiro e uma educação à moda antiga; deixe ferver lentamente, durante vários anos, numa universidade. Resultado: "um erudito e um cavalheiro".[4] Bom, já houve tipos piores... — Deu uma risadinha: — Eu mesmo me posso vangloriar de ter sido um, há muito tempo.

Jeremy olhou-o inquiridoramente:

4 *Erudito e cavalheiro* é apenas o equivalente aproximado da expressão *scholar and gentleman*, tipo humano ideal da classe aristocrática inglesa de fins do século XIX – homem que aliava a "cultura pela cultura" às finas maneiras de um cavalheiro. [N.T.]

— O senhor não é William Propter, é? — perguntou. — Não é o autor dos *Breves estudos sobre a Contrarreforma*?

O outro inclinou a cabeça.

Jeremy olhou-o, num misto de prazer e surpresa. "Seria possível?", perguntou-se. *Breves estudos* era um de seus livros favoritos. Sempre o considerara um modelo no gênero.

— Sim, senhor! Estou bobo! — disse, em voz alta, usando de propósito a velha expressão dos tempos de colégio, como que entre aspas. Tinha descoberto que, tanto nos livros como na conversação, podiam-se obter excelentes efeitos com o emprego judicioso, num contexto solene e cultural, de uma frase de gíria, de um termo da linguagem obscena e profana de garoto de colégio. — Me danem-se... — explodiu de novo; mas a consciência da tolice intencional das palavras o fez tossir e dar uma palmadinha na careca.

Houve outro momento de silêncio. Depois, em vez de falar, tal como Jeremy esperava, nos *Breves estudos*, mr. Propter limitou-se a balançar a cabeça e dizer:

— Quase todos o somos...

— Quase todos somos o quê? — perguntou Jeremy.

— Bobos — respondeu mr. Propter. — Bobos e danados. No sentido psicológico da palavra — acrescentou.

Passou-se o bosque de nogueiras e lá estava mais uma vez, pelo estibordo, o Objeto. Mr. Propter apontou em sua direção:

— Pobre Jo Stoyte! — disse ele. — Imagine ter de aguentar esta espiga... Sem falar, é claro, em todas as outras espigas que a acompanham. Que sorte a nossa, não acha, em nunca termos tido a oportunidade de ser coisa muito pior que eruditos e cavalheiros!

E, depois de uma pequenina pausa, continuou, com um sorriso:

— Pobre Jo! Não é nem uma coisa nem outra. O senhor o achará um tanto ou quanto impertinente, porque, é natural, ele vai querer maltratá-lo, só porque a tradição diz que o seu tipo é superior ao dele. Isto para não mencionar o fato — acrescentou, olhando o rosto de Jeremy com uma expressão mista de diversão e simpatia — que o senhor provavelmente é do tipo que convida à perseguição. Além de "erudito e cavalheiro", creio que há, no senhor, algo de vítima.

A um tempo ofendido pela indiscrição do outro e tocado pela sua afabilidade, Jeremy sorriu um tanto nervoso e concordou com a cabeça.

— Mas talvez — continuou mr. Propter —, talvez o senhor possa ser menos vítima de Jo Stoyte se souber o que lhe deu a impulsão original para ser danado desta maneira — e tornou a apontar o Objeto. — Jo e eu fomos companheiros de colégio, porém, naquela época, ninguém o chamava de Jo. Nós o chamávamos de "Rolha-de-poço" ou então de "Chico Boia". É que Jo era o gorducho do lugar, o único gorducho que apareceu no colégio em nosso tempo.

Fez uma pequena pausa para logo continuar, em outro tom:

— Às vezes eu fico imaginando: por que motivo sempre se fez troça da gordura? Quem sabe se não haverá nela algo de intrinsecamente mau? Por exemplo, não há sequer um santo gordo, com exceção, é claro, do velho Tomás de Aquino; e não vejo razão para que o suponhamos um santo de verdade, um santo no sentido popular da palavra, que, por coincidência, é o sentido verdadeiro. Porque, se Tomás é santo, então Vicente de Paula não o é. E se Vicente é santo, o que é inegável, Tomás não o é. E talvez aquele seu ventre enorme tenha algo a ver com isso. Quem sabe? Mas, seja como for, isso não vem ao caso. Estamos falando de Jo Stoyte, e, como eu ia dizendo, o pobre Jo era gorducho e por isso o bode expiatório de todos nós. Meu Deus, como o puníamos por suas deficiências glandulares! E como ele reagia desastrosamente a essa punição! Um fenômeno de compensação exagerada... Mas eu salto aqui — acrescentou, olhando pela janela. O carro diminuiu a marcha e parou em frente a um bangalozinho branco, no meio de um bosque de eucaliptos.

— Voltaremos a este assunto em outra ocasião — disse ele. — Mas não se esqueça, se o pobre Jo se portar muito agressivamente, lembre-se do que ele foi no colégio e tenha pena dele, e não de si mesmo.

Saltou do carro, fechou a porta e, dando ao chofer um aceno de despedida, subiu rapidamente a ladeira e entrou em casa.

O carro pôs-se em marcha. A um tempo perplexo e tranquilizado por este encontro com o autor dos *Breves estudos*, Jeremy ficou imóvel, olhando pela janela. O Objeto já estava bem próximo; e, de repente, ele notou pela primeira vez que um fosso circundava a colina do castelo. A alguns metros da margem, o carro passou por entre duas colunas encimadas por leões heráldicos. Evidentemente sua passagem interceptou um feixe de luz invisível que incidia sobre uma célula fotoelétrica, porque, mal passaram, uma ponte elevadiça começou a abater-se. Cinco segundos antes de chegarem ao fosso a ponte já estava no lugar. O carro atravessou-a suavemente e foi parar em frente ao portão principal da muralha exterior do castelo. O chofer saltou e, por meio de um fone oculto numa seteira adequada, anunciou sua presença. A porta levadiça de metal cromada subiu silenciosamente; as portas duplas de aço polido abriram-se de par em par. Entraram. O carro começou a subir. Mas a segunda linha de muralhas também tinha o seu portão, que se abriu, automaticamente, assim que se aproximaram. Entre o lado de dentro dessa segunda muralha e a encosta da colina, construíra-se uma ponte de ferro e concreto, suficientemente grande para comportar um campo de tênis. Embaixo, no vale umbroso, Jeremy vislumbrou algo familiar. Pouco demorou para reconhecê-lo: era uma reprodução da gruta de Lourdes.

— Miss Maunciple é católica — observou o chofer, apontando com o polegar em direção à gruta. Por isso é que fizeram isto para ela. Na nossa família, todos somos presbiterianos — acrescentou.

— Quem é miss Maunciple?

O chofer hesitou um momento:

— Bom, é uma mocinha, uma espécie de amiguinha de mister Stoyte — explicou, por fim; e logo mudou de assunto.

O carro pôs-se a subir. Para cima da gruta, toda a encosta era um jardim de cactos, mas a estrada passou para o flanco norte da colina, e aí, em vez de cactos, havia relva e arbustos pequeninos. Num pequeno terraço, superelegante com a página de uma *Vogue* mitológica para uso das deusas, uma ninfa em bronze, de Giambologna, fazia jorrar dois jatos d'água de seus seios deliciosamente polidos. Pouco adiante, num cercado de tela de arame, alguns bugios descansavam, acocorados por entre as pedras, ou exibiam a obscenidade de suas nádegas sem pelos.

Mais uma volta e o carro parou, afinal, numa plataforma circular de concreto, sustentada por modilhões sobre um precipício. De novo no papel de mordomo dos velhos tempos, o chofer tirou o boné e exibiu-se em performance final, dando boas-vindas ao patrãozinho de volta à fazenda. Feito isto, pôs-se a descarregar a bagagem.

Jeremy Pordage caminhou até a balaustrada e olhou para baixo. Por cerca de trinta metros o solo descia, quase a prumo; depois continuava, íngreme, pelas muralhas interiores, até a primeira linha de fortificações. Vinha, então, o fosso, e, além dele, estendiam-se os laranjais. "*Im dunkeln Laub die Gold-Orangen glühn*", murmurou Jeremy; e logo: "Penduradas na sombra brilham as laranjas, qual lanternas douradas numa noite verde". A tradução de Marvell, decidiu Jeremy, era melhor que o próprio original de Goethe. E, nesse ínterim, as laranjas tinham se tornado ainda mais brilhantes, mais cheias de significação. Para Jeremy, a experiência direta, imediata, era sempre difícil de aceitar, sempre mais ou menos inquietante. A vida só se tornava segura, as coisas só assumiam significação, quando traduzidas em palavras e metidas entre as capas de um livro. As laranjas já estavam lindamente classificadas, mas... e o castelo? Jeremy deu meia-volta e, recostando-se no parapeito, ergueu o olhar. O Objeto era como uma grande ameaça, insolente em sua enormidade. Ninguém, até então, havia tratado poeticamente *disto*. Nem Child Roland, nem o rei de Tule, nem Marmion, nem a dama de Shalott, nem sir Leoline, sir Leoline — repetiu Jeremy para si mesmo, com volúpias de um perito em incongruências românticas —, sir Leoline, o rico barão que tinha o que, mesmo? Uma cadela mastim sem dentes. Mas mr. Stoyte tinha bugios e uma gruta sagrada, mr. Stoyte tinha uma porta levadiça de metal cromado e os documentos Hauberk, mr. Stoyte tinha um cemitério que parecia um parque de diversões, e um torreão...

De repente, ouviu-se um som arrastado; as grandes portas cravejadas do pórtico da entrada, em estilo inglês arcaico, abriram-se de par em par e, por entre elas, como que impelido por um furacão, um homenzinho gordo, atarracado, muito vermelho, com uma grenha de cabelos brancos como a neve, saiu para o terraço e investiu sobre Jeremy. Sua expressão não mudou à medida que avançava. Tinha no rosto aquela máscara carrancuda, fechada, que geralmente os operários americanos usam quando tratam com estrangeiros — a fim de provar, em não fazendo as caretas lisonjeiras da cortesia, que vivem num país livre e que ninguém monta em cima deles.

Não sendo de um país livre, Jeremy pusera-se, automaticamente, a sorrir, vendo esta pessoa, certamente seu hospedeiro e patrão, avançar para ele a toda velocidade. Confrontado, porém, com a carranquice impassível do rosto do outro, sentiu, de súbito, que seu sorriso era deslocado e que devia estar com uma cara de bobo. Profundamente embaraçado, procurou ajustar o rosto às circunstâncias.

— Mister Pordage? — disse o estranho, com uma voz áspera como um latido. — Prazer em conhecê-lo. Meu nome é Stoyte.

Enquanto apertava a mão de Jeremy, perscrutava-lhe, ainda de cara fechada, o rosto.

— O senhor é mais velho do que eu pensava! — acrescentou.

Pela segunda vez naquela manhã Jeremy fez o gesto de manequim de exibição e desculpa:

— A folha seca e fanada... — começou ele. — Estamos caindo em senilidade. Estamos...

Mr. Stoyte interrompeu-o, bruscamente:

— Que idade tem o senhor? — inquiriu, num tom alto e peremptório, qual um sargento de polícia a interrogar um ladrão pilhado em flagrante.

— Cinquenta e quatro.

— Só cinquenta e quatro? — E mr. Stoyte balançou a cabeça: — Mas com esta idade ainda devia estar cheio de vida! Como vai a sua vida sexual? — perguntou, embaraçosamente.

Jeremy tentou ocultar o constrangimento com um risinho forçado. Piscou, piscou, bateu na carequinha e, afinal, citou:

— *Mon beau printemps et mon été ont fait le saut par la fenêtre.*[5]

5 Em francês, no original: "Minha bela primavera e meu verão já saltaram pela janela". [N.T.]

— Que história é essa? — disse mr. Stoyte, franzindo o cenho. — Não adianta falar estrangeiro comigo. Nunca tive instrução.

E, de repente, desatando num riso que mais parecia um zurro:

— Sou presidente de uma companhia de petróleo — disse ele — que, só na Califórnia, possui dois mil postos de abastecimento. Pois bem, nesses dois mil postos não há um só homem que não seja bacharel em alguma coisa!

E, com outro zurro triunfal:

— Se quiser, vá falar estrangeiro com eles!

Fez uma pausa momentânea, mas logo, por uma oculta associação de ideias, continuou:

— Meu agente em Londres, o homem que trata de meus negócios lá, deu-me o seu nome. Disse-me que o senhor era o indicado para este... Como é mesmo o nome? Ora, estes papéis que comprei no verão passado! Roebuck? Hobuck?

— Hauberk — disse Jeremy, reconhecendo, com amarga satisfação, que tinha acertado. O homem jamais lera os seus livros. Nem sabia de sua existência. Assim mesmo, era preciso lembrar-se de que, no colégio, todos o chamavam de "Chico Boia"!

— Hauberk! — repetiu mr. Stoyte, com uma impaciência carregada de desprezo. — Seja como for, ele me disse que o senhor era o homem indicado.

E logo, sem pausa nem transição:

— Que é que o senhor estava dizendo sobre sua vida sexual quando me veio com aquela estrangeirada?

Jeremy deu um risinho constrangido:

— Estava procurando dar a entender que é a normal para a idade.

— Que sabe o senhor sobre o que é normal para a sua idade? — explodiu mr. Stoyte. — Vá consultar o doutor Obispo.

Não lhe custará um tostão sequer. Obispo é pago por mês. É o médico da casa.

E, mudando repentinamente de assunto:

— Quer visitar o castelo? — perguntou. — Venha comigo!

— Oh! É uma gentileza de sua parte! — disse Jeremy, efusivamente. E, tentando arranjar uma conversazinha polida, acrescentou:

— Já vi o seu cemitério...

— Já viu o meu cemitério? — repetiu mr. Stoyte, desconfiado. E, de súbito, a suspeita transformou-se em furor:

— Que quer o senhor dizer com isso? — gritou.

Suando frio diante daquela fúria, Jeremy gaguejou algo sobre o Panteão Beverly, e que havia entendido, pelo que lhe dissera o chofer, que mr. Stoyte tinha certo interesse financeiro na companhia.

— Ah! — disse mr. Stoyte, um pouco tranquilizado, mas ainda de cara amarrada. — Pensei que o senhor quisesse dizer...— Parou no meio da frase, deixando que o atônito Jeremy adivinhasse o que ele tinha pensado. — Vamos! — gritou; e, pondo-se em movimento, precipitou-se para a porta de entrada.

CAPÍTULO III

Havia silêncio na décima sexta enfermaria do Lar Stoyte para Crianças Enfermas; silêncio e a penumbra luminosa das venezianas arriadas. Era o período de repouso da manhã. Dos cinco pequeninos convalecentes, três dormiam. O quarto, de olhos no teto, esgaravatava meditativamente o nariz. A quinta — uma garotinha — cochichava com uma boneca tão crespa e ariana quanto a própria dona. Sentada próxima a uma das janelas, a jovem enfermeira absorvia-se na leitura do último número de *True Confessions*. [6]

"Meu coração", lia ela, "teve um sobressalto. Com um grito estrangulado ele estreitou-me ainda mais nos braços. Vínhamos, há meses, lutando justamente contra isso, mas o ímã de nossa paixão era violento demais para nossas forças. A pressão clamorosa de seus lábios encontrou respostas na centelha de meu corpo languescente.

"— Germaine! — sussurou ele. — Não me faças esperar mais!... Não queres ser boazinha para mim agora?

"Ele era tão delicado, e, ao mesmo tempo, tão inexorável — tal como as mulheres apaixonadas querem que os homens sejam... Senti-me arrebatada pelo fluxo de..."

6 *True Confession*: revista popular norte-americana, cujos contos são supostas confissões de colaboradores. [N.T.]

Nisto, ouviu-se um vozerio no corredor. A porta da enfermaria abriu-se de sopetão, como que ao ímpeto de um ciclone, e alguém entrou precipitadamente na sala.

A enfermeira ergueu bruscamente a cabeça, num gesto de surpresa que sua profunda absorção no "Preço de um prazer" tornava positivamente angustiosa. Sua reação quase imediata ao susto foi a cólera.

— Que barulho é este! — explodiu, indignada; mas, logo, reconhecendo o intruso, mudou completamente de tom.

— Ah! Mister Stoyte!

Perturbado pelo rumor, o pequeno esgaravatador de nariz tirou os olhos do teto; a garotinha largou a boneca.

— Tio Jo! — gritaram ambos, ao mesmo tempo. — Tio Jo!

Despertando, os outros aderiram:

— Tio Jo! Tio Jo!

Mr. Stoyte comoveu-se com o calor dessa recepção. O rosto que Jeremy achara tão inquietantemente carrancudo relaxou-se num sorriso. E, tapando os ouvidos com as mãos, em cômico protesto, exclamou:

— Assim vocês me deixam surdo!

E logo, num aparte à enfermeira:

— Pobrezinhos! — murmurou, consternado. — Me dão vontade de chorar... — De fato, tinha a voz rouca de emoção. — Quando penso no estado em que chegaram aqui...

Balançou tristemente a cabeça, deixando a frase por terminar. E logo, em outro tom:

— A propósito — acrescentou, agitando a larga mão quadrada na direção de Jeremy Pordage, que entrara com ele na enfermaria e estava parado, junto à porta, com uma expressão mista de embaraço e surpresa no rosto. — Este é mister... mister... Que diabo! Como é mesmo o seu nome?

— Pordage — disse Jeremy, lembrando-se de que, em outros tempos, mr. Stoyte fora conhecido pela alcunha de "Rolha-de-poço".

— Pordage! Isto mesmo! Faça a ele a pergunta que quiser sobre história e literatura — acrescentou sarcasticamente à enfermeira. — Ele sabe tudo!

Jeremy estava protestando, modestamente, que seu período ia apenas da invenção de Ossian à morte de Keats, quando mr. Stoyte voltou às crianças e, com uma voz que abafava por completo os tênues protesto aflautados do outro, gritou:

— Adivinhem o que tio Jo trouxe hoje de presente!

Todos tentaram adivinhar. Balas? Puxa-puxa? Bolas? Porquinho-da-índia?

A cada sugestão mr. Stoyte balançava triunfalmente a cabeça. Por fim, quando as crianças esgotaram todos os recursos da imaginação, tio Jo enfiou a mão no bolso do velho paletó de *tweed* e tirou, primeiro um apito, depois uma gaita, uma caixa de música, uma corneta, um reco-reco, e, por fim, uma pistola automática. Mas esta tornou a metê-la rapidamente no bolso.

— Agora, toquem! — disse ele, depois de distribuir os instrumentos. — Todos juntos. Vamos! Um, dois, três!

E, marcando o compasso com as mãos, começou a cantar: "*Way down upon the Swanee River*".

Diante disto, o rosto manso de Jeremy, após longa sucessão de choques e surpresas, assumiu uma expressão da mais intensa perplexidade. Que manhã, aquela! A chegada, ao amanhecer. O criado negro. O subúrbio interminável. O Panteão Berverly. O Objeto, entre os laranjais. O encontro com William Propter e com este terrível mr. Stoyte. Depois, no interior do castelo, os Rubens e o grande El Greco no vestíbulo, o Vermeer no elevador, as gravuras de Rembrandt nos corredores, o Winterhalter na copa...

Depois, o toucador de miss Mauncipie, em estilo Luís XV, com o Watteau, os dois Lancrets, o barzinho completo instalado num pequeno balcão rococó, e miss Mauncipie em pessoa, num quimono alaranjado, tomando um *ice-cream-soda* de hortelã-pimenta e framboesa. Apresentado a ela, recusara a oferta de um sundae e, literalmente arrebatado a toda velocidade, como nas asas de um tornado, fora levado a ver as outras salas do castelo. O Salão Rumpus, por exemplo — seus afrescos de elefantes, por Sert; a biblioteca, com as xilografias de Gringling Gibbons, mas sem livros, pois mr. Stoyte ainda não se resolvera a comprá-los. A pequena sala de jantar com o Fra Angélico e o mobiliário importado diretamente do Pavilhão Brighton. A grande sala de jantar, imitando o interior da mesquita de Fatehpur-Sikri. O salão de baile, com seus espelhos e o teto abaulado. Os vitrais do banheiro, estilo século XIII. A sala de estar, com *La Petite Morphil*, de Boucher, de cabeça para baixo, sobre um sofá de cetim cor-de-rosa. A capela importada, em fragmentos, de Goa, com o confessionário de nogueira usado por são Francisco de Salles em Annecy. A disposição prática do salão de bilhar. A piscina interior. O bar estilo Segundo-Império com seus nus de Ingres. Os dois ginásios. A sala de leitura *christian science*, dedicada à memória da falecida mrs. Stoyte. O gabinete dentário. O banho turco...

Depois, a descida, entre Vermeers, às entranhas da colina, para verem o porão em que estavam guardados os Documentos Hauberk. A visita às galerias, ainda mais profundas, onde estavam instalados a casa-forte, a usina elétrica, os aparelhos de ar-condicionado, o poço, as bombas hidráulicas. O regresso no nível do solo, as cozinhas, onde o mestre-cuca chinês mostrara a mr. Stoyte o último carregamento de tartarugas chegado das Antilhas. A ascensão ao décimo quarto andar, ao aposento que Jeremy deveria ocupar durante sua estada. O escritório, seis andares acima, onde mr. Stoyte deu instruções ao secretário, ditou umas duas cartas e manteve longa conversação telefônica com seus agentes em Amsterdã. E, ao cabo disso tudo, a visita ao hospital...

Entretanto, na Décima Sexta Enfermaria, reunira-se um grupo de enfermeiras para ver tio Jo, que, cabelos brancos esvoaçando ao vento como os de Stokovski, incitava freneticamente a orquestra a mais ruidosos crescendos de cacofonia.

— Parece uma criança grande! — comentou uma delas, em tom quase carinhoso de divertimento.

Outra, evidentemente de inclinações literárias, declarou que aquilo "faz lembrar algo em Dickens".

— O senhor não acha? — insistiu ela junto a Jeremy.

Este deu um sorrisinho nervoso e assentiu de forma vaga e descomprometida.

Mais prática, uma terceira lamentou não ter consigo a sua Kodak. "O presidente da Consol Oil, da Companhia de Terras e Minérios da Califórnia, do Banco do Pacífico, dos Cemitérios da Costa Ocidental, etc. etc. na Intimidade." Enumerou os títulos das principais companhias de mr. Stoyte com certa ironia, é verdade, mas saboreando-os e admirando-os, como um legitimista convicto, mas dotado de senso de humor, enumeraria os títulos de um grande de Espanha.

— Garanto que os jornais dariam um dinheirão por um instantâneo destes! — insistiu ela. E, para provar que estava dizendo a verdade, contou que um de seus namorados trabalhava para uma agência de publicidade, e por isso entendia dessas coisas; e ainda na semana passada lhe dissera...

O rosto bulboso de mr. Stoyte, ao deixar o hospital, ainda dava mostras de benevolência e felicidade.

— Não imagina o bem que me faz brincar com estes pobrezinhos... — repetiu ele, mais de vinte vezes, para Jeremy.

Uma ampla escadaria levava da porta do hospital à beira da estrada. Encostado ao primeiro degrau, o Cadillac azul de mr. Stoyte estava à espera. Mas, logo atrás, havia outro carro menor que não estava lá quando eles tinham chegado. Vendo-o, um ar de suspeita enuviou o rosto resplandecente de mr. Stoyte. Chantagistas, raptores, quem sabe? Meteu a mão no bolso do paletó:

— Quem está aí? — gritou, com fúria tal que Jeremy chegou a pensar que o homem tivesse enlouquecido de uma hora para a outra.

Uma cara de lua cheia assomou à janela do carro, todo sorridente ao redor do coto mascado de um charuto.

— Ah! É você, Clancy? — disse mr. Stoyte. — Por que não me avisou que havia chegado? — continuou. Tinha o rosto congesto, a testa franzida, e um músculo da bochecha começara a tremer. — Não gosto de automóveis estranhos por aqui, está ouvindo, Peters? — disse, quase aos berros, ao chofer; não que o chofer tivesse algo a ver com isso, mas simplesmente porque estava ali, disponível. — Está ouvindo?

Mas, de repente, lembrou-se do que lhe dissera o doutor Obispo na última vez que se exaltara com o chofer. "O senhor faz *mesmo questão* de encurtar a vida!" O doutor falava num tom friamente irônico; sorrira, com uma expressão de indulgência polida e sarcástica. "Faz questão *absoluta* de ter um ataque? O segundo ataque, não se esqueça; e, desta vez, o senhor não se safará com tanta facilidade! Pois bem, se faz questão, continue a se portar como se vem portando... Pode continuar, vamos!"

Com um enorme esforço de vontade, mister Stoyte recalcou a cólera. "Deus é amor", disse com seus botões. "Não existe morte." A falecida Prudence McGladdery Stoyte fora uma *christian scientist*. "Deus é amor", repetiu ele, pensando que, se os outros fossem menos exasperantes, ele jamais se exaltaria. "Deus é amor." A culpa era toda dos outros.

Nesse meio tempo, Clancy saltara do carro e, equilibrando a barriga grotesca sobre as pernas de caniço, vinha subindo a escada, piscando o olho e sorrindo misteriosamente.

— Mas o que é isso? — inquiriu mr. Stoyte, desejando, de todo o coração, que o homem parasse de fazer aquelas caretas. — Oh! A propósito! — acrescentou: — Este é mister... mister...

— Pordage — disse Jeremy.

Clancy teve imenso prazer em conhecê-lo. Ofereceu-lhe a mão repugnantemente suada.

— Tenho novidades para o senhor! — disse Clancy, num cochicho rouco e confidencial; e, com a mão em concha, a fim de que as palavras e o bafo do charuto fossem só para mr. Stoyte, acrescentou:

— O senhor se lembra de Tittelbaum?

— Aquele sujeito do Departamento de Obras Públicas da cidade?

Clancy assentiu.

— Um deles — afirmou enigmaticamente, piscando o olho.

— Bom, e que é que tem? — perguntou mr. Stoyte; e, conquanto Deus fosse amor, havia em sua voz sinais de irritação renascente.

Clancy lançou uma significativa olhadela na direção de Jeremy Pordage; depois, com os gestos afetados de um Guy Fawkes[7]

7 Guy Fawkes (1570- 1606) foi um soldado inglês católico que teve participação na "Conspiração da pólvora" (*Gunpowder Plot*), que pretendia assassinar o rei protestante Jaime VI da Inglaterra e todos os membros do parlamento durante uma sessão em 1605, provocando o início de um levante católico. Guy Fawkes era o responsável por guardar os barris de pólvora que seriam utilizados para explodir o Parlamento do Reino Unido durante a sessão. Porém a conspiração foi desarmada e após o seu interrogatório e tortura, Guy Fawkes foi condenado a execução na forca por traição e tentativa de assassinato. [N.E.]

falando a Catesby no palco de um teatro de aldeia, tomou mr. Stoyte pelo braço e levou-o para alguns degraus acima.

— Sabe o que Tittelbaum me disse hoje? — perguntou retoricamente.

— Como poderia saber? — explodiu mr. Stoyte. ("Mas, não!", repetiu com seus botões. "Deus é amor. Não existe morte.")

Indiferente às mostras de irritação de mr. Stoyte, Clancy prosseguiu, calmamente, no desempenho de seu papel de conspirador.

— Disse que já chegaram a uma decisão... — abaixou ainda mais a voz — ... quanto ao vale de San Felipe.

— Bom, e qual foi a decisão? — inquiriu mr. Stoyte, no extremo limite da paciência.

Antes de responder, Clancy retirou o coto de charuto da boca, jogou-o fora, tirou outro do bolso do colete, sacou-o do invólucro de celofane e meteu-o, apagado, no exato local ocupado pelo precedente.

— Resolveram — disse, muito lentamente, a fim de que cada palavra adquirisse todo o efeito dramático de que era capaz —, resolveram canalizar água para o vale...

No rosto de mr. Soyte, a exasperação transformou-se em interesse.

— O suficiente para irrigar o vale inteiro? — perguntou.

— O suficiente para irrigar o vale inteiro — repetiu Clancy, com solenidade.

Mr. Soyte ficou por um momento em silêncio.

— De quanto tempo dispomos? — perguntou, por fim.

— Tittelbaum acha que a notícia só será divulgada daqui a umas seis semanas.

— Seis semanas? — e mr. Stoyte hesitou por um minuto, para logo decidir-se. — Está bem. Ponha-se imediatamente ao trabalho — disse, de forma imperiosa, como quem está acostumado a mandar. — Vá você mesmo, em pessoa; leve consigo mais alguns rapazes. Compradores independentes, entende? Interessados na criação de gado ou na construção de uma estância de turismo. Comprem tudo o que puderem. A propósito, qual o preço?

— Doze dólares o acre, em média.

— Doze — repetiu mr. Stoyte, calculando que o preço subiria a cem, assim que se começasse a instalar o condutor de água.

— Quantos acres você supõe que possamos comprar? — perguntou.

— Talvez uns trinta mil.

O rosto de mr. Stoyte brilhou de satisfação.

— Ótimo! — disse, vivamente. — Nada de mencionar o meu nome, entendeu? — acrescentou e, em seguida, sem pausa nem transição: — Quanto daremos a Tittelbaum?

Clancy deu um sorriso superior:

— Oh! Uns quatrocentos ou quinhentos bagarotes...

— Só?

O outro assentiu com a cabeça:

— Tittelbaum está com a corda no pescoço. Não pode pedir o que lhe vier à cabeça. Precisa muito de dinheiro.

— Para quê? — perguntou mr. Stoyte, que tinha um interesse profissional pela natureza humana. — Jogo? Mulheres?

Clancy balançou a cabeça:

— Médicos — explicou ele. — O filho teve paralisia infantil.

— Paralisia? — ecoou mr. Stoyte, num tom de sincera comiseração. — Pobrezinho! — hesitou um momento, mas logo, num repente generoso: — Diga-lhe que mande o garoto para cá — continuou, indicando, com um gesto largo, o hospital. — É o melhor lugar do estado para paralisia infantil, e não lhe custará um tostão sequer... Nem um tostão furado!

— Como o senhor é generoso, mister Stoyte! — disse Clancy, com admiração. — Isto é que é bondade!

— Que nada! — protestou mr. Stoyte, encaminhando-se para o automóvel. — Felizmente estou em condições de fazer essas coisas. Lembre-se do que diz a Bíblia sobre as crianças. Além disso, você sabe o bem que me faz — acrescentou ele — amparar estes pobrezinhos. É uma espécie de calor aqui dentro — e mr. Stoyte bateu no peito. — Diga a Tittelbaum que faça o requerimento e mande diretamente a mim. Providenciarei para que seja logo despachado.

Sem uma palavra, entrou no carro e bateu com a porta; mas, reparando na presença de Jeremy, tornou a abri-la. Murmurando desculpas, este se precipitou carro adentro. Mr. Stoyte fechou novamente a porta, baixou o vidro e debruçou-se à janela:

— Até logo, Clancy! — disse — Nada de cochilos no caso de San Felipe, hein? Trate de resolver isso a contento que eu lhe darei dez por cento sobre o total de alqueires que exceder vinte mil!

E, levantando o vidro da janela, fez sinal ao chofer para que partisse. O carro entrou na estrada e rumou para o castelo.

Refestelado no assento, mr. Stoyte ficou pensando em seus pobres doentinhos e no dinheirão que ia ganhar com o negócio de San Felipe. "Deus é amor", repetiu, momentaneamente convicto, num murmúrio tão veemente que Jeremy Pordage pôde ouvi-lo, o que o deixou ainda mais embaraçado.

A ponte elevadiça baixou à aproximação do Cadillac azul, a porta de metal cromado subiu lentamente, as da muralha interior abriram-se de par em par. Na quadra de tênis, em concreto, os sete filhinhos do cozinheiro chinês patinavam. Embaixo, na gruta sagrada, trabalhava um grupo de pedreiros. Vendo-os, mr. Stoyte mandou o chofer parar.

— Estão erigindo um túmulo para umas freiras — disse, saltando do carro.

— Freiras? — repetiu Jeremy, estupefato.

Mr. Stoyte confirmou com um sinal de cabeça e explicou que seus agentes na Espanha tinham comprado estátuas e gradis ornamentais da capela de um convento, devastado pelos anarquistas no princípio da guerra civil.

— Também mandaram algumas freiras — acrescentou. — Creio que embalsamadas, ou então dissecadas, não tenho certeza. Seja como for, o fato é que já chegaram. Felizmente eu tinha um bom lugar para guardá-las...

Apontou para o monumento que os pedreiros estavam fixando à face sul da gruta. Num tabuleiro de mármore que encimava um grande sarcófago romano havia as estátuas, da autoria de algum obscuro escultor jacobita, de um cavalheiro e de uma dama, ambos de golilha, ajoelhados, e, por detrás, em grupos de três, as nove filhas do casal, fazendo uma escadinha que ia da adolescência à infância.

— "*Hic jacet Carolus Franciscus Beals, Armiger...*" — começou Jeremy a ler.

Mas mr. Stoyte o interrompeu:

— Comprei-a na Inglaterra, há dois anos — e, virando-se para o pedreiro: — Então, quando fica pronto?

— Amanhã de manhã. Talvez hoje à noite mesmo.

— É só o que eu queria saber — disse mr. Stoyte, dando-lhe as costas. — Preciso mandar tirar aquelas freiras do armazém — acrescentou, voltando para o automóvel.

Seguiram viagem. Livrando-se na quase invisível vibração das asas, um beija-flor bebia água no jato que jorrava do mamilo esquerdo da ninfa de Giambologna. Do cercado dos bugios vinha um rumor estridente de luta e de copulação. Mr. Stoyte cerrou os olhos. "Deus é amor", repetiu, procurando propositadamente prolongar a deliciosa condição de euforia em que o haviam imerso a visita a seus doentinhos e as boas novas de Clancy. "Deus é amor. Não existe morte." Aguardou, ansioso, a vinda daquela sensação de calor interno, semelhante ao efeito do uísque, que se seguira à anterior prolação das palavras. Mas, em vez dela — como se algum demônio imanente quisesse pregar-lhe uma peça —, viu-se pensando no corpo coriáceo e dessecado das freiras, no seu próprio cadáver, no juízo final, nas chamas eternas. Prudence McGladdery fora uma *christian scientist*, mas Joseph Budge Stoyte, seu pai, fora sandemaniano; e Letitia Morgan, a avó materna, vivera e morrera como irmã de Plymouth. Sobre sua cama, no quartinho da água-furtada do modesto barracão, em Nashville, havia uma tabuleta preta, com a inscrição: "É TERRÍVEL CAIR NAS MÃOS DO DEUS VIVO", em letras alaranjadas. "Deus é amor", reafirmou desesperadamente mr. Stoyte. "Não existe morte." Mas, para um pecador como ele, só o verme era imortal.

— Se o senhor vai ficar, assim, com medo de morrer — dissera-lhe o doutor Obispo —, acabará morrendo... O medo é um veneno, e não dos mais lentos!

Fazendo outro esforço enorme, mr. Stoyte pôs-se a assobiar. A toada era "*I'm making hay in the moonlight, in my baby's arms*", mas o rosto que Jeremy Pordage vislumbrou e, como por causa de algum segredo horrível e indecente, evitou imediatamente seu olhar, era o de um condenado.

"Velho rabugento!" rosnou o chofer para si mesmo, vendo o patrão saltar e afastar-se.

Seguido de Jeremy, mr. Stoyte transpôs em silêncio e a toda a velocidade o portal gótico, atravessou como um relâmpago a antecâmara românica, cheia de colunas, à maneira da Capela da Virgem em Durham, e, ainda de chapéu arriado sobre os olhos, penetrou na penumbra claustral do vestíbulo.

Seus passos ecoaram cem pés acima na abóbada alterosa. Como fantasmas de ferro, as armaduras perfilavam-se, imóveis, pelas paredes. Sobre elas, suntuosamente desmaiadas, as tapeçarias quatrocentistas abriam janelas para um mundo verde de fantasia. Num dos extremos do salão cavernoso, iluminado por um foco de luz invisível, a *Crucificação de São Pedro*, de El Greco, luzia na treva como uma belíssima revelação de algo incompreensível e profundamente sinistro. No outro extremo, não menos brilhantemente iluminado, pendia um retrato, em tamanho natural, de Hélène Fourment, tendo por única vestimenta uma capinha de pele de urso sobre os ombros. Jeremy passou os olhos de um a outro — do ectoplasma do santo de cabeça para baixo para aquela pele inconfundível, aquelas gorduras, aqueles músculos que Rubens tanto amara ver e tocar; das nuanças espirituais verde-claro, ocre e carmim, ensombradas de crepe negro, aos cálidos cremes róseos, azuis nacarados e verdes da nudez flamenga. Dois símbolos resplandecentes, incomparavelmente poderosos e expressivos — mas expressivos de quê? Era essa a questão, é claro.

Sem dar a mínima atenção a seus tesouros, mr. Stoyte atravessou a passos largos o vestíbulo, amaldiçoando no íntimo a finada mulher que tanto o obrigava a pensar na morte por sua insistência em dizer que ela não existia.

A porta do elevador ficava num vão entre duas colunas. Mr. Stoyte abriu-a e a luz jorrou ali dentro, revelando uma dama holandesa de cetim azul, sentada a um cravo, talvez no meio — pensou Jeremy — de uma equação, num mundo em que a beleza e a lógica, a pintura e a geometria analítica se confundiam numa só realidade. Com que propósito? Para exprimir, simbolicamente, que verdades sobre a natureza das coisas? Eis a questão, a eterna questão. "No que se refere à arte", disse Jeremy para si, "esta era sempre a questão".

— Feche a porta! — ordenou mr. Stoyte; e, quando a viu fechada: — Vamos dar um mergulho antes do almoço — acrescentou apertando o mais elevado botão de uma longa série.

CAPÍTULO IV

Já havia mais de uma dúzia de famílias de retirantes trabalhando nos laranjais quando o homem do Kansas, a mulher, os três filhos e um cachorro amarelo cruzaram a cerca, em direção às árvores que o feitor lhes indicara. Iam em silêncio, pois não tinham nada a dizer nem energia para desperdiçar com palavras.

Só faltava meio dia, pensava o homem; apenas quatro horas para terminar o trabalho. Ficaria feliz se ganhassem setenta e cinco cents. Setenta e cinco cents, e o pneu da roda dianteira direita do carro estava nas últimas... Se quisessem seguir até Fresno e de Fresno até Salinas, teriam de comprar outro em melhor estado. Porém mesmo o mais vagabundo dos pneus usados custa dinheiro. Dinheiro quer dizer comida. "E como eles comiam!", pensou, com ressentimento súbito. Se ainda fosse só, se não tivesse de arrastar eternamente consigo Minnie e as crianças, talvez conseguisse arrendar em algum lugar uma fazendola, de preferência à beira da estrada, pois desse modo poderia fazer um dinheirinho a mais vendendo ovos, frutas e coisas aos que passavam de automóvel, vender muito mais barato que as quitandas e, ainda assim, ganhar muito dinheiro. Depois, talvez pudesse comprar uma vaca, um casal de porcos... E, então, quem sabe se não acharia uma moça, uma dessas mocinhas cheia de corpo — ele gostava das gordas — rechonchuda, jovem, que quisesse...

Nisto, a mulher teve novo acesso de tosse; o sonho se desfez. Como comiam! Muito mais do que valiam! Três garotos raquíticos e Minnie, doente dia sim, dia não, obrigando-o a trabalhar por dois!

O cachorro deteve-se a farejar um poste. Com agilidade súbita e surpreendente, o homem do Kansas deu dois saltos à frente e acertou-lhe um pontapé em cheio na barriga.

— Cachorro dos infernos! — gritou. — Sai do caminho!

O animal fugiu, ganindo de dor. O homem do Kansas virou a cabeça, na esperança de surpreender no rosto dos filhos um ar de reprovação ou de piedade; mas as crianças não eram bobas a ponto de dar-lhe pretexto de fazer a elas o que fizera ao cachorro. Sob os cabelos desgrenhados, os três rostinhos pálidos continuaram inteiramente apáticos e vazios. Desapontado, o homem voltou-se, murmurando palavras confusas. "Quebraria as costelas do primeiro... Se não tivessem tomado cuidado!" A mãe sequer virou a cabeça. Estava muito doente e cansada para fazer outra coisa que não continuar andando.

Mais uma vez o silêncio profundo caiu sobre o grupo.

De repente, a filha mais moça soltou um grito estridente.

— Olha lá! — exclamou, aflita, apontando para o castelo.

Com efeito, tinham à frente o castelo. Do topo da torre mais alta erguia-se uma estrutura de metal, delicada como uma teia de aranha, servindo de suporte a uma sucessão de plataformas que iam até vinte ou trinta pés acima do parapeito. Na plataforma superior, projetava-se uma figurinha humana, negra contra o sol luminoso. Imagine-se a aflição da criança vendo essa figura erguer os braços e mergulhar, de cabeça, por detrás das ameias!

Para o homem do Kansas, porém, o grito lancinante da filha foi providencial, pois lhe forneceu o pretexto que, há pouco, eles lhe tinham negado. Voltou-se, furioso:

— Parem com esses ganidos! — gritou; e, caindo em cima deles, deu um tabefe em cada um. Num esforço sobre-humano, a mulher, erguendo-se do abismo de fadiga em que jazia, parou, voltou-se, protestou aos gritos, tentou conter o braço do marido. Ele lhe empurrou de modo tão violento que ela quase caiu.

— Você é tão boa quanto eles! — gritou — Só vive para comer. Não vale nada! Já estou farto de todos vocês! Farto, entendem? Portanto, bico calado, ouviram?!

Mais aliviado com o desabafo, pôs-se a andar entre as filas de laranjeiras carregadas, num passo que, sabia, em pouco tempo extenuaria a mulher.

Da piscina, no alto do torreão, a vista era magnífica. Boiando-se nas águas translúcidas, bastava virar a cabeça para ver, por entre as ameias, a sucessão de planície e montanha, verdes, marrons, violetas, azul-pálidos... Boiava-se, olhava-se e pensava-se — no caso de Jeremy Pordage — naquela torre do *Epipsychidion*, a torre cujos aposentos davam para o ar dourado do Oriente.[8]

Na alterosa região dos ventos frescos, miss Virgínia Mauncíple, porém, não boiava, não olhava nem pensava no *Epipsychidion*; miss Virgínia Mauncíple tomava mais um gole de uísque com soda, subia à prancha mais alta do trampolim, estendia os braços, mergulhava, nadava sob a água e, vindo à tona bem por baixo do incauto Jeremy, segurava-o pelo cinto do calção de banho e o levantava.

— A culpa foi toda sua... — disse, quando ele voltou, resfolegando, afobado, à superfície. — Quem mandou ficar aí, imóvel, como um buda velho?

8 Referências a um poema de Shelley (1792-1822), um dos mais importantes poetas românticos ingleses: "Looking towards the Golden Eastern air / And level with the living winds". [N.E.]

Sorriu-lhe com o mais cordial dos desprezos.

Que gente tio Jo trazia ao castelo! Um inglês de monóculo para examinar as armaduras; outro, gago, para limpar quadros; um senhor que só falava alemão, para ver uns vasos bobos e pratos antigos; e, agora, este inglês ridículo, com cara de coelho e uma voz que mais parecia uma "canção sem palavras" tocada ao saxofone...

Jeremy Pordage piscou os olhos para expulsar a água e, turvamente — pois era presbita e estava sem óculos —, distinguiu o rosto sorridente da jovem pertinho do seu, o corpo deformado e vagamente ondulante por debaixo da água. Não muitas vezes na vida tivera ocasião de estar tão perto de um ser desta espécie. Recalcou o aborrecimento e sorriu.

Miss Maunciple, estendendo o braço, deu-lhe uma palmada na carequinha do alto da cabeça:

— Puxa! — exclamou. — Como brilha! Parece bola de bilhar... Já sei como vou chamar o senhor: "Marfim"!... Até já, Marfim!

E, dando-lhe as costas, foi nadando até a escada, saiu da água e dirigiu-se à mesinha em que estavam as garrafas e os copos. Depois de tomar o resto de seu uísque com soda, sentou-se à beira do divã em que mr. Stoyte, de óculos escuros e calção de banho, tomava tranquilamente seu banho de sol.

— Então, tio Jo — disse ela num tom de afetuosa galhofa —, como está se sentindo? Bem?

— Estou ótimo, garota — respondeu ele. Era verdade; o sol acabara por dissipar seus lúgubres presságios; já estava vivendo, de novo, no presente, neste presente delicioso em que ele fazia a felicidade dos pobres e doentinhos; em que havia Tittelbaums prontos a prestar, por quinhentos bagarotes, informações dignas de, pelo menos, um milhão; em que o céu era azul e o sol, uma carícia morna sobre o estômago; em que, enfim, despertava-se da deliciosa sonolência para ver Virgininha sorrir, como se gostasse realmente de seu tio Jo, e gostasse, o que era melhor, não como se gosta de um tio velho — ah, não senhor — porque, no fim de contas, um homem tem a idade que sente, a idade que *age*... E, no que se referia à garota, ele se sentia jovem? *Agia* como jovem? E como não? — E mr. Stoyte sorriu para si mesmo, um sorriso de triunfo, um sorriso de íntima satisfação.

— Pois é, garota... — disse ele em voz alta, descansando a mão quadrada, de dedos grossos, no joelho nu da jovem.

Por entre as pálpebras semicerradas, miss Maunciple dirigiu-lhe um olhar secreto e um tanto indecente, de compreensão e cumplicidade; depois, com uma risadinha, distendeu preguiçosamente os braços.

— Como é bom ficar ao sol! — ela disse; e, baixando completamente as pálpebras, flexionou os braços levantados e cruzou-os à nuca. Era uma pose que lhe empinava o busto, acentuava a concavidade do lombo e o perfil convexo das nádegas; o tipo da pose que os eunucos ensinariam a uma recém-chegada ao serralho assumir na primeira entrevista com o sultão; exatamente a pose — reconheceu Jeremy, dando a sua olhadela furtiva — daquela estátua ultrainconveniente do terceiro andar do Panteão Berverly.

Através dos óculos escuros mr. Stoyte olhou-a, com um ar de proprietário a um tempo glutão e paternal. Virgínia era sua *garota,* não apenas no sentido figurado, não apenas no sentido familiar, mas também no sentido literal da palavra. Os sentimentos que lhe dedicava eram, simultaneamente, os do mais puro amor paterno e os do mais violento erotismo.

Era um gosto vê-la. Contrastando com o alvo cetim lustroso do calçãozinho de banho e do corpete, a pele queimada parecia ainda mais luxuriantemente morena. Os planos de seu corpinho jovem fluíam, em suaves curvas contínuas, naturalmente sólidas, tridimensional, sem descontinuidades ou transições bruscas. Depois de pousarem longamente na cabeleira castanho-acobreada, os olhos de mr. Stoyte percorreram a testa abaulada, os olhos, muito grandes, o narizinho reto e impudente, até a boca. Aquela boca era o traço mais característico da fisionomia da jovem. O lábio superior, muito fino, dava ao rosto de Virgínia aquela expressão *sui generis* de inocência infantil — aquela expressão que persistia em todas as suas variações de humor, que se notava, estivesse ela fazendo o que estivesse, quer contando histórias sujas, quer conversando com o bispo, tomando chá em Pasadena ou embriagando-se com os rapazes, dando-se o que ela chamava "um gostinho", ou ouvindo a missa. Cronologicamente, miss Maunciple era uma mocinha de vinte e dois anos; mas aquele labiozinho abreviado dava-lhe, em quaisquer circunstâncias, um ar de adolescente, um ar de quem ainda não atingira a idade da aquiescência. Para mr. Stoyte, sexagenário, o contraste curiosamente mórbido entre a infância e a maturidade, entre a aparência da inocência e o fato da experiência, era embriagadoramente tentador. Não apenas no que dizia respeito a ele, Virgínia era garota nos dois sentidos da palavra: também o era objetivamente, em si mesma.

Que deliciosa criaturinha! A mão que até então descansara, inerte, sobre o joelho da jovem, contraiu-se, lentamente. Entre o gordo polegar espatulado e os dedos fortes, que maciez, que tumidez rica e substancial!

— Gininha! — disse ele. — Minha garotinha!

A garotinha abriu os grandes olhos azuis e deixou cair os braços, da nuca para os dois lados do corpo. As costas tensas relaxaram-se, os peitinhos empinados moveram-se para cima e para baixo, qual duas suaves criaturas vivas caindo em repouso. Sorriu para o velho:

— Pra que o senhor está me beliscando, tio Jo?

— Pra quê? — respondeu, num tom de canibalesco sentimentalismo. — Se pudesse eu devoraria você...

— Se o senhor soubesse como eu sou dura...

— Pequenina dura! — disse mr. Stoyte, com uma risadinha terna.

A pequenina dura, erguendo o busto, inclinou-se e o beijou.

Aconteceu que Jeremy Pordage, que até então estivera apreciando o panorama, a recitar em silêncio o *Epipsychidion*, virara-se mais uma vez, nesse momento, em direção ao divã; e tão chocado ficou com o que viu, que perdeu a flutuabilidade e teve de agitar freneticamente pernas e braços para não afundar. Virou rapidamente o rosto, nadou até a escada, saiu da água e, sem mesmo enxugar o corpo, correu para o elevador.

— Caramba! — disse, olhando o Vermeer. — Caramba!

— Hoje de manhã fiz um negócio! — disse mr. Stoyte, quando a garota se endireitou no divã.

— Que negócio?

— Negócio da China — respondeu ele. — Talvez me dê muito dinheiro... Um dinheirão!

— Quanto?

— Meio milhão, talvez — disse tio Jo, abatendo, por medida de cautela, as suas esperanças. — Talvez mesmo um milhão, ou mais...

— Tio Jo! — exclamou ela. — O senhor é formidável!

Sua voz tinha a nota da mais completa sinceridade. De fato, achava-o formidável. No mundo em que vivera, considerava-se axiomático que um homem capaz de ganhar um milhão de dólares fosse formidável. Pais, amigos, professores, jornais, o rádio, os anúncios, todos eram unânimes em proclamar essa verdade. Além do mais, Virgínia gostava muito de seu tio Jo. Pois ele era tão bom para ela! Não podia deixar de ser grata. De resto, sempre que podia gostava das pessoas; gostava de agradar porque se sentia bem agradando; sentia-se bem, mesmo quando eram velhos como tio Jo e certas maneiras pelas quais queriam ser agradados não fossem das mais apetitosas. — O senhor é formidável!

A admiração da garota encheu-o de satisfação.

— Ora, é tão fácil! — disse ele, com hipócrita modéstia, pedindo mais...

Virgínia deu-lhe mais:

— Fácil, nada! — retrucou, com firmeza. — O senhor é realmente formidável! Portanto, bico calado!

No auge do contentamento, mr. Stoyte tomou outro punhado de carne sólida e apalpou-o com amor.

— Se tudo correr bem, vou dar um presente para você — disse. — O que você quer?

— Que eu quero? — repetiu ela. — Eu não quero nada...

Não era fingido esse desinteresse; era verdadeiro. Ela jamais queria as coisas assim, a sangue-frio. No momento em que lhe vinha um desejo, por um *ice-cream soda*, por exemplo, por um "gostinho", por algum casaco de arminho visto numa vitrine, nesses momentos, sim, ela queria as coisas, queria-as loucamente, não conseguia esperar um minuto sequer. Mas quanto a desejos a longo prazo, desejos formulados de antemão, não, nunca os tivera. A melhor parte de sua vida consistia no desfrute dos instantes sucessivos de contentamento de que se compunha; e, se por acaso as circunstâncias a obrigavam a passar dessa eternidade inconsciente para o mundo do tempo, era para um mundo muito pequenino, um mundo cujas fronteiras mais remotas nunca iam além de uma ou duas semanas no futuro. Mesmo quando fazia apresentações, a dezoito dólares por semana, já achava difícil preocupar-se com coisas como o dinheiro, o futuro e o que aconteceria se um acidente a impossibilitasse de continuar a exibir as pernas. Depois aparecera tio Jo e tudo mais, como que brotado de uma árvore — uma árvore de piscinas, uma árvore de coquetéis, uma árvore de *Schiaparellis*... Bastava estender a mão, e, pronto — lá vinham as coisas, como as maçãs da plantação, no Oregon, em que nascera. Portanto, para que presentes? Por que haveria ela de querer alguma coisa? Ademais, sabia que tio Jo ficava satisfeitíssimo quando ela não queria coisas, e era tão bom agradar o tio Jo!

— É sério, tio Jo, não quero nada!

— Não quer? — disse uma voz estranha, muito próxima. — Pois eu quero.

Simpático, de cabelos negros, esplendidamente levantino, o doutor Sigmund Obispo achegou-se rapidamente ao divã.

— Para ser mais preciso — continuou ele —, desejo injetar um centímetro cúbico vírgula cinco de testosterona no *gluteus medius* do grande homem. Portanto, queira retirar-se, meu anjo — disse ele a Virgínia, sarcástico, mas com um sorriso de dissimulado desejo. — Vamos! — Deu-lhe uma palmadinha familiar no ombro, outra no posterior de cetim branco, quando ela se levantou para dar-lhe o lugar.

Virgínia virou-se bruscamente, com a intenção de lhe dizer que não fosse tão confiado, mas, quando seu olhar passou daquele barril de carne cabeluda que era mr. Stoyte para o rosto simpático do outro, tão insultuosamente sarcástico, mas, ao mesmo tempo, tão lisonjeiramente concupiscente, mudou de ideia e, em vez de dizer-lhe, em voz alta, que fosse para o inferno, mostrou-lhe a língua numa careta. O que começara como um protesto acabara, sem que ela o quisesse, num consentimento a uma impertinência, num ato de cumplicidade para com a parte ofensora e de deslealdade para com tio Jo. "Coitado do tio Jo!" — pensou ela, num repente de afetuosa piedade. Por momentos, teve vergonha de si mesma. Claro que a culpa era toda do doutor Obispo, por ser tão simpático; por diverti-la; porque ela gostava de sua admiração; porque era divertido instigá-lo, só para ver o que ele fazia. Gostava até de brigar com ele quando era grosseiro, o que acontecia com frequência.

— Que pensa o senhor que é? Douglas Fairbanks Júnior? — disse ela, na tentativa de desaforo; e, com toda a dignidade que as duas tirinhas de cetim branco lhe davam, caminhou até as ameias, debruçou-se e ficou olhando a planície.

Formiguinhas humanas moviam-se, apressadas, por entre as laranjeiras. "Que estariam fazendo?", tentou ela imaginar; mas logo seu espírito fugiu para outros assuntos mais interessantes e pessoais. Para Sig, por exemplo, para o fato de não poder deixar de se sentir excitada em sua presença, mesmo quando ele se comportava da maneira de há pouco. Talvez algum dia... Algum dia... Não por mal, não, mas só para ver como seria... E se a vida se tornasse muito sem graça no castelo... "Pobre tio Jo!", refletiu ela. Mas, que diabo! Que outra coisa podia ele esperar, dada a sua idade e a dela? O que era de admirar, isto sim, era que, em todos estes últimos meses, ela não lhe tivesse dado uma razão sequer de sentir ciúmes — sem contar, é claro, Enid e Mary Lou; mas estas ela não contava, porque não era a mesma coisa, e, quando acontecia, não passava de um pequenino acidente, agradável, sem dúvida, mas absolutamente desprovido de importância. Enquanto com Sig, se porventura acontecesse, a coisa seria muito diferente; mesmo se não fosse a sério (o que não seria, pelo menos não como com Walter ou com o Busterzinho, em Portland, tempos atrás), mesmo que não fosse a sério, seria muito diferente dos pequeninos acidentes com Enid e com Mary Lou, porque, com um homem, essas coisas em geral são graves, quer se queira, quer não. Por sinal, essa era a única razão que tinha para evitá-las, sem contar, é claro, a circunstância de serem pecados; mas também isso não parecia ter lá muita importância quando o rapaz era simpático (e tinha de reconhecer que Sig o era, apesar de já tender para o tipo de Adolphe Menjou; aliás, morenos de cabelos lustrosos eram o seu fraco...). E quando, depois de uns drinks, a gente se sente com vontade de experimentar emoções, quem é que se lembra de pecado? E, como uma coisa puxa outra, antes de se dar conta de que aconteça, bem, acontece... Decididamente, uma coisa tão boa não podia ser tão má quanto dizia o padre O'Reilly... O padre decerto exagerava. Nossa Senhora haveria de ser muito mais tolerante, muito mais generosa do que ele. Além do mais, o padre não podia falar... Também tinha culpa no cartório. O modo revoltante com que ele devorava os pratos quando vinha jantar — como um porco, não havia outro termo! E então, não seria a glutoneria um pecado tão grave quanto o outro? Que direito tinha ele, pois, de falar assim?

— E então, como vai o paciente? — inquiriu o doutor Obispo, parodiando a atitude solícita de um médico que chega à cabeceira de um doente, ocupando o lugar que Virgínia deixara no divã. Estava radiante. O trabalho no laboratório saía melhor do que a encomenda; aquele novo preparado de sais biliares fizera maravilhas a seu fígado; a alta causada pelo rearmamento fizeram suas ações de Aviação subirem mais três pontos; e era evidente que Virgínia não poderia resistir por muito tempo. — Como passou a manhã o pequeno inválido? — continuou ele, enriquecendo a paródia com o arremedo do sotaque inglês, que sabia imitar porque fez um ano de pós-graduação em Oxford.

Mr. Stoyte rosnou qualquer coisa inarticulada. Havia algo nas palhaçadas do doutor Obispo que sempre o irritava. De algum modo não facilmente definível, elas tinham o caráter de um insulto proposital. Parecia-lhe que a ironia aparentemente benévola do autor era, na realidade, a manifestação de um desprezo hostil e calculado. Bastava pensar nelas para que o sangue lhe fervesse nas veias. Mas, informara-lhe o próprio doutor, se a pressão arterial subisse, sua vida estaria reduzida a alguns anos. Não podia se dar ao luxo de explodir com o doutor; e, o que ainda era pior, não se podia dar a satisfação de mandar o homem às favas. Obispo era um mal necessário. "Deus é amor; não existe morte". Apesar disso, mr. Stoyte lembrou-se, com terror, de que já tivera um ataque e que estava envelhecendo. Obispo salvara-lhe a existência quando estivera às portas da morte, prometera-lhe mais dez anos de vida, mesmo se as pesquisas que empreendera não dessem o resultado esperado; e, se dessem, então mais, muito mais. Vinte, trinta, quarenta anos! Talvez não houvesse, real e verdadeiramente, a morte — pelo menos para tio Jo. Gloriosa perspectiva! Mas, no entanto... Mr. Stoyte deu um suspiro resignado e profundo. "Todos temos nossa cruz", disse com seus botões, repetindo, tantos anos depois, as palavras que sua avó lhe dizia toda vez que lhe fazia tomar óleo de rícino.

O doutor Obispo, nesse meio tempo, esterilizara a agulha, serrara a ponta de uma ampola de vidro e enchera a seringa. Seus movimentos caracterizavam-se por certo refinamento estudado, certa precisão vaidosa. Era como se o homem fosse, ao mesmo tempo, seu próprio balé e público — público refinado e exigente, é verdade; mas também, que balé! Nijinsky, Karsavina, Pavlova, Massine, todos reunidos num único palco. Por mais colossais que fossem os aplausos, eram sempre merecidos.

— Pronto! — exclamou, afinal.

Docilmente, em silêncio, mr. Stoyte rolou sobre o ventre como um elefante amestrado.

CAPÍTULO V

Jeremy tinha acabado de se vestir e estava agora sentado na secretaria subterrânea que lhe fora destinada como gabinete de estudo. A poeira acre e ressequida dos velhos documentos subira-lhe à cabeça como rapé. Tinha o rosto afogueado enquanto preparava as tiras de papel e apontava os lápis. A calva luzia, úmida de suor; atrás das lentes bifocais, os olhos brilhavam de excitação.

"Ah! Tudo pronto!". Jeremy rodou a cadeira giratória e ficou por algum tempo parado, saboreando voluptuosamente as expectativas. Envoltos em inúmeros pacotes de papel pardo, os Documentos Hauberk esperavam o primeiro leitor. Vinte e sete caixas de invioladas noivas de quietude. Sorriu, embevecido, à ideia de que seria ele o seu Barba Azul. Milhares de noivas da quietude, acumuladas, através de séculos, por sucessivas gerações de infatigáveis Hauberk; primeiro, cavalheiros, depois, barões, depois, condes — conde de Gonister após conde Gonister, até o oitavo e último. E, depois deste, nada, a não ser impostos de transmissão *causa mortis*, uma casa velha e duas solteironas, cada vez mais solitárias, cada vez mais excêntricas, cheias de pobreza e orgulho de família, e, por fim, coitadinhas! — mais pobreza do que orgulho. Tinham jurado jamais vender, mas acabaram por aceitar a oferta de mr. Stoyte. Os Documentos foram despachados para a Califórnia. Agora as duas velhinhas teriam com que se proporcionar dois funerais realmente suntuosos. E esse seria o fim dos Hauberk.

Deliciosos fragmentos de história inglesa! Com sua pequenina dose de moralidade, talvez; talvez, porém — e mais provavelmente — apenas sem pé nem cabeça, nada mais que uma história contada por um idiota, uma história de assassinos e conspiradores, patrocinadores do saber e especuladores suspeitos, bispos, ganimedes de reis e poetas de segunda, almirantes e alcoviteiros, santos, heroínas e ninfomaníacas, imbecis e primeiros-ministros, colecionadores de objetos de arte e sádicos. E eis tudo o que restava deles, na confusão de vinte e sete caixas, jamais catalogados, nunca vistos, absolutamente virgens.

Regalando-se com o seu tesouro, Jeremy esqueceu as fadigas da jornada, Los Angeles e o chofer, o cemitério e o castelo, esqueceu até mesmo mr. Stoyte. Eram seus os Documentos Hauberk! Só seus! Como uma criança que mete, ansiosa, a mão num saco de surpresas em busca de um presente, na certa maravilhoso, Jeremy tirou da primeira caixa um dos pacotes de papel pardo e cortou o barbante. Que preciosa confusão o aguardava! Um caderno de contas domésticas de 1576 e 1577; a narrativa, da autoria de algum cadete Hauberk, da expedição de sir Kenelm Digby a Scanderoon; oito cartas, em espanhol, de Miguel de Molinos àquela tal Lady Hauberk que escandalizara a família tornando-se papista; uma coleção de receitas médicas, na caligrafia do princípio do século XVIII; um exemplar de *Da morte*, de Delincourt; um curioso volume de *Félicia ou mes fredaines* de Adréa de Nerciat.

Acabara de cortar o barbante do segundo pacote e estava imaginando de quem seria a madeixa de cabelos castanho-claros que encontrara entre as páginas das *Reflexões* — do próprio punho do terceiro conde — sobre a última conspiração papista, quando bateram à porta. Erguendo o olhar, Jeremy deparou com um homenzinho moreno, de macacão branco, que avançava em sua direção. O estranho sorriu e disse:

— Não quero importuná-lo... — e, não obstante, importunou. — Meu nome é Obispo — continuou, — doutor Sigmund Obispo, médico particular de Sua Majestade, o rei Stoyte I, que queiram os céus seja também o último.

Evidentemente encantado com a própria pilhéria, prorrompeu numa gargalhada estrepitosa e metálica, e logo, com o gesto elegantemente desdenhoso de um aristocrata mariscando num monte de lixo, pegou uma das cartas de Molinos e, lentamente, em voz alta, pôs-se a decifrar a primeira linha da fluente caligrafia do século XVII com que e deparou.

— "*Ame a Dios com es en sí, y no como se lo dice y forma su imaginación.*"

Mirou Jeremy com um sorriso divertido:

— Bem mais fácil de dizer que de fazer, o senhor não acha? Ora, pois se nem a uma mulher se pode amar tal como é em si mesma! E, no entanto, ainda no fenômeno que chamamos "mulher" existe uma espécie de base física objetiva, em alguns casos, aliás, bem interessante, ao passo que o pobre "*Dios*" não passa de um espírito, em outras palavras, pura imaginação. E aqui está este idiota (seja lá quem for) a dizer a outro idiota que não se deve amar a Deus tal como ele é em nossa imaginação... — E, mais uma vez no esmerado desempenho do papel de aristocrata, largou a carta com outro movimento desdenhoso. — Que bobagem! — continuou. — Um rosário de palavras que se chama religião. Outro que se chama filosofia. Meia dúzia de outros que se chamam ideais políticos. Palavras que, quando não ambíguas, não têm pé nem cabeça. E, no entanto, os homens se apaixonam por elas de tal maneira que são capazes de assassinar um vizinho só porque usou uma palavra de que eles não gostem... Uma palavra que, muito provavelmente, significa ainda menos que um bom arroto. Um ruído, sem a justificativa sequer da pressão dos gases no estômago. "*Ame a Dios como es en sí*" — repetiu, com escárnio. — Quase tão sensato quanto dizer: "Uf *a* uf *como es en* uf". Não sei como vocês, *litterae humaniores*, conseguem suportar essas coisas! De vez em quando não sentem falta de um pouco de sentido?

Jeremy sorriu, nervoso, à guisa de desculpa.

— Bom, a gente não liga muito para o sentido... — disse. E, prevenindo críticas posteriores com o menosprezo de si mesmo e das coisas que mais amava na vida, acrescentou: — O senhor sabe... A gente se diverte um bocado, mariscando nos montes de lixo.

O doutor Obispo, com uma risada, deu uma palmadinha animadora no ombro de Jeremy:

— Ainda bem! — disse ele. — Ainda bem que o senhor é sincero. A maior parte dos bacharéis em filosofia que a gente encontra são terrivelmente tartufos! Não podem ver uma pessoa sem logo tentar lhe impor essa bobagem de cultura moral superior. Sim, essa história de sabedoria em vez de conhecimentos, Sófocles em vez de ciência... Sempre que eles me vêm com isso, eu vou logo dizendo: Curioso serem justamente as coisas que lhes servem de ganha-pão as destinadas a salvar a humanidade! Mas o senhor, não; o senhor é sincero. Não tenta glorificar a sua igrejinha. Reconhece que só está metido nessa história pela distração que lhe proporciona. Pois bem, é por isso também que estou na minha: pela distração. É claro, porém, que se o senhor viesse pra cima de mim com essas bobagens de Sófocles, eu lhe presentearia imediatamente com uma de minhas dissertações sobre a ciência e o progresso, a ciência e a felicidade, e até mesmo a ciência e a última verdade, se tivesse sido muito teimoso.

Mostrou os dentes muito brancos, num sorriso de desprezo a tudo e a todos.

Era contagioso o seu divertimento. Jeremy também sorriu.

— Felizmente não fui teimoso... — disse, num tom cuja doce reserva destinava-se a mostrar o quanto ele se opunha a especulações sobre a última verdade.

— Mas note-se — continuou o doutor Obispo — que não sou inteiramente insensível aos encantos do seu ofício. É claro que não me refiro a Sófocles. Sófocles é demais. E esse troço aí me mataria de tédio — acrescentou, indicando com o queixo as vinte e sete caixas. — Devo reconhecer, porém — concluiu gentilmente —, que, no meu tempo, também me diverti um bocado à custa dos livros velhos. Um bocado!

Jeremy puxou um pigarro, afagou a calva; os olhos brilharam, já se divertindo com o efeito da pilhéria deliciosamente ácida que estava prestes a soltar. Mas, infelizmente, o doutor Obispo não lhe deu tempo. Serenamente alheio aos preparativos de Jeremy, consultou o relógio e, levantando-se, disse:

— Gostaria de mostrar-lhe o meu laboratório. Há tempo de sobra antes do almoço. Vamos?

"Nem me pergunta se eu quero visitar o seu excomungado laboratório!", protestou Jeremy com seus botões, engolindo, desapontado, a pilhéria. E era uma pilhéria e tanto! Claro que preferia continuar a desembrulhar os Documentos Hauberk, mas, faltando-lhe coragem para confessá-lo, levantou-se e seguiu docilmente o doutor, rumo à porta.

Longevidade, explicou o doutor assim que se viu do lado de fora. Era sua especialidade desde que deixara a faculdade. Mas, enquanto teve de clinicar, claro que não pôde dedicar-se seriamente a ela. A clínica, explicou num parêntese, é fatal ao trabalho sério. Como pode uma pessoa fazer algo razoável quando tem de passar o tempo todo a atender clientes? Os pacientes pertencem a três classes: os que se imaginam doentes, mas não o são; os que são doentes, mas ficariam bons de qualquer maneira; e os que são doentes, mas melhor seria que estivessem mortos. Para um homem capaz de trabalho sério, perder tempo com pacientes era uma verdadeira idiotice. Só mesmo a pressão econômica para obrigá-lo a uma coisa dessas. E ficaria para sempre condenado a desperdiçar seu tempo com imbecis se a sorte não o tivesse, inopinadamente, favorecido. Jo Stoyte fora consultá-lo, numa visita positivamente providencial.

— Um presente de Deus, não resta dúvida... — murmurou Jeremy, citando sua frase favorita de Coleridge.

— Jo Stoyte — repetiu o doutor Obispo —, Jo Stoyte às portas da morte. Dezoito quilos de excesso de peso e um ataque cardíaco. Felizmente, não dos piores, mas o suficiente para pôr o pobre-diabo suando frio. Só faltou morrer de medo — e os dentes brancos do doutor Obispo tornaram a luzir, num sorriso de ferino bom humor.

No caso de Jo, dera-se o pânico, pânico este que proporcionou ao doutor Obispo sua libertação da clínica, o seu salário, o laboratório de pesquisas sobre a longevidade, o magnífico assistente, além do financiamento de estudos farmacêuticos em Berkeley, de experiências em macacos no Brasil, de uma expedição para estudar as tartarugas das ilhas Galápagos, enfim, tudo que um pesquisador podia desejar, inclusive Jo Stoyte em pessoa, convertido em perfeita cobaia, pronto a submeter-se praticamente a todo e qualquer procedimento (salvo a vivissecção sem anestesia), desde que oferecesse alguma esperança de mantê-lo por mais alguns anos nesta Terra.

No momento, nada fazia de espetacular com o velho imbecil. Limitava-se a manter seu peso, a tratar de seus rins, a levantar, de quando em quando, seu moral com aplicações periódicas de hormônio sexual sintético, e a vigiar-lhe as artérias. Enfim, o tratamento óbvio, corriqueiro, para um homem da idade e dos antecedentes clínicos de Jo Stoyte. Enquanto isso, porém, achava-se na pista de algo novo, algo que prometia ser importante. Mais uns meses, talvez semanas, e já estaria em situação de fazer uma afirmação definida.

— Muito interessante — disse Jeremy, com hipócrita polidez.

Iam por um estreito corredor caiado de branco, resplandecentemente iluminado por uma série de lâmpadas elétricas. De quando em quando, pelas portas abertas, Jeremy entrevia depósitos imensos entulhados de colunas de totens e armaduras, orangotangos empalhados e grupos de mármore por Thorwaldesen, bodisatvas dourados e primitivas máquinas a vapor, *lingams* e diligências, cerâmicas peruvianas, crucifixos e espécimes mineralógicos...

Entretanto, o doutor Obispo recomeçara a falar em longevidade. A matéria — insistia ele — achava-se ainda na fase pré-científica. Um monte de informações sem uma hipótese explicatória. Um mero caos de fatos. E que fatos estranhos! Que fatos essencialmente excêntricos! Por exemplo, por que haveria uma cigarra de viver tanto quanto um touro? Ou um canário a sobreviver a três gerações de ovelhas? Por que os cachorros atingiam a senilidade aos catorze anos, enquanto os papagaios ainda eram vigorosos aos cem? Por que se tornariam estéreis as fêmeas humanas aos quarenta, enquanto as fêmeas dos crocodilos continuavam a pôr ovos até os trezentos? Por que cargas-d'água um lúcio viveria duzentos anos, sem apresentar indício de senilidade, ao passo que o pobre Jo Stoyte...

De repente, de um corredor tranversal, saíram dois homens carregando numa maca um par de freiras mumificadas. Deu-se uma colisão.

— Idiotas! — berrou o doutor Obispo, fulo de raiva.

— Idiota é você!

— Vocês não enxergam?

— Cale a boca!

O doutor Obispo deu as costas e, com um ar de soberano desprezo, continuou o seu caminho.

— Quem você pensa que é? — gritaram ainda os carregadores.

Durante todo esse tempo Jeremy olhava, com viva curiosidade, as duas múmias. "Carmelitas Descalças", disse, para si mesmo. E, deleitando-se com o sabor daquela curiosa combinação de sílabas, repetiu-as, com certa ênfase prazerosa:

— Carmelitas descalças!

— Descalço é seu rabo! — disse o primeiro carregador, voltando-se agressivo para o novo antagonista.

Jeremy olhou timidamente aquele rosto congesto e raivoso, e logo, numa pressa ignominiosa, saiu correndo atrás do seu guia.

Afinal o doutor parou.

— Chegamos — disse, abrindo uma porta. Um odor de ratos e álcool absoluto invadiu o corredor. — Quer entrar? — convidou cordialmente.

Jeremy entrou. De fato, lá estavam os ratos, gaiolas e mais gaiolas empilhadas ao longo da parede fronteira. À esquerda, três janelas abertas na rocha davam para a cancha de tênis e para um distante panorama de laranjeiras e montanhas. Sentado a uma mesa em frente a uma dessas janelas, um homem inclinava-se sobre um microscópio. Quando se aproximaram, o homem levantou o rosto, simpático e desgrenhado, revelando uma fisionomia de candura e transparência quase infantis.

— Olá, doutor! — disse, com um sorriso encantador.

— É o meu assistente — explicou o doutor. — Pete Boone. Pete, apresento-lhe mister Pordage.

Pete levantou-se revelando o que era: um jovem gigante, atlético.

— Trate-me por Pete — disse, quando Jeremy o chamou de mr. Boone. — Todos me chamam de Pete.

Jeremy ficou pensando se devia convidar o rapaz a chamá-lo de Jeremy, mas, como de costume, hesitou tanto que o momento apropriado passou-se irrevogavelmente.

— Pete é muito inteligente — recomeçou o doutor Obispo, num tom afetuoso em intenção, mas, na realidade, um tanto protetor. — Sabe um bocado de fisiologia. E que mãos! Verdadeiras mãos de fada. Não conheço melhor cirurgião de ratos — acrescentou, dando uma palmadinha no ombro do rapaz.

Pete sorriu um pouco sem jeito, observou Jeremy, como se achasse difícil dar uma resposta adequada à cordialidade do outro.

— Seu único defeito é levar muito a sério a política — continuou o doutor Obispo. — Estou procurando curá-lo disso, mas até agora não consegui muita coisa, hein, Pete?

Dessa vez o rapaz sorriu mais à vontade; agora, sim, sabia como responder.

— É verdade, doutor.

E voltando-se para Jeremy:

— O senhor por acaso leu nos jornais da manhã as notícias da Espanha? — E a expressão do seu rosto aberto e franco tornou-se preocupada.

Jeremy balançou a cabeça.

— Horrível! — disse Pete, com tristeza. — Quando penso naqueles pobres-diabos, sem aviões, sem artilharia, sem...

— Pois então não pense neles — aconselhou Obispo jovialmente. — Será melhor para você...

O moço olhou-o, e logo, sem qualquer palavra, desviou o olhar. Depois de um momento de silêncio, puxou o relógio:

— Bom, acho que vou dar um mergulho antes do almoço — disse; e caminhou para a porta.

O doutor Obispo pegou uma gaiola de camundongos e a suspendeu a poucos centímetros do nariz de Jeremy.

— São estes os garotões que receberam injeções de hormônio sexual — disse, num tom de gracejo que o outro achou curiosamente ofensivo. Balançou a gaiola; os animais guincharam. — Cheios de vida, enquanto o efeito dura. O problema é que os efeitos são apenas temporários. É claro que nem por isso se deve desprezá-los — acrescentou, repondo a gaiola no lugar. — Sempre é melhor a gente se sentir temporariamente bem do que temporariamente mal. Eis por que estava aplicando no velho Jo uma série desta droga, a testosterona. Não que o velhaco tivesse grande necessidade, com aquela Maunciple por perto...

De súbito, o doutor Obispo levou a mão à boca e olhou na direção da janela.

— Felizmente — disse ele —, felizmente Pete não está aqui. Coitadinho! Um sorriso sarcástico bailou-lhe nos lábios. — Perdido de amores! — E o doutor deu um tapa na testa. — Crente que ela se parece com uma personagem de Tennyson — quimicamente pura. No mês passado quase matou um homem, só porque ele ousou sugerir que ela e o velho... entende? Só Deus sabe o que ele imagina que a pequena faz aqui. Conversar com o velho Jo sobre as nebulosas espirais, imagino... Enfim, já que isso lhe dá prazer, não serei eu quem vai tirar suas ilusões — e o doutor Obispo sorriu, com indulgência. — Mas, voltando ao que eu ia dizendo sobre tio Jo...

A simples presença dessa pequena na casa equivalia a um tratamento de hormônios. A questão é que não duraria. Jamais durava. Brown-Séquart, Voronoff e todos os outros seguiam a pista errada ao pensar que o decréscimo da potência sexual era a causa da senilidade, quando, de fato, não passava de um de seus sintomas. A senilidade originava-se alhures e tanto afetava o mecanismo do sexo como o resto do corpo. Tratamentos de hormônios não eram mais que paliativos e estimulantes. Serviam por algum tempo, mas não evitavam a velhice.

Jeremy conteve um bocejo.

— Por exemplo — continuou o doutor Obispo —, por que razão viveriam certos animais muito mais que os seres humanos, sem darem o menor sinal de velhice? Por que, de um modo ou de outro, em algum lugar, cometemos um erro biológico, erro este que os crocodilos, assim como as tartarugas, souberam evitar. Venha ver uma coisa — disse ele; e, atravessando o salão, abriu uma cortina de borracha, descobrindo um grande aquário embutido na parede. Jeremy aproximou-se e olhou. Imersos na translucidez verde e penumbrosa das águas, dois enormes peixes pairavam, com os focinhos quase a se tocarem, imóveis, não fosse a vibração ocasional das barbatanas e a palpitação rítmica das guelras. A poucos centímetros de seus olhos parados, um rosário de bolhas subia incessantemente à superfície. Em derredor, a água espasmodicamente prateava-se com a passagem rápida de peixinhos menores. Mas, imersos em seu estático alheamento, os monstros nem ligavam. — Carpas — explicou o doutor Obispo; carpas provenientes do viveiro de um castelo na Francônia, cujo nome esquecera, mas que ficava perto de Bamberg. A família empobrecera, mas os peixes eram patrimônio inalienável. Jo Stoyte gastara um dinheirão para mandar furtar esses dois exemplares e fazê-los sair às escondidas do país, num automóvel especial, com um tanque sob o assento traseiro. Cada uma pesava vinte e sete quilos, tinha mais de um metro e meio de comprimento, e aqueles anéis nas caudas traziam a data de 1761.

— O princípio de meu período! — murmurou Jeremy, com súbito interesse. — 1761 era o ano do *Fingal* — sorriu com seus botões; a justaposição de carpas e Ossian, carpas e o poeta favorito de Napoleão, carpas e os primeiros prenúncios do Crepúsculo Celta, dava-lhe um prazer peculiar. Que tema delicioso para um de seus pequeninos ensaios! Vinte páginas de erudição e absurdidades, sacrilégio dissolvido em água de lavanda — numa irreverência erudita e delicadamente *canaille* para com mortos ilustres ou obscuros.

Mas o doutor Obispo não era homem que lhe permitisse pensar em paz no que quisesse. Infatigavelmente apegado à sua mania, recomeçara a falar.

— Olhe para elas! — disse, indicando os enormes peixes. — Cerca de duzentos anos; e, no entanto, perfeitamente sadias, sem o menor sintoma de senilidade; sem que haja uma razão aparente para se supor que não continuem vivas por mais três ou quatro séculos. E olhe o senhor! — prosseguiu, voltando-se acusatoriamente para Jeremy. — Olhe o senhor! Mal passados os cinquenta, e já careca, presbita, asmático, mais ou menos desdentado, incapaz de qualquer esforço físico prolongado, com prisão de ventre crônica (não negue!), a memória cada vez mais fraca, a digestão caprichosa, a potência em declínio, se é que não completamente desaparecida...

Jeremy forçara um sorriso e, a cada novo item, inclinava a cabeça, num gesto que pretendia passar por um assentimento cheio de boa vontade. Mas, no íntimo, torcia-se de raiva, ou melhor, de desespero e ódio, desespero perante este diagnóstico tão verdadeiro, e ódio contra o diagnosticador pela brutalidade de seu desprendimento científico. Entre falar, com humorístico desdém, da própria senilidade progressiva e ouvir o mesmo, sem rebuços, de outra pessoa, cujo único interesse em nós provém da circunstância de sermos um animal diverso do peixe, havia muita diferença. Não obstante, continuou a inclinar a cabeça e a sorrir.

— Olhe o senhor! — repetiu o doutor Obispo, para terminar o diagnóstico. — E olhe as carpas! Por que o senhor não conseguiu dispor os seus processos fisiológicos tão bem quanto elas? Onde, como, quando o senhor cometeu o erro que já o privou dos dentes, dos cabelos, e que, em poucos anos, o levará ao túmulo?

Eis as perguntas que o velho Metchnikoff fizera e corajosamente tentara responder. Mas, por azar, não disse uma só coisa certa! Não ocorre fagocitose alguma; a autointoxicação intestinal não é a causa única da senilidade; os neuronófagos são monstros mitológicos; tomar leite talhado não prolonga apreciavelmente a vida, e a remoção do intestino grosso chega mesmo a abreviá-la. Entre risinhos de escárnio, o doutor rememorou aquelas operações — tão em moda antes da guerra —: velhas e velhos que extraíam os cólons e que, em consequência, viam-se obrigados a evacuar a todo momento, como canários. E isso tudo inutilmente, nem se precisa dizer; porque é claro que a operação, que se propunha a fazê-los viver até os cem anos, matava-os em um ou dois. E o doutor Obispo, atirando para trás a cabeça lustrosa, soltou uma daquelas gargalhadas metálicas que eram sua resposta habitual a todo exemplo de estupidez humana resultante em catástrofe.

— Pobre Metchnikoff! — continuou ele, com lágrimas de puro gozo a lhe saltarem dos olhos. — Como pôde ter sido tão consistentemente errado!... E, no entanto, é provável que não tão errado quanto se pensara. Errado, sim, ao supor que tudo se resumia numa questão de estase e autointoxicação intestinal. Mas, talvez certo ao supor que o segredo estava por ali, em algum lugar do intestino. No intestino — repetiu o doutor Obispo — e, o que era melhor, julgava-se na pista certa.

Fez uma pausa e ficou por um momento em silêncio, tamborilando no vidro do aquário. Entre a lama e a luz, as duas velhas carpas obesas pairavam na penumbra esverdeada, serenamente alheias à sua presença. O doutor olhou-as e balançou a cabeça.

— Não existe pior animal para se fazer experiência — disse, num misto de ressentimento e de certo orgulho amargo. Só tinha o direito de falar em dificuldades técnicas quem já tivesse, alguma vez, tentado trabalhar com peixes. Mesmo a operação mais simples era um verdadeiro pesadelo. — O senhor já tentou, por acaso — perguntou a Jeremy — manter-lhes as guelras convenientemente úmidas durante a anestesia, à mesa de operações? Ou então fazer cirurgia debaixo da água? Já se propôs, algum dia, a medir o metabolismo básico de um peixe ou tirar-lhe um eletrocardiograma, ou medir-lhe a pressão arterial? Já tentou, por acaso, fazer-lhe um exame de fezes? E, no caso afirmativo, sabe quão difícil é até mesmo colhê-las? Já procurou estudar a química da digestão ou da assimilação de um peixe? Determinar-lhe a composição do sangue sob várias condições? Medir a velocidade de suas reações nervosas?

— Não, claro que não! — concluiu desdenhosamente o doutor Obispo.

— Pois bem, neste caso o senhor não tem o direito de se queixar de coisa alguma deste mundo.

Fechou a cortina do aquário e, tomando Jeremy pelo braço, levou-o de volta aos camundongos.

— Está vendo aqueles, lá em cima? — perguntou, apontando para umas gaiolas da prateleira superior.

Jeremy olhou. Os camundongos em questão eram exatamente iguais a quaisquer outros.

— O que há com eles? — inquiriu.

O doutor Obispo deu uma risada.

— Se estes animais fossem seres humanos — disse, dramaticamente —, teriam mais de cem anos.

E começou a falar, animado, nervoso, nos alcoóis graxos e na flora intestinal das carpas. Porque ali estava o segredo, a chave de todo o problema da longevidade e da senilidade. Ali, entre os esteróis e a flora peculiar do intestino das carpas.

Ah, os esteróis! E o doutor Obispo franziu as sobrancelhas e balançou tristemente a cabeça. Sempre associados à senilidade! O mais conhecido, naturalmente, era o colesterol. Era mesmo possível definir o animal senil como aquele que apresenta acumulações de colesterol nas paredes das artérias. O tiocianato de potássio parecia dissolver essas acumulações. Coelhos senis, submetidos a um tratamento de tiocianato de potássio, davam mostras de rejuvenescimento. Também entes humanos senis. Mas, ah!, não por muito tempo! A existência de colesterol nas artérias era, é claro, apenas um dos esteróis. Esses alcoóis graxos compunham um grupo bastante correlato. Com muita facilidade se transformavam uns nos outros. Mas se o senhor tivesse lido a obra do velho Schneeglock — observou o doutor a Jeremy — e o que se andava publicando em Upsala, saberia que alguns dos esteróis são positivamente venenosos, muito mais do que o colesterol, mesmo em grandes acumulações. Longbotham chegara mesmo a sugerir a existência de uma relação entre os alcoóis graxos e os neoplasmas. Assim sendo, é possível considerar o câncer, em última análise, como um sintoma de envenenamento por esterol. Mas ele, doutor Obispo, ousaria ir mais longe e responsabilizar o envenenamento esterólico por todo o processo degenerativo da senilidade, tanto no homem como nos demais mamíferos. O que, até então, ninguém fizera, fora considerar a função desempenhada pelos alcoóis graxos na vida de animais tais como a carpa. Disso se ocupara ele neste último ano. Suas pesquisas o tinham convencido de três coisas: primeiro, que, nas carpas, os alcoóis graxos não se acumulavam em quantidades excessivas; segundo, que não sofriam transformações em esteróis mais venenosos; e, terceiro, que estas duas imunidades se deviam à natureza *sui generis* da flora intestinal das carpas.

— Que flora! — exclamou, entusiasmado, o doutor Obispo. — Tão rica! Tão maravilhosamente variada!

Ainda não conseguira isolar o organismo responsável pela imunidade das carpas à velhice, tampouco compreender perfeitamente a natureza dos mecanismos químicos envolvidos no fenômeno. Contudo, o fato principal era inegável. De um modo ou de outro, quer agindo isoladamente, quer em combinação, eram esses os organismos que impediam que os esteróis do peixe se transformassem em venenos. Por isso é que uma carpa podia viver duzentos anos sem dar mostras de senilidade.

E seria possível transferir a flora intestinal das carpas para o intestino dos mamíferos? E, em caso afirmativo, chegariam aos mesmos resultados químicos e biológicos? Eis o que estava tentando fazer nestes últimos meses. Aliás, sem resultado. Ultimamente, porém, estava experimentando uma nova técnica, que consistia em proteger a flora contra os processos da digestão, dando-lhe tempo de se adaptar às novas condições. A flora pegara. Nos camundongos, o efeito fora imediato e significativo. Sustara a senescência; tinha chegado mesmo a reverter o processo. Fisiologicamente, os animais tornaram-se mais jovens do que uns dezoito meses antes; mais jovens como se tivessem passado dos cem para os setenta anos.

Fora, no corredor, uma campainha elétrica soou. Os dois homens saíram do laboratório e dirigiram-se para o elevador. O doutor Obispo continuava a falar. Os camundongos às vezes enganavam. Por isso ele começara agora a experimentar em animais maiores. Se desse certo com os cachorros e bugios, haveria de dar certo com tio Jo.

CAPÍTULO VI

Quase toda a mobília da pequena sala de jantar viera do Pavilhão Brighton. Quatro dragões dourados sustentavam a mesa de laca vermelha; dois outros ladeavam, como cariátides, a lareira do mesmo material. Era assim que a regência imaginava o Oriente esplêndido. "Assim", refletiu Jeremy, sentando-se em sua cadeira de ouro e escarlate, "era sem dúvida a visão que a palavra Catay evocaria no espírito de Keats, por exemplo, ou Shelley, ou Lord Byron — do mesmo modo que aquela encantadora *Leda* de Etty, pendente, ao alto, junto à *Anunciação* de Fra Angélico, personificava exatamente suas fantasias sobre a mitologia pagã, e serviria de magnífica ilustração", e a este pensamento Jeremy casquinou interiormente de prazer — às *Odes a Psychê* e à *Urna grega*, ao *Endymion*, ao *Prometeu libertado*. Todos os que vivem e labutam numa época determinada, todos — do proletário ao gênio — compartilham os hábitos, sentimentos e imaginação dessa época. Regência é sempre regência, quer se tire a amostra de cima ou do fundo da cesta. O homem que, em 1820, fechasse os olhos e tentasse imaginar janelas mágicas abrindo-se para a escuma branca de mares feéricos, que veria? As torres do Pavilhão Brighton. A este pensamento Jeremy sorriu, intimamente satisfeito. Etty e Keats, Brighton e Percy Bysshe Shelley — que tema delicioso! Muito melhor que o da carpa e Ossian; e melhor porque, afinal, Nash e o príncipe regente eram mais divertidos do que mesmo o mais velho dos peixes.

Porém, para efeito de conversação à mesa do almoço, de nada vale o melhor dos temas se não houver quem o queira discutir. "E qual dos presentes", perguntou Jeremy aos seus botões, "desejaria ou seria capaz de conversar com ele sobre esse tema?" Não mr. Stoyte, definitivamente; muito menos miss Maunciple; tampouco as duas mocinhas de Hollywood que tinham vindo almoçar com ela; nem o doutor Obispo, que mais se ligava a camundongos do que a livros; nem Peter Boone, que, provavelmente, nem sabia que havia livros de que se pudesse gostar. A única pessoa que Jeremy podia, com alguma plausibilidade, supor capaz de se interessar por suas demonstrações do espírito dos fins do período georgiano era o indivíduo que lhe fora apresentado como Herbert Mulge, doutor em filosofia, doutor em teologia, reitor da Universidade de Tarzana. No momento, porém, o doutor Mulge ocupava-se em falar, muito entusiasmado e com uma eloquência de orador sacro, no novo auditório que mr. Stoyte há pouco oferecera à Universidade, e que, em breve, seria oficialmente inaugurado.

O doutor Mulge era um homenzarrão bonito, dotado de uma voz condigna com sua pessoa, a um tempo sonora e suave, untuosa e retumbante. Era lenta a fluência de sua fala, mas regular e aparentemente inesgotável. Em frases repletas de equivalentes fonéticos de letras maiúsculas, assegurava ele a mr. Stoyte e a quem quer que se desse ao incômodo de ouvi-lo que, para os rapazes e as moças de Tarzana, seria um Verdadeiro Estímulo reunirem-se naquele belo edifício novo para a realização de suas Atividades Comunais. Para o Culto Não Denominacional, por exemplo, ou para o Desfrute do que havia de Melhor em matéria de Música ou de Drama. Sim, senhor! Um estímulo e tanto! O nome de Stoyte seria lembrado, com amor e reverência, por sucessivas gerações de *alumni* e *alumnae* da Universidade — e seria lembrado, podia-se dizer, para sempre; porque o Auditório era um *monumentum aere perennius*, uma Pegada na Areia do Tempo, definitivamente uma Pegada. E agora, continuava o doutor Mulge, entre bocados de galinha em molho de creme, agora a Clamorosa Necessidade de Tarzana era a de uma Nova Escola de Arte. E isso porque, no fim de contas, a Arte — como estamos agora descobrindo — é uma das mais poderosas forças educacionais. A Arte é o aspecto sob o qual, neste nosso século XX, mais claramente se manifesta o Espírito Religioso. A Arte é o meio pelo qual as Personalidades melhor podem atingir a Autoexpressão Criadora e...

"Que conversa fiada!", disse Jeremy, para si mesmo. "Caramba!"

E sorriu com amargura, lembrando-se de que, por momentos, nutrira a esperança de falar com aquele imbecil sobre a relação entre Keats e o Pavilhão Brighton.

Peter Boone achava-se separado de Virgínia pela mais loura de suas amiguinhas de Hollywood, de modo que só podia vê-la atrás de um primeiro plano de rouge e pestanas, anéis de cabelo dourado e um denso, quase visível perfume de gardênia.

Qualquer outro acharia este primeiro plano um tanto atraente; mas, para Pete, valia tanto quanto o peso equivalente em lama. Porque tinha todo o interesse concentrado no que se achava por detrás do primeiro plano, naquele labiozinho superior deliciosamente abreviado, naquele narizinho que enternecia até às lágrimas, de tão elegante e impertinente, tão ridículo e angelical; naquela longa trança florentina de lustrosos cabelos castanhos acobreados; naqueles olhos grandes, muito abertos, que tinham lampejos superficiais de humor e abismos azul-escuros — do que não podia ser outra coisa, a seus olhos, que não ternura infinita e uma insondável sabedoria feminina. Amava-a tanto que, no lugar do coração, sentia apenas uma angústia dolorosa, um vazio que só ela podia encher.

Entretanto, Virgínia conversava com o louro primeiro plano sobre o novo contrato que esta assinara com o Cosmopolitan-Perlmutter Studio; o filme chamava-se *Say it with stockings* e o primeiro plano faria o papel de uma rica debutante que foge de casa para fazer carreira, exibe-se quase nua num acampamento de mineiros no Oeste, e acaba se casando com um vaqueiro que, no fim das contas, era filho de um milionário.

— O argumento é fantástico! — disse Virgínia. — Não acha, Pete?

Pete achava; estava pronto a achar tudo que ela quisesse.

— Me faz lembrar a Espanha — declarou ela. E enquanto Jeremy, que entreouvia a conversa, tentava freneticamente descobrir que raio de associação de ideias a teriam levado de *Say it with stockings* à Guerra, se teria sido Cosmopolitan-Perlmutter, Antissemitismo, Nazis-Franco; ou debutante, luta de classes, Moscou, Negrín; ou ainda *strip-tease*, modernismo, radicalismo, Republicanos. Enquanto ele assim especulava em vão, Virgínia pedia ao rapaz que lhe contasse suas aventuras na Espanha; e como ele tentou se esquivar, insistiu — porque era tão emocionante, porque o primeiro plano ainda não tinha ouvido e, finalmente, porque ela queria.

Pete obedeceu. Num vocabulário apenas meio articulado, feito de gíria e clichês e adornado de expletivos e grunhidos — o vocabulário, refletiu Jeremy, que ouvia sub-repticiamente por entre os ribombos da eloquência do doutor Mulge, o vocabulário tipicamente esquálido e pobre a que o receio de ser julgado insocialmente diferente, indemocraticamente superior ou inesportivamente pedante condenava a maior parte dos jovens ingleses e americanos — pôs-se a descrever suas experiências de voluntário na brigada internacional durante os dias heroicos de 1937. Era uma narrativa tocante. Apesar da irremediável impropriedade da linguagem, Jeremy podia perceber o entusiasmo do jovem pela causa da liberdade e da justiça, sua coragem, seu amor aos camaradas, a saudade que sentia — mesmo na vizinhança daquele labiozinho abreviado, mesmo no meio de um trabalho absorvente de pesquisa científica — daquela existência de homens unidos na devoção pela causa comum, confundidos perante as agruras, o perigo comum, a morte iminente.

— Puxa! — repetiu Pete, mais uma vez. — Eram uns grandes camaradas!

Todos eles — Knud, que um dia lhe salvara a vida em Aragão; Anton e Chuck, e o pobre Dininho, que foi morto. André, que perdeu uma perna; Jan, que tinha mulher e dois filhos; Fritz, que passara seis meses num campo de concentração nazista, e todos os demais — a melhor rapaziada do mundo! Que pouca sorte a sua, em pegar, logo à chegada, febre reumática, depois miocardite — que o incapacitara para o serviço ativo e o condenara a passar os dias sentado, sem fazer nada... — É por isso que estou aqui! — explicou, desculpando-se. — Mas, caramba, foi ótimo enquanto durou! Aquela vez, por exemplo, em que ele e Knud foram, uma noite, galgar na treva um precipício, tomaram de surpresa todo um pelotão de mouros, mataram uma dúzia deles e voltaram com uma metralhadora e três prisioneiros...

— E qual a sua opinião sobre o Trabalho Criativo, mister Pordage?

Pego em flagrante delito de desatenção, Jeremy, num tom culposo, ficou a murmurar:

— Trabalho Criativo? — para ganhar tempo. — Trabalho Criativo? Bom, é claro que somos favoráveis, plenamente favoráveis. Sem a menor dúvida — insistiu.

— Alegro-me em saber que o senhor pensa assim — disse o doutor Mulge. — Porque é isso que eu desejo em Tarzana. Trabalho Criativo, mais e mais criativo. Quer que eu lhe diga qual a minha maior ambição?

Nem mr. Stoyte nem Jeremy responderam, o que não impediu que o doutor Mulge o dissesse:

— É fazer de Tarzana o Centro irradiador da Nova Civilização que está prestes a florescer aqui no Oeste! — Levantou a mão grande e carnuda, em asseveração solene. — A Atenas do século XX está prestes a emergir aqui, na Área Metropolitana de Los Angeles. Quero que Tarzana seja o seu Parthenon e sua Academia, sua Stoa e seu Templo das Musas. Religião, Arte, Filosofia, Ciência, desejo que todas encontrem lar em Tarzana, e que de nosso *campus* irradiem sua influência para...

Em meio a sua história sobre os mouros e o precipício, Pete percebeu que só o primeiro plano o estava ouvindo. A atenção de Virgínia passara-se, sub-repticiamente a princípio, depois franca e confessadamente, para a sua esquerda, onde o doutor Obispo quase sussurrava alguma coisa à menos loura de suas amigas.

— Que é, hein? — perguntara Virgínia.

O doutor Obispo inclinou-se para ela e recomeçou. As três cabeças, a negra e oleosa, a castanha esmeradamente ondulada e a lustrosa castanho-acobreada, quase se tocavam. Pela expressão de seus rostos, Pete podia ver que o doutor estava contando uma de suas sórdidas anedotas. Todo o alívio momentâneo provindo do sorriso que Virgínia lhe dirigira ao pedir que lhes falasse sobre a Espanha desapareceu, dando lugar à angústia, que voltou com redobrada intensidade ao lugar em que devia estar o coração. Era uma dor complicada, feita de ciúme e de uma sensação desesperada de perda e indignidade pessoal, de medo que seu anjo estivesse se corrompendo, e de outro medo, mais profundo, que a parte consciente de seu espírito se recusava a formular, medo de que não restasse muita coisa a ser corrompida, que seu anjo, no fim das contas, não fosse angélico quanto o levava a pensar o seu amor. O fluxo de sua narrativa estancou de repente. Ficou mudo.

— E depois, que aconteceu? — inquiriu o primeiro plano, sofregamente e com uma expressão heroico-entusiástica que qualquer outro homem acharia deliciosamente lisonjeira.

Pete balançou a cabeça:

— Oh, nada de interessante...

— Mas, e os mouros...

— Diabo! — disse o rapaz, impaciente. — E o que isso importa agora?

Um explosão violenta de riso abafou-lhe as últimas palavras, ao mesmo tempo que apartava bruscamente as três cabeças conspiradoras, a preta, a castanha, e a castanha-acobreada. Olhando para Virgínia, Pete viu um rosto contorcido em riso. "De que estaria ela rindo?", disse consigo mesmo, angustiado, tentando apurar até que ponto ia a sua corrupção; e imediatamente ocorreu-lhe ao espírito uma espécie de recordação sintética e telescópica de todas as anedotas do tempo de colégio, de todas as piadas e trocadilhos que sabia. Seria desta? Ou dessa? Deus, seria *daquela*? De todo o coração desejou que não fosse *daquela*, fez votos para que não fosse, e, quanto mais desejava, quanto mais votos fazia, mais enlouquecedoramente certo ficava de que tinha sido *aquela*.

— ... sobretudo — dizia o doutor Mulge — Trabalho Criativo nas Artes. Donde a Necessidade Clamorosa de uma nova escola de arte digna de Tarzana e das mais altas tradições de...

O riso estrídulo das moças tornou a explodir com um grau de hilaridade proporcional à resistência dos tabus sociais ambientes. Mr. Stoyte virou-se bruscamente na direção do barulho.

— Qual é a piada? — perguntou, num tom de suspeita. Não queria que contassem anedotas obscenas à sua garota. Além do mais, desaprovava obscenidades em público tão cordialmente quanto sua avó, a irmã de Plymouth. — Por que este barulho todo?

Foi o doutor Obispo quem respondeu. Estava contando às moças uma história gozadíssima que ouvira no rádio, explicou ele com aquela sua polidez suave que parecia um sarcasmo. Uma história fantástica. Se mr. Stoyte quisesse, ele podia repetir.

Mr. Stoyte grunhiu, ferozmente, e virou-se para o outro lado.

Uma olhadela no rosto fechado do anfitrião foi o bastante para induzir o doutor Mulge a adiar para ocasião mais propícia a discussão do caso da escola de arte. Era pena, pois lhe parecia que estava quase conseguindo. Enfim! São coisas que acontecem... O doutor Mulge era um reitor de universidade que vivia cronicamente à cata de donativos; conhecia muito bem os ricos. Sabia que eram como gorilas, criaturas não facilmente domesticáveis, extremamente desconfiadas, ora entediadas, ora mal-humoradas. Era preciso aproximar-se com cautela, manejá-los delicadamente e com uma habilidade infinita. Mesmo assim, às vezes eles ficavam selvagens, de uma hora para outra, e mostravam os dentes. Meia vida de experiência com banqueiros, magnatas do aço e fabricantes de conserva aposentados o tinha ensinado a suportar as decepções desta espécie com uma paciência realmente filosófica. Foi, pois, cheio de impotência e com um sorriso a enfeitar-lhe o rosto largo, romano-imperial, que ele se voltou para Jeremy e perguntou:

— E que acha o senhor do clima da Califórnia, mr. Pordage?

Enquanto isso, Virgínia tinha notado a expressão do rosto de Pete e adivinhara imediatamente a causa da sua tristeza. Pobre Pete! Mas, que diabo!, se ele pensava que ela não tinha mais nada a fazer senão ouvi-lo falar dessas tolices da Guerra da Espanha, ou, quando não era a Espanha, era o laboratório, o laboratório onde eles faziam vivissecções, coisa revoltante, porque, afinal, quando a gente caça, os animais têm alguma probabilidade de escapar, especialmente quando se é mau caçador, como ela... Além do mais, caçar é emocionante; é bom passar o dia nas montanhas, ao ar livre! Mas Pete cortava os animais lá embaixo, naquele subterrâneo... Decididamente, se ele pensava que ela não tinha outra coisa a fazer senão ouvir suas histórias, estava redondamente enganado! Mas era um bom rapaz, e como a idolatrava! Era bem agradável ter apaixonados por perto. Fazia bem, apesar de às vezes ser bastante incômodo. Porque os apaixonados acabam querendo mandar em nós, acabam pensando que têm o direito de interferir e de dizer coisas. Pete não fazia isso ao pé da letra; mas aquele modo de olhar, o modo de olhar de um cachorro que desse, de uma hora para a outra, para criticar a dona por tomar outro coquetel! Aquele modo de falar com os olhos, como Hedy Lamarr, mas dizendo não o que Hedy Lamarr dizia com os olhos dela, e sim justamente o contrário! Afinal, que tinha ela feito de mal? Apenas desprezado aquela história monótona da guerra para ouvir o que Sig estava contando a Mary Lou. Fosse como fosse, estava resolvida a não permitir que se metessem na sua vida. Aquilo era de sua conta, e não da dos outros! O seu modo de olhar para ela era tão severo como o de tio Jo, o de sua mãe ou o do padre O'Reilly. Tirando, é claro, que estes não se limitavam a olhar: diziam coisas. "Não que ele fizesse por mal, coitado de Pete!", pensou ela de novo. Era pena, mas a verdade é que nunca se sentira atraída por aquele rapagão bonito, do tipo Cary Grant. Que fazer? Não a atraía... Gostava de Pete, como gostava de vê-lo apaixonado por ela. Mas era tudo.

Encontrando o seu olhar, deu-lhe um sorriso cheio de meiguice e pediu a ele, se tivesse meia hora disponível depois do almoço, para ensinar a ela e às moças a jogar ferraduras.

CAPÍTULO VII

E por fim a refeição terminou; os convidados separaram-se. O doutor Mulge tinha encontro marcado em Pasadena com a viúva de um fabricante de artefatos de borracha, que talvez doasse cinquenta mil dólares para a construção de um novo dormitório de moças. Mr. Stoyte foi, de automóvel, a Los Angeles, pois toda sexta-feira à tarde tinha reuniões de diretorias e consultas de negócios. O doutor Obispo ia operar uns coelhos, e desceu ao laboratório para preparar os instrumentos. Pete tinha de passar os olhos num maço de jornais científicos, mas, antes, gozou alguns minutos de felicidade na companhia de Virgínia. Quanto a Jeremy, havia os Documentos Hauberk, é claro.

Foi com uma sensação quase física de alívio, a sensação de quem regressa aos seus depois de tempos, que ele voltou ao porão. Passou-se a tarde — tão deliciosa, tão proveitosa! Em três horas, entre cadernetas de conta e correspondência comercial, apareceu outro maço de cartas de Molinos. Também o terceiro e quarto volume de *Félicia*. Também uma edição ilustrada do *Le portier des Carmes*; e, encadernado como um livro de orações, um exemplar da mais rara das obras do divino marquês, *Les cent-vingt jours de Sodome*. Que tesouro! Que sorte inesperada! Quer dizer, refletiu Jeremy, não tão inesperada assim, desde que se levasse em conta a história da família Hauberk. Porque, pela data dos livros, podia-se presumir que fossem propriedade do quinto conde — o que fora portador do título por mais de meio século, e morrera, com mais de noventa anos, no reinado de Guilherme IV, incorrigível como sempre. Dado o caráter do velho aristocrata, não era de se admirar o encontro de uma verdadeira provisão de pornografia. Pelo contrário, podia-se esperar ainda muito mais.

A cada nova descoberta o bom humor de Jeremy aumentava. Como sempre acontecia quando se sentia feliz, pôs-se a trautear as modinhas populares de sua infância. Molinos evocou o "Tara-rara boom-de-ay". *Félicia* e *Le portier de Carmes* participaram na toada romântica do "The honeysuckle and the bee". Quanto aos *Les cent-vingt jours de Sodome*, que ele nunca tinha lido nem visto, deliciou-o tanto o seu achado que quando, respeitando a rotina bibliográfica, levantou a capa eclesiástica e, em vez do esperado ritual anglicano, deparou com a prosa fria e elegante do Marquês de Sade, prorrompeu naqueles versos de "The rose and the ring", versos que sua mãe lhe ensinara a recitar quando ele tinha três anos apenas, mas que guardara como símbolo do encantamento e da satisfação infantis, como a única reação perfeitamente adequada a qualquer graça inesperada, a qualquer surpresa providencial e feliz.

Oh, what fun to have a plum bun
How I wish it never was done![9]

E, felizmente, ainda não o tinha, nem mesmo começara. O livro não fora lido; ainda estavam por gozar as horas de entretenimento e instrução. Lembrando-se do ciúme súbito que sentira na piscina, sorriu com indulgência. Mr. Stoyte que tivesse todas as

9 Tradução livre: *Como é bom ter um pião/ Quisera não tê-lo, não.* [N.T.]

pequenas que quisesse! Uma obra bem escrita de pornografia setecentista valia mais do que qualquer Maunciple. Tornou a fechar o volume. Era de uma elegância austera o marroquim lavrado, e o tempo mal desmaiara o ouro dos dizeres impressos na capa: "Livro de orações". Jeremy colocou-o junto aos demais *curiosa*, a um canto da mesa. Quando terminasse o trabalho da tarde levaria toda a coleção para o quarto.

— "*Oh, what fun to have a plum bun*" — cantarolou ele, baixinho, abrindo outro maço de Documentos. "*On a summer's afternoon, where the honeysuckle boom, and all Nature seems at rest...*"[10] Esta alusão à natureza tipicamente wordsworthiana sempre lhe dera um prazer especial. O novo maço de Documentos continha a correspondência do quinto conde com certo número de *whigs* proeminentes, referente ao cerco, em seu benefício, de três mil acres de terras públicas em Nottinghamshire. Jeremy meteu-as num envelope, escreveu breve descrição preliminar do conteúdo num cartão, pôs o envelope num escaninho, o cartão na gaveta correspondente e, tornando a meter a mão no saco de surpresas, tirou outro maço. Cortou o barbante. "*You are my honey, honey, honeysuckle, I am the bee*".[11] "Que pensaria disto o doutor Freud?", imaginou. Panfletos anônimos sobre o deísmo não valem um tostão; deixou-os de lado. Mas eis que surge um exemplar do *Serious Call* de Law, com notas manuscritas de Edward Gibbon; eis que surgem algumas contas prestadas ao quinto conde por um certo mr. Rogers, de Liverpool, contas dos lucros e despesas de três expedições negreiras que o conde ajudara a financiar. Ao que

10 "Numa tarde de verão, quando florescem as madressilvas e toda a natureza em repouso parece..." [N.T.]
11 "Tu és minha madressilva, eu sou a abelha." [N.T.]

parecia, a segunda viagem tinha sido particularmente auspiciosa. Menos de uma quinta parte do carregamento perecera na viagem, e os preços obtidos em Savanah foram compensadoramente elevados. Mr. Rogers pedia permissão para enviar anexas as contas de dezessete mil duzentas e vinte e quatro libras, onze shillings e quatro pence. Outra carta, em italiano, remetida de Veneza, comunicava ao mesmo quinto conde o aparecimento, no mercado, de uma reprodução reduzida de *Maria Madalena* de Ticiano, a um preço que o correspondente reputava irrisório. Outras ofertas já tinham sido feitas; mas, em sinal de respeito pelo "ilustre e não menos ilustrado *cognoscente* inglês", o vendedor esperaria a resposta de sua excelência. No entanto, bem faria sua excelência em não demorar muito, pois de outro modo...

Eram cinco horas; o sol já ia baixo no céu. De sapatinhos brancos, soquetes, short branco, bonezinho de iatista e suéter de seda cor-de-rosa, Virgínia fora assistir à alimentação dos bugios.

De motor desligado, a lambreta cor-de-rosa esperava à beira da estrada, dez ou doze metros acima do cercado. Acompanhada do doutor Obispo e de Pete, Virgínia descera para ver mais de perto os animais.

Bem em frente de onde estavam, num tabuleiro de rocha artificial, uma mamãe bugia tinha nos braços o corpo mirrado e putrescente do filho, que não queria abandonar, embora já estivesse morto há duas semanas. De quando em quando, lambia com afeição intensa e automática o pequenino cadáver. Tufos de pelo esverdeado, e até mesmo pedaços de pele, desprendiam-se sob a ação vigorosa de sua língua. Delicadamente, ela metia os dedos pretos na boca, tirava os cabelos e recomeçava. Por cima dela, à entrada de uma pequena caverna, dois jovens machos puseram-se, de súbito, a brigar. O ar encheu-se de gritos, guinchos e ranger de dentes, mas quando um dos combatentes fugiu, o outro, esquecendo num momento toda a briga, pôs-se a catar o peito à procura de caspa. À direita, em outro tabuleiro de pedra, um formidável macho velho, focinho coriáceo, a basta cabeleira grisalha de um teólogo anglicano do século XVII, montava guarda a uma fêmea submissa. Era uma guarda vigilante: porque, atrevesse-se a coitada a se mexer sem sua licença, ele logo se virava e mordia; e, nos intervalos, os pequeninos olhos negros, as ventas vigilantes na extremidade do focinho truncado, olhavam um lado e outro, incessantemente desconfiados. Do cesto que trazia, Pete tirou uma batata e jogou-a em sua direção; depois uma cenoura, depois outra batata. Com um vívido relampejar das nádegas magenta, o velho bugio saltou de seu poleiro na montanha artificial, pegou a cenoura e, enquanto a comia, metia uma batata na bochecha esquerda, outra na direita. Depois, ainda mastigando a cenoura, avançou até a tela de arame, pedindo mais. O resultado não se fez esperar. O jovem macho que catava caspa percebeu, de relance, a oportunidade. Ganindo de gozo, saltou para o tabuleiro em que, por demais atemorizada para seguir o seu senhor, a femeazinha permanecia agachada. Em dez segundos tinham se posto a copular.

Virgínia bateu palmas de alegria.

— Como são espertos! — exclamou. — Como são humanos!

Outra explosão de gritos e ganidos quase lhe abafou as palavras.

Pete interrompeu a distribuição de comida para dizer que há muito não via mr. Propter. Que tal se descessem a colina e lhe fizessem uma visita?

— Do cercado de bugios à mangueira de Propter — disse Obispo. — E da mangueira de Propter à casa de Soyte e ao canil de Maunciple. Que acha disso o meu anjo?

Virgínia estava atirando batatas ao velho macho — de maneira a induzi-lo a voltar até perto do tabuleiro em que deixara a mulher. Tinha a esperança de que, se o bugio chegasse suficientemente perto, veria como a cara-metade passava o tempo quando ele saía.

— Sim, vamos visitar o velho Propter — disse, sem sequer se voltar. Jogou outra batata dentro do cercado. Com um tremor da basta cabeleira grisalha, o bugio atirou-se a ela; mas, em vez de levantar os olhos e surpreender mrs. B. em pleno idílio com o galã, o exasperante animal voltou imediatamente à tela de arame, pedindo mais. — Oh, estúpido! — gritou Virgínia; e, desta vez, acertou-lhe a batata em cheio no nariz. Voltou-se rindo para os outros. — Gosto do velho Prop. Ele me mete medo, mas gosto dele.

— Então, pronto — disse o doutor Obispo. — Vamos desenterrar mr. Pordage, já que estamos com a mão na massa.

— Sim, vamos buscar o Marfim — concordou Virgínia, dando uma palmadinha em seus cachos castanho-acobreados, em alusão à calvície de Jeremy. — É muito bonzinho, não acham?

E, deixando Pete dando de comer aos bugios, ela e o doutor Obispo tornaram a subir a estrada e um lance de degraus que, no lado oposto, levava diretamente às janelas abertas na rocha do quarto de Jeremy.

Virgínia abriu com um empurrão a porta de vidro.

— Marfim! — chamou ela. — Viemos importuná-lo...

Jeremy tinha começado a murmurar qualquer coisa de galante e espirituoso, mas interrompeu-se no meio da frase; é que acabara de se lembrar daquela pilha de literatura curiosa que estava num canto da mesa. Levantar-se e pôr os livros numa estante chamaria muito a atenção para eles; não tinha um jornal para cobri-los, nem outros livros com que misturá-los. Nada podia fazer. Nada, exceto confiar no melhor. Fervorosamente, confiou no melhor, e quase de imediato o pior se deu. De forma displicente, só para fazer alguma ação muscular, embora fosse sem propósito, Virgínia pegou um volume de Nerciat, abriu-o numa das gravuras conscienciosamente minuciosas, olhou, arregalou os olhos, tornou a olhar, e soltou um grito de espanto e emoção. O doutor Obispo olhou, e por sua vez gritou. Depois ambos soltaram gostosa gargalhada.

Jeremy, encabuladíssimo, deu um sorriso bobo, enquanto os outros lhe perguntavam se era *assim* que ele passava os dias, se era *isto* que estava estudando. "Por que", pensava Jeremy, "por que os outros tinham de ser tão inconvenientes, tão deploravelmente grosseiros?"

Virgínia virou as páginas até encontrar outra ilustração. Novo grito de gozo, espanto e, desta vez, incredulidade. Seria possível? Poder-se-ia realmente fazer *aquilo*? Soletrou a legenda que havia sob a gravura: "*La volupté frappait à toutes les portes*".[12] Depois balançou petulantemente a cabeça. Inútil! Não entendia. Aquelas aulas de francês da escola secundária eram mesmo uma droga. Só lhe tinham ensinado um porção de asneiras sobre *le crayon de mon oncle* e *savez-vous planter le chou*. Sempre soube que estudar era perda de tempo. Aquilo era a prova. Além do mais, que tinham eles de imprimir esta história em francês? Saber que as deficiências do sistema educacional de Oregon podiam impedi-la, para sempre, de ler Andréa de Nerciat fizeram seus olhos se encherem de lágrimas. Isso era realmente ruim...

Uma ideia brilhante ocorreu a Jeremy. Por que não se oferecer para traduzir o livro para ela, de viva voz, frase por frase, como um intérprete na reunião do Conselho da Liga das Nações? Sim, por que não? Quanto mais pensava na ideia, melhor lhe parecia. Deci-

12 Em francês, no orginal: "A volúpia batia em todas as portas". [N.T.]

diu-se; e já estava considerando como exprimir com mais felicidade a proposta, quando o doutor Obispo tirou calmamente o livro das mãos de Virgínia, pegou os três companheiros que estavam em cima da mesa e mais *Le portier des Carmes* e *Les Cent-Vingt Jours de Sodome*, e meteu toda a coleção no bolso do paletó.

— Não se preocupe — disse a Virgínia. — Eu os traduzirei para você. E agora, voltemos aos bugios. Pete já deve estar preocupado com a nossa demora. Vamos, mister Pordage?

Em silêncio, mas no íntimo se torcendo de raiva, ou melhor, de remorso da própria ineficiência e indignação perante a impudência do doutor, Jeremy transpôs a porta de vidro e seguiu-os, escada abaixo.

Pete já tinha esvaziado a cesta e, encostado no arame, seguia atentamente o movimento dos animais. Ouvindo passos, voltou-se. Seu rosto simpático e jovem brilhava de satisfação.

— Sabe, doutor — disse ele —, acho que está surtindo efeito.

— O que está surtindo efeito? — perguntou Virgínia.

Em resposta, Pete enviou-lhe um sorriso resplandecente de felicidade. Como se sentia feliz! Dupla, triplamente feliz. Pela doçura de sua conduta subsequente, Virgínia mais que compensara a dor que lhe tinha infligido quando tinha se virado para ouvir aquela história obscena. E, no fim das contas, talvez não fosse uma história obscena; talvez ele tivesse pensado mal dela, gratuitamente, atribuindo-lhe uma maldade que ela não tinha. Sim, agora estava convencido de que não fora uma história obscena — e isso porque, quando ela se virava para ele, seu rosto era como o daquela criança do exemplar da *Bíblia* ilustrada de sua casa, a que olhava de forma tão inocente, tão atenta para Jesus quando ele disse: "Destes é o Reino dos Céus!". E não era esta a única razão que tinha para sentir-se feliz. Também se sentia feliz porque parecia que aquelas culturas da flora intestinal das carpas estavam realmente surtindo efeito nos bugios em que as tinha experimentado.

— Acho que eles estão mais vivos — explicou. — E o pelo, como que mais brilhante.

O fato dava-lhe quase tanta satisfação quanto a presença de Virgínia na rica transfiguração do pôr do sol, quanto a lembrança de sua doçura, a convicção edificante de sua inocência essencial. Realmente, parecia-lhe que, de algum modo obscuro, o rejuvenescimento dos bugios e a adorabilidade de Virgínia tinham uma conexão profunda, não apenas entre si, mas também, e ao mesmo tempo, com a Espanha legalista e o antifascismo. Três coisas distintas e, no entanto, uma só. Havia um trecho de poema que tinha sido obrigado a decorar na escola, e que dizia... Como era mesmo?

> Eu não te poderia amar tanto, querida
> Se não amasses mais [no momento não se lembrava de que] na vida.[13]

Não que ele amasse a alguma coisa mais do que a Virgínia. Mas o fato de se interessar tanto por ciência e justiça, por esta pesquisa e pelos rapazes que estavam lutando na Espanha concorria para tornar mais profundo o seu amor por ela e, apesar de paradoxal, mais exclusivo.

— Bom, que tal se fôssemos andando? — sugeriu, por fim.

O doutor Obispo consultou o relógio de pulso.

— Já ia me esquecendo! — disse. — Tenho de escrever umas cartas antes do jantar. Parece-me que devo deixar para outra vez a visita a mr. Propter.

13 Versos finais de "*To Lucasta, going to the wars*", de Richard Lovelace: "I could not love thee (Dear) so much, / Lov'd I not Honour more. [N.E.]

— Que pena! — Pete fez tudo para comunicar ao tom e à expressão o pesar cordial que não sentia. Porque o fato é que estava radiante. Admirava o doutor Obispo, achava-o um pesquisador notável, mas não precisamente a companhia que convinha a uma donzela inocente como Virgínia. Temia a influência que sobre ela poderia ter tanto cinismo e tanta insensibilidade: ademais, no que concernia às suas relações com Virgínia, o doutor Obispo estava sempre atrapalhando.

— Que pena! — repetiu, e era tal a intensidade de seu prazer que subiu a correr a escada que levava do cercado de bugios à estrada. Correu tanto que o coração começou a ter palpitações e a falhar. Raio de febre reumática!

O doutor Obispo recuou para dar caminho à Virgínia e, quando ela passou, bateu de leve no bolso que continha *Les cent-vingt jours de Sodome* e piscou para ela. Virgínia devolveu-lhe a piscadela e seguiu Pete escada acima.

Pouco depois, o doutor Obispo galgava a ladeira da estrada; os outros, ou, mais precisamente, Pete e Jeremy, iam caminhando encosta abaixo enquanto Virgínia, a quem a ideia de usar as pernas para ir de um lugar a outro era praticamente inconcebível, montada na sua lambreta amarela e cor-de-rosa, com uma das mãos descansando afetuosamente no ombro de Pete, deixava-se arrastar pela força da gravidade.

O rumor dos bugios morreu, à distância. Na outra curva da estrada a infatigável ninfa de Giambologna ainda fazia jorrar, de seus seios polidos, dois jatos de água. Virgínia interrompeu de forma súbita uma conversa sobre Clark Glabe para dizer, no tom virtuosamente indignado de um reformador de costumes:

— Não sei por que tio Jo deixa essa coisa aqui no jardim. É revoltante!

— Revoltante? — ecoou Jeremy, espantado.

— Revoltante, sim! — repetiu ela, com ênfase.

— Você se choca com o fato de ela estar despida? — perguntou ele, lembrando-se daquelas duas pequeninas assíntotas à nudez, de cetim, que ela usara na piscina.

Impaciente, Virgínia balançou a cabeça:

— Não, é o modo como a água sai — fez cara de quem provou algo nauseabundo. — Acho horrível!

— Mas, por quê? — insistiu Jeremy.

— Porque é! — Foi essa toda a explicação que ela soube dar. Filha de seu século, deste século, o da amamentação artificial e da anticoncepção, sentia-se ofendida por esse monstruoso vestígio da indelicadeza de outros tempos. Era horrível, eis tudo o que podia dizer. Virando-se para Pete, continuou a falar em Clark Glabe.

Em frente à entrada da gruta, Virgínia encostou a lambreta à beira da estrada. Os pedreiros já tinham terminado o trabalho no túmulo. O lugar estava deserto. Virgínia endireitou em sinal de respeito o bonezinho impudente, subiu correndo os degraus, parou no limiar para benzer-se e, entrando, ajoelhou-se por alguns momentos diante da imagem. Os outros esperaram, em silêncio, na estrada.

— Nossa Senhora foi tão boazinha para mim quando tive aquela sinusite no verão passado! — explicou ela a Jeremy, quando emergiu da gruta. — Por isso pedi a tio Jo que lhe fizesse esta gruta. Não foi formidável quando o arcebispo veio fazer a consagração? — disse, virando-se para Pete.

Pete fez que sim.

— Desde que ela está aqui, ainda não tive sequer um resfriado! — continuou ela, subindo na lambreta. Seu rosto brilhava de triunfo; cada vitória da Rainha dos Céus era uma vitória pessoal para Virgínia Mauncíple.

De súbito e sem aviso, como se fizesse um teste cinematográfico e tivesse recebido uma ordem de aparentar fadiga e melancolia, passou a mão pela testa, suspirou profundamente e, num tom de completo desânimo e desalento, disse:

— Entretanto, estou me sentindo tão cansada esta tarde! Acho que fiquei muito tempo ao sol depois do almoço. É melhor voltar e descansar um pouquinho.

E, rejeitando de modo delicado, mas firme, a oferta de Pete para acompanhá-la até o castelo, deu volta à lambreta, enviou ao rapaz um último olhar e um sorriso especialmente encantadores, quase amorosos, e disse:

— Até logo, Pete querido!

E, abrindo a válvula de gasolina da máquina, partiu com velocidade crescente e uma série de explosões aceleradas, até sumir-se na próxima curva, estrada acima. Cinco minutos depois estava no toucador, preparando um banana-split de chocolate no barzinho. Sentado numa poltrona dourada, forrada de cetim *couleur fesse de nymphe*, o doutor Obispo lia, em voz alta, ao mesmo tempo em que traduzia, o primeiro volume de *Les cent-vingt jours*.

CAPÍTULO VIII

Mr. Propter estava sentado num banco, debaixo do maior eucalipto do quintal. A oeste, as montanhas já não eram mais que silhuetas achatadas de encontro ao céu crepuscular, mas, ao norte, as encostas mais altas, ainda cheias de vida, exibiam soberbos contrastes de luz e sombra, ouro róseo e anil. No primeiro plano, o castelo revestira-se de incrível esplendor e fantasia. Mr. Propter olhou-o, depois as colinas, e por entre as folhas imóveis dos eucaliptos, o firmamento pálido; então, fechando os olhos, repetiu do cardeal Bérulle a pergunta: "Que é o homem?".

Havia mais de trinta anos desde que lera, pela primeira vez, essas palavras, quando estava escrevendo seu estudo sobre o cardeal; e desde então elas o tinham impressionado pelo esplendor e precisão de sua eloquência. Com o passar dos anos e o acúmulo de experiência, pareciam mais que eloquentes, assumindo conotações mais ricas, significações mais profundas.

— Que é o homem? — perguntou a si mesmo num sussurro.

"*C'est un néant environné de Dieu, indigent de Dieu, capable de Dieu, et rempli de Dieu, s'il veut.*" Um nada rodeado de Deus; indigente e capaz de Deus, e cheio de Deus se o desejar. E o que é este Deus de que os homens são capazes? Mr. Propter respondeu com a definição dada por John Tauler no primeiro parágrafo da sua *Imitação de Cristo*: "Deus é um ser à parte das criaturas, um poder livre, uma atividade pura". O homem, pois, é um nada cercado e indigente, um ser à parte das criaturas, um nada capaz de livre-arbítrio e cheio de atividade pura, se o desejar. "*Se* o desejar", começou a refletir mr. Propter, com súbita e bem amarga tristeza. Mas quão poucos são os que o desejam, ou, desejando, sabem ao menos o que desejam ou como obtê-lo! O conhecimento justo é quase tão raro quanto a vontade firme de agir em conformidade com ele. Dos poucos que a Deus procuram, quase todos encontram, devido à ignorância, apenas esses reflexos da própria vontade que se chamam o Deus dos exércitos, o Deus do povo eleito, o Respondedor de preces, o Salvador...

Tendo, deste modo, chegado a uma excessiva negatividade, mr. Propter foi arrastado, pela contínua falta de vigilância, a uma preocupação ainda menos proveitosa com as misérias concretas e particulares do dia. Recordou a entrevista que tivera, de manhã, com Hansen, o agente das propriedades de Jo Stoyte no vale. O tratamento dispensado por Hansen aos retirantes que tinham vindo trabalhar nos laranjais era ainda pior que o habitual. Valera-se da quantidade deles e de sua desesperada penúria para reduzir os salários. Na plantação que ele administrava, faziam-se criancinhas trabalhar ao sol, o dia inteiro, por dois ou três cents a hora. E, terminado o trabalho, as casas a que voltavam eram uma chusma de chiqueiros cheios de vermes, sitos no terreno inútil que margeava o rio. Por esses chiqueiros Hansen cobrava um aluguel de dez dólares mensais. Dez dólares mensais pelo privilégio de morrer gelado ou sufocado; de dormir em sórdida promiscuidade; de ser devorado por percevejos e piolhos; de contrair oftalmia e, possivelmente, verminose e disenteria amebiana. No entanto, Hansen era um homem muito decente; tinha um coração de ouro. Ficaria chocado, indignado, se visse alguém bater num cachorro; estava pronto para voar em proteção de uma mulher maltratada ou de uma criança que chorasse. Quando mr. Propter lhe chamara a atenção para este fato, Hansen ficara rubro de cólera:

— Isto é diferente! — dissera.

Mr. Propter tentara descobrir o porquê da diferença.

Era o seu dever, respondera Hansen.

Mas podia lá ser dever de alguém tratar crianças pior que a escravos e inoculá-las de verminose?

Sim, era este seu dever para com as propriedades. Não o fazia para si.

Mas por que razão fazer o mal por outro seria diferente de fazer o mal por conta própria? Num e noutro caso, os resultados eram exatamente os mesmos. As vítimas não sofrem menos quando fazemos o que chamamos nosso dever do que quando agimos em proveito do que imaginamos ser de nosso interesse.

Desta vez a raiva explodira em desaforos violentos. Era a raiva — observara mr. Propter — do homem bem-intencionado, mas estúpido, obrigado, contra a vontade, a fazer a si mesmo perguntas indiscretas sobre o que está acostumado a fazer naturalmente. Não quer formular essas perguntas porque sabe que, uma vez formuladas, será obrigado ou a continuar a fazer o que sempre fez, mas agora com a consciência cínica de que está agindo mal, ou então, no caso de não querer ser cínico, a mudar radicalmente de vida, de modo a pôr o seu desejo de fazer o bem em harmonia com os fatos reais, tal como os revela a autointerrogação. Para a maioria, a mudança radical é ainda mais odiosa do que o cinismo. A única solução que contorna o dilema é persistir, a todo custo, na ignorância que permite continuar a agir mal na crença confortadora de que, em assim fazendo, se está cumprindo o seu dever — dever para com a companhia, para com os acionistas, para com a família, a cidade, o Estado, a Pátria, a Igreja. Porque, naturalmente, o caso do pobre Hansen nada tinha de raro; em escala menor, e, portanto, com menos poder de fazer o mal, agia ele como todos esses funcionários, estadistas e prelados que passam a vida espalhando a miséria e a destruição em nome de seus ideais e por imposição de seus imperativos categóricos.

Entretanto, não conseguira lá muita coisa com Hansen, concluiu tristemente mr. Propter. Tinha de tentar novamente com Jo Stoyte. Até então, Jo sempre se recusara a ouvi-lo, a pretexto de que as propriedades eram assunto de Hansen. Era tão bom o subterfúgio que seria difícil — previu ele — destruí-lo.

De Hansen e Jo Stoyte seus pensamentos passaram para aquela família de retirantes que acabara de chegar do Kansas e a quem ele dera uma de suas cabanas. As três crianças subnutridas, com os dentes apodrecendo prematuramente na boca; a mulher, emaciada sabe Deus por que complicações de moléstias, já profundamente mergulhada em apatia e fraqueza; o marido, ora queixoso e lamentador, ora violento e sombrio.

Fora com ele à horta buscar alguns legumes e um coelho para o jantar da família. Enquanto escorchava o coelho, ouvira explosões incoerentes de queixa e indignação. Queixa e indignação contra o mercado de trigo, que quebrava toda vez que ele ia melhorando na vida; contra os bancos, aos quais tomara dinheiro emprestado e não pudera pagar. Contra as secas e os ventos, que tinham reduzido sua fazenda a cento e sessenta acres de poeira e matagal; contra a sorte, que sempre tinha sido contra ele. Contra o próximo que, sempre, em toda parte, o tratara tão mal.

Triste e familiar história! Com pequenas variações, já a ouvira milhares de vezes. Ora eram agregados de mais ao sul, despedidos pelos proprietários num esforço desesperado para obrigar a fazenda a render. Outras vezes, como este homem, tinham sido donos de suas terras e desapropriados, não por financistas, mas pelas forças da natureza — forças estas que eles próprios tinham tornado destrutoras, arrancando o capim e só plantando trigo. Outras vezes, ainda, eram trabalhadores expulsos pelos tratores. Todos vinham à Califórnia como a uma terra prometida; e a Califórnia já os reduzira à condição de vagabundos, e rapidamente os transformava em intocáveis. Só um santo — refletiu mr. Propter —, só um santo pode ser peão e pária impunemente, porque só um santo aceitaria a posição de bom grado, como se a tivesse escolhido espontaneamente. A pobreza e o sofrimento só enobrecem quando são voluntários. A pobreza e o sofrimento involuntários só podem piorar os homens. É mais fácil a um camelo passar pelo fundo de uma agulha que a um homem involuntariamente pobre entrar no Reino dos Céus. Tome-se, por exemplo, este pobre-diabo do Kansas. Como reagia ele à pobreza e ao sofrimento involuntários? Pelo que podia julgar mr. Propter, compensava-se de seus infortúnios maltratando os mais fracos. O modo de ele berrar com as crianças... Era um sintoma muito comum.

Uma vez escorchado e estripado o coelho, mr. Propter interrompera o monólogo do companheiro:

— Sabe qual o texto mais estúpido da Bíblia? — perguntara de modo inesperado.

Espantado, visivelmente escandalizado, o homem do Kansas balançara a cabeça:

— É este — respondera mr. Propter, levantando-se e passando-lhe a carcaça do coelho: — "Eles me odiavam sem razão".

À sombra do eucalipto, mr. Propter suspirou de pesar. Mostrar a esses infelizes que, pelo menos em parte, eram seguramente responsáveis pelos próprios infortúnios; explicar-lhes que a ignorância e a estupidez não são menos severamente punidas pela natureza das coisas que a malícia deliberada não era tarefa agradável. Nunca era agradável, mas, a seu ver, sempre necessária. Pois que esperança, que tênue clarão de esperança restaria a um homem que acreditasse sinceramente que "eles me odiavam sem razão", e que ele próprio não tinha a menor responsabilidade pelos seus próprios desastres? Nenhuma, é claro. Verificamos, de maneira inequívoca, que os desastres e os ódios nunca são sem causa; verificamos também que pelo menos algumas dessas causas acham-se, em geral, sob o controle das vítimas dos desastres ou dos odiados. Até certo ponto, eles são direta ou indiretamente responsáveis. Diretamente, pela prática de atos estúpidos ou maliciosos. Indiretamente, por não serem tão inteligentes e compassivos quanto deviam; e, em geral, cometem essa omissão porque preferem conformar-se, sem refletir, aos padrões locais e ao modo usual da vida.

Os pensamentos de mr. Propter voltaram àquele pobre-diabo do Kansas. Devia ser arrogante, com certeza desagradável para os vizinhos, fazendeiro incompetente. Mas não apenas isso. Seu maior crime fora o de aceitar o seu mundo como normal, racional e justo. Como todos os outros, deixara os publicitários multiplicar suas necessidades; aprendera a identificar a felicidade com as posses e a prosperidade com o dinheiro para gastar nas lojas. Como todos os outros, abandonara toda ideia de plantar para viver e passara a pensar exclusivamente em colheitas a dinheiro; e continuara a pensar nesses termos, mesmo quando a colheita já não lhe dava mais dinheiro algum. Então, como todos os demais, contraíra dívidas com os bancos, e, finalmente, como todos os outros, verificara que aquilo que os técnicos vinham dizendo há uma geração era perfeitamente exato: numa região semiárida é o capim que retém o solo; arranque-se o capim e o solo se vai. E, de fato, tudo aconteceu como o previsto.

Agora o homem do Kansas era um peão e um pária, e a experiência fizera dele um homem pior.

São Pedro Claver era outra personagem histórica a quem mr. Propter dedicara um estudo. Quando os navios negreiros arribavam à baía de Cartagena, Pedro Claver era o único branco que se aventurava a descer aos porões. E lá, na atmosfera fétida, tórrida, indescritível, saturada de odores de pus e de excrementos, tratava dos doentes, curava as úlceras daqueles a quem as algemas tinham ferido, abraçava os infelizes rendidos ao desespero, dizia--lhes palavras de conforto e de amor e, nos intervalos, falava-lhes de seus pecados. *Seus* pecados! O moderno humanitário riria, se não se escandalizasse. E, contudo — era a esta conclusão que mr. Propter tinha, gradual e relutantemente, chegado — São Pedro Claver provavelmente estava com a razão. Não com toda a razão, é claro, pois, agindo com falta de conhecimento, nenhum homem, por mais bem-intencionado que seja, pode acertar inteiramente; mas, pelo menos, com tanta razão quanto se poderia esperar de um homem bom, imbuído de uma filosofia católica e contrarreformista. Com razão em insistir que, sejam quais forem as circunstâncias em que se encontre, um ser humano tem sempre omissões a reparar, ações cujos efeitos devem ser neutralizados na medida do possível. Com razão em crer que é conveniente, mesmo para os mais brutalmente vitimados pelos pecados alheios, ter quem lhes recorde suas próprias deficiências.

A concepção que Pedro Claver fazia do mundo tinha o defeito de ser errônea e o mérito de ser simples e dramática. Admitida a existência de um Deus pessoal, dispensador de perdão; admitidos o céu, o inferno e a realidade absoluta das personalidades humanas;

admitidos o mérito das meras boas intenções e a fé inconteste num conjunto de opiniões erradas; admitidas a unicidade da verdadeira Igreja, a eficácia da mediação sacerdotal, a magia dos sacramentos — admitido isso tudo, era realmente facílimo convencer, mesmo um escravo recém-importado, de sua pecaminosidade, e explicar-lhe exatamente o que fazer para repará-la. Mas, quando não há um livro inspirado único, uma única Santa Igreja, um sacerdócio mediador, uma magia sacramental; quando não há um Deus pessoal que se possa induzir a perdoar as ofensas; quando só existem, mesmo no mundo moral, causas, efeitos e a enorme complexidade das interrelações, então é claro que a tarefa de dizer às pessoas o que fazer com suas deficiências é muito mais difícil. Porque, neste caso, o que se exige de cada indivíduo não é apenas o exercício incessante da inteligência. E isso não é tudo. Já que a individualidade não é absoluta, já que as personalidades não são mais que ficções ilusórias de uma vontade própria desastrosamente cega à realidade de uma consciência mais que pessoal, de que é, a um tempo, limitação e negação, então todo o esforço de cada ser humano deve ser devotado, em última análise, à realização dessa consciência mais que pessoal. Assim sendo, nem mesmo a inteligência é complemento suficiente à boa vontade; deve haver também o recolhimento que procura transformar e transcender a inteligência. Muitos são os chamados, mas poucos os escolhidos, porque poucos são os que sabem. Considere o caso do homem do Kansas...

Mr. Propter balançou tristemente a cabeça. Tudo estava contra aquele pobre homem: sua ortodoxia fundamentalista, seu egoísmo ferido e inflamado, sua irritabilidade nervosa, sua inteligência curta. Ainda quanto às três primeiras desvantagens, talvez se pudessem remover, mas que fazer quanto à quarta? A natureza das coisas é implacável para com a fraqueza. "Daquele que nada tem, tirar-se-á até aquilo que tem." E como eram mesmo aquelas palavras de Espinosa? "Um homem pode ser desculpável e, não obstante, atormentado de várias maneiras. Um cavalo é desculpável por não ser um homem; contudo, tem de continuar cavalo, e não homem." Em todo caso, devia haver algo, por certo, a se fazer por gente da espécie do homem do Kansas — algo que não implicasse o dever de dizer-lhes inverdades nocivas sobre a natureza das coisas, como a inverdade mais moderna que consiste em afirmar que os valores humanos são absolutos e que Deus é a nação, ou o partido, ou a raça humana *in totum*. Por certo — insistiu mr. Propter — por certo deve haver algo a se fazer por esses infelizes. O homem do Kansas a princípio se ofendera com o que ele lhe dissera sobre a cadeia de causa e efeito, a teia das relações — ofendera-se como se fora um insulto pessoal que lhe fizessem. Mas, depois, quando viu que ninguém o estava censurando, que ninguém estava tentando ludibriá-lo, começara a tomar certo interesse e a ver que, no fim das contas, havia alguma coisa de verdade naquela história. Talvez se pudesse, lentamente, levá-lo a pensar com um pouco mais de realismo, pelo menos sobre o mundo da vida cotidiana, o mundo exterior das aparências. E, isso feito, talvez não lhe fosse uma dificuldade tão insuperável pensar com um pouco mais de realismo sobre si mesmo, conceber como ficção aquele seu ego todo importante, como uma espécie de pesadelo, como um nada freneticamente agitado, capaz — uma vez serenado o frenesi — de se encher de Deus, de um Deus concebido e experimentado com uma consciência mais que pessoal, um poder livre, uma atividade pura, um ser afastado das...

E, de repente, caindo em si, mr. Propter viu que tinha voltado ao seu ponto de partida, por um longo e sinuoso caminho sem proveito algum. Viera sentar-se neste banco, debaixo do eucalipto, para recolher-se e sentir, por um momento, a existência daquela outra consciência subjacente a seus próprios pensamentos e sentimentos, daquele poder livre e puro superior aos seus. Viera para isso, mas não vigiou; lembranças, imediatamente, insinuaram-se; vieram as especulações, nuvem após nuvem, como aves marinhas que levantassem voo de seus ninhos para obscurecer e eclipsar o sol. A servidão é a vida da personalidade, e por ela o eu pessoal lutará com inesgotável riqueza de recursos e a mais obstinada astúcia. O preço da liberdade é a eterna vigilância, e ele deixara de ser vigilante. Não era o caso, refletiu com amargura, do espírito que quer e da carne que é fraca. O erro estava precisamente nessa antítese. O espírito sempre quer; mas a pessoa, que tanto é corpo como espírito, sempre não quer; e a pessoa, diga-se de passagem, não é fraca, e sim extremamente forte.

Mr. Propter tornou a olhar as montanhas, o firmamento pálido por entre as folhas do eucalipto, as tenras manchas rosadas, púrpuras, cinzentas, dos caules eretos; e então, mais uma vez, fechou os olhos.

"Um nada rodeado de Deus, indigente de Deus, capaz de Deus e cheio de Deus se o desejar." E o que é Deus? Um ser à parte das criaturas, um poder livre, uma atividade pura. Gradualmente sua vigilância deixou de ser um ato de vontade, um recalque deliberado de pensamentos, sentimentos e desejos pessoais insignificantes. Porque, pouco a pouco, esses pensamentos, sentimentos e desejos foram se depositando, como um sedimento de lama numa jarra de água, e, à medida que se depositavam, deixavam a vigilância livre de se transformar numa espécie de atenção despreocupada sem esforço, a um tempo intensa e serena, alerta e passiva — uma atenção cujo objeto eram as palavras que pronunciara e, ao mesmo tempo, aquilo que rodeava as palavras. Mas o que rodeava as palavras era a própria atenção; pois essa vigilância que se transformara numa atenção sem esforço, que era ela senão um aspecto, uma expressão parcial dessa consciência impessoal e imperturbável em que tinham caído as palavras e em que eu ia, lentamente, afundando? E, à medida que afundavam, iam contraindo nova significação para aquela atenção que as acompanhava até o fundo de si mesmas — significação nova, não no sentido das entidades conotadas pelas palavras, mas sim no modo de ser compreendidas, que, de intelectual, se tornara intuitivo e direto, de maneira que a natureza do homem em sua potencialidade e a de Deus em sua realidade eram sentidas por um processo análogo à experiência sensorial, por uma espécie de participação imediata. O nada agitado de seu ser sentiu-se transcendido na capacidade revelada para a paz e para a pureza, no afastamento das turbações e dos desejos, na libertação beatífica da personalidade...

Um som de passos que se aproximavam o fez abrir os olhos. Peter Boone e aquele inglês que encontrara no automóvel vinham subindo a ladeira, em direção a seu banco debaixo dos eucaliptos. Mr. Propter acenou, num gesto de saudação, e sorriu. Gostava do jovem Pete. Havia nesse rapaz inteligência e bondade natas; havia sensibilidade, generosidade e uma decência natural nos impulsos e reações. Belas, encantadoras qualidades! Pena que, por si mesmas, indirigidas, sem a luz do conhecimento justo, fossem tão impotentes para produzir o bem, tão inadequadas para o que quer que um homem sensato pudesse chamar de salvação. Bom ouro, mas ainda em minério, não fundido, bruto. Talvez algum dia o rapaz aprendesse a usar o seu ouro, mas primeiro teria que querer aprender, e também desaprender, uma porção de coisas que considerava agora como óbvias e corretas. Seria difícil — tão difícil, se bem que por outras razões, quanto para o pobre-diabo do Kansas.

— Alô, Pete! — disse ele. — Venha sentar-se aqui comigo. Vejo que você trouxe mister Pordage. Muito bem! — chegou-se para o meio do banco, de modo que os dois pudessem sentar-se, um de cada lado. — Então, já encontrou o Ogro? — disse ele a Jeremy, apontando para o castelo.

Jeremy fez uma careta e assentiu.

— Lembrei-me do nome pelo qual o chamavam no colégio. Isso facilitou um pouco as coisas.

— Pobre Jo! — exclamou mr. Propter. — Todo mundo pensa que os gordos são tão felizes! Mas quem é que gosta de ser ridicularizado? O modo jovial que eles têm às vezes e as brincadeiras que fazem à sua própria custa não são mais que um caso de fuga e profilaxia. Vacinam-se com o ridículo de si próprios para não reagirem muito violentamente ao dos outros.

Jeremy sorriu. Compreendia aquilo muito bem.

— É uma boa maneira de se sair de uma situação desagradável — disse.

Mr. Propter assentiu com a cabeça.

— Mas, infelizmente, não era a adotada por Jo. Jo era do tipo que explodia. Do tipo que brigava. Do tipo que maltratava ou protegia. Do tipo que contava vantagem e se mostrava. Do tipo que comprava popularidade dando sorvete às meninas, mesmo que, para isso, tivesse de roubar dez *cents* da bolsa da vovó. Do tipo que continuava a furtar, mesmo depois de descoberto e castigado, e que, quando lhe diziam que ia para o inferno, acreditava. Pobre Jo! Foi desse tipo a vida toda!

Tornou a apontar para o castelo:

— Eis o monumento que erigiu à sua pituitária defeituosa. E, por falar em pituitária — continuou voltando-se para Pete —, como vão os experimentos?

Pete estava pensando amarguradamente em Virgínia, perguntando consigo pela centésima vez por que ela tinha ido embora, se ele teria feito algo que a tivesse ofendido, se estaria de fato cansada ou se haveria outra razão qualquer. À menção de mr. Propter a seu trabalho, levantou o rosto e sorriu:

— Vai otimamente! — respondeu; e, em rápidas frases arrebatadas, estranhos compostos de gíria e termos técnicos, contou a mr. Propter os resultados que já tinham obtido com os camundongos e estavam começando a obter, ao que parecia, com os bugios e cachorros.

— E se der resultado — perguntou mr. Propter —, que acontecerá aos cachorros?

— O quê? Terão a vida prolongada! — respondeu Pete, triunfalmente.

— Bom, isso eu sei. Não é isso que pergunto. Um cachorro é um lobo incompletamente desenvolvido. É mais parecido com o feto de um lobo do que um lobo adulto, não é?

Pete assentiu.

— Em outras palavras — continuou mr. Propter —, é um animal manso, tratável, porque não chegou a atingir o estado de selvageria. Não é esse um dos supostos mecanismo do desenvolvimento evolutivo?

Pete tornou a assentir:

— Há uma espécie de equilíbrio glandular — explicou. — Depois, ocorre uma mutação que o destrói. Obtém-se um novo equilíbrio que retarda a marcha do desenvolvimento. O animal cresce, mas tão lentamente que morre antes de se diferenciar do feto de seu tataravô.

— Exatamente. Então, que acontecerá se se prolongar a vida de um animal que evoluiu dessa maneira?

Pete Riu e deu de ombros.

— Bom, esperaremos e veremos...

— Seria um tanto inquietante — disse mr. Propter — se os seus cachorros regredissem em vez de crescerem.

Pete tornou a rir, com prazer:

— O senhor já imaginou as viúvas ricas perseguidas pelos seus próprios pequineses?

Mr. Propter olhou-o de um modo curioso e ficou algum tempo em silêncio, como para ver se Pete faria mais algum comentário. O comentário não veio.

— Ainda bem que isso não o preocupa — disse; e, voltando-se para Jeremy: — Não é, se não me falha a memória, mister Pordage, não é crescer em tamanho como as árvores que tornará os homens melhores...

— Ou durar, como os carvalhos, trezentos anos? — especulou mr. Propter. — O senhor ainda será um erudito e um cavalheiro?

Jeremy tossiu, bateu na carequinha:

— Bom, certamente já não seremos cavalheiros. Felizmente já estamos deixando de sê-lo desde agora...

— Mas o erudito sustentará a nota?

— Bom, há muitos livros no Museu Britânico...

— E você, Pete? — disse mr. Propter. — Acha que ainda estará fazendo pesquisas científicas?

— Por que não? Que impede que se continue a fazê-las para sempre? — respondeu o jovem, com ênfase.

— Para sempre? Então você não acha que acabará por ficar um tanto entediado? Experimento após experimento, livro após livro... — acrescentou, num aparte a Jeremy. — Ou, de modo geral, sempre a mesma coisa. Não acha que isso acabará dando dor de cabeça?

— Não vejo por que — disse Pete.

— Então o tempo não o enfada?

Pete balançou a cabeça:

— Por que razão?

— Por que razão? — repetiu mr. Propter, sorrindo-lhe com uma afeição divertida. — O tempo é uma coisa bem enfadonha, como sabe.

— Só quando se tem medo de morrer ou de envelhecer.

— Não, é enfadonho — insistiu mr. Propter —, mesmo quando não se tem esse medo. O tempo é *pesadélico* em si mesmo, intrinsecamente *pesadélico*, se é que me faço entender.

— Intrinsecamente? — e Pete olhou-o, perplexo. — Não compreendo. Intrinsecamente *pesadélico*?

— *Pesadélico* no presente, é claro — observou Jeremy. — Mas quando o consideramos no estado fóssil, na forma dos Documentos Hauberk, por exemplo... Deixemos a frase por terminar.

— Bom, neste caso é bem agradável — disse mr. Propter, concordando com a conclusão implícita. — Mas, no fim das contas, não é a história que interessa. O tempo passado é apenas o mal à distância, e é claro que o estudo do tempo passado é, em si mesmo, um processo no tempo. Catalogar pedaços de mal fossilizado nunca será mais que um *Ersatz* à experiência da eternidade.

Olhou de relance para Pete, tentando imaginar como o rapaz responderia ao que ele estava dizendo. Mergulhar, assim, no coração do assunto, começar no próprio nódulo do mistério, era bastante arriscado; havia o perigo de não se evocar mais que espanto, ou mera derrisão irritada. Podia-se ver que a reação de Pete se aproximava mais da primeira; mas era um espanto que parecia temperado pelo interesse; tinha o ar de querer descobrir a que vinha aquilo.

Entretanto, Jeremy começara a sentir que a conversa estava assumindo uma direção das mais indesejáveis.

— Afinal, de que estamos falando? — perguntou, num tom ácido. — Da Nova Jerusalém?

Mr. Propter sorriu com bonomia:

— Está bem. Prometo não dizer uma só palavra sobre harpas ou asas.

— Bom, já é alguma coisa. — disse Jeremy.

— Nunca pude extrair grande satisfação de dizer coisas sem sentido — continuou mr. Propter. — Desejo que sempre minhas palavras tenham alguma relação com fatos. Eis por que me interesso pela eternidade. Pela eternidade psicológica. Porque a eternidade psicológica é um fato!

— Para o senhor, talvez — disse Jeremy, num tom que dava a entender que gente mais civilizada não sofria dessas alucinações.

— Para quem quer que deseje preencher as condições em que se pode experimentá-la.

— E por que motivo se há de desejar preenchê-las?

— Por que motivo se há de desejar ir a Atenas para ver o Parthenon? Porque vale a pena... E o mesmo se dá com a eternidade. A experiência do bem exterior ao tempo vale os incômodos que traz consigo.

— Bem exterior ao tempo? — repetiu Jeremy, com desgosto. — Não sei o que isso significa.

— E como o senhor haveria de saber? Só se pode conhecer todo o sentido da palavra "Parthenon" depois de ter visto a coisa.

— Sim, mas pelo menos vi fotografias do Parthenon. Li descrições...

— E também leu descrições do bem exterior ao tempo — tornou mr. Propter. — Dúzias e dúzias. Em todas as literaturas de filosofia e religião. O senhor as leu, mas jamais comprou passagens para Atenas.

Num silêncio prenhe de ressentimento, Jeremy teve de admitir que era verdade. E o fato de ser verdade o fez desaprovar, ainda mais profundamente, a conversa.

— Quanto ao tempo — dizia mr. Propter a Pete —, que é ele, neste particular, senão o meio em que o mal se propaga, o elemento em que o mal vive e fora do qual morre? De fato, é mais do que o elemento do mal, mais que o seu simples veículo de propagação. Levando-se a análise mais além, ver-se-á que o tempo é o mal, um dos aspectos de sua essencial substância.

Jeremy ouvia com crescente mal-estar e uma irritação progressiva. Estavam justificados seus receios; o velho resvalara para a pior espécie de teologia. Eternidade, experiência do bem exterior ao tempo, o tempo como substância do mal — Deus sabe que já era horrível o bastante nos livros. Mas, atirado na gente, assim, à queima-roupa, por alguém que levava realmente aquilo a sério, puxa! Era, na verdade, medonho! Por que diabos não podia certa gente viver a sua vida de maneira racional e civilizada? Por que não podiam contentar-se com aceitar as coisas tal como acontecem? Café às nove, almoço à uma e meia, chá às cinco. E palestras. E o passeio diário com mr. Gladstone, o cãozinho Yorkshire. E a biblioteca. As obras completas de Voltaire em oitenta e três volumes. O inexaurível tesouro de Horace Walpole. Para variar, a *Divina comédia*; e, no caso de ser tentado a levar muito a sério a Idade Média, a autobiografia de Salimbene e a *História do moleiro*. Uma vez ou outra, visitas, à tarde — o reitor, lady Fredegond com sua corneta acústica, mr. Veal. E discussões políticas — se bem que, nestes últimos meses, desde o *Anschluss* em Munique, descobrira que as discussões políticas eram uma das coisas desagradáveis que cumpria evitar. E a ida semanal a Londres, o almoço no Reform, e sempre o jantar na companhia do velho Thripp do Museu Britânico;

e um dedo de prosa com o pobre mano Tom, no Foreign Office (conquanto também o Foreign Office estivesse se tornando uma das coisas a serem evitadas); depois, naturalmente, a Biblioteca de Londres, as vésperas na catedral de Westminster, quando se cantava Palestrina, e, uma semana sim, outra não, entre cinco e seis e meia, uma hora e meia com Mae ou Doris em seu apartamento de Maida Vale. "Sordidez infinita num cubículo", como ele gostava de chamar; mas profundamente delicioso. Tudo se resumia nisso; por que não aceitá-lo, calma, sensatamente? Mas, não, tinham de bater boca sobre a eternidade e tudo mais... Não podia ouvir essas histórias sem ter vontade de blasfemar, perguntar se Deus tinha, por acaso, um intestino reto, protestar, como o japonês da anedota, que estava completamente confuso e perplexo com a posição do Honorável Pássaro. Mas, infelizmente, o caso presente era um daqueles particularmente exasperantes, em que essas reações não tinham cabimento. Porque, no fim das contas, o velho Propter escrevera os *Breves estudos*, e não se podia desprezar o que ele dizia como fumos de um espírito deficiente. Além do mais, o homem não falara em cristianismo, de modo que as piadas sobre antropomorfismo não tinham razão de ser. Era por demais exasperador! Assumindo uma expressão de altaneiro desinteresse, Jeremy pôs-se a trautear "*The honeysuckle and the bee*". Queria dar a impressão de um ser superior, de quem não se poderia esperar que perdesse o seu tempo ouvindo bobagens.

"Cômico espetáculo!", refletiu mr. Propter, ao vê-lo. Cômico se não fosse tão deprimente.

CAPÍTULO IX

— Tempo e desejo — disse mr. Propter —, tempo e desejo! Dois aspectos da mesma coisa, coisa que é a matéria-prima do mal. De modo que — acrescentou, em outro tom —, veja que singular presente você nos fará, Pete, se for bem-sucedido em seus experimentos. Outro século, ou mais, de tempo e desejo. Um par de existências extras de mal em potência.

— E *bem* em potência — insistiu o rapaz, com uma nota de protesto na voz.

— E bem em potência — concordou mr. Propter. — Mas apenas como consequência muito remota desse tempo suplementar que você nos dará.

— Por que o senhor diz isso?

— Porque o mal em potência está no tempo, o que não sucede com o bem em potência. Quanto mais se vive, com maior quantidade de mal se entra, automaticamente, em contato. Ninguém entra automaticamente em contato com o bem. Não é pelo fato de existirmos por mais tempo que encontraremos maior soma de bem. É curioso — continuou ele com ar meditativo — como o homem tem se preocupado com o problema do mal. Exclusivamente. Como se a natureza do bem fosse algo autoevidente. Mas não é autoevidente. Há um problema do bem, pelo menos tão difícil quanto o problema do mal.

— E qual a solução? — inquiriu Pete.

— A solução é muito simples, mas profundamente inaceitável. O bem efetivo está fora do tempo.

— Fora do tempo? Mas, então, como...?

— Eu disse que era inaceitável, não disse? — retrucou mr. Propter.

— Mas, se está fora do tempo, então...

— ... então, nada dentro do tempo pode ser um bem efetivo. O tempo é mal em potência, e o desejo converte a potencialidade em mal efetivo; já uma ação temporal nunca pode ser senão potencialmente boa, e mais, com uma potencialidade que só se pode efetivar fora do tempo.

— Mas aqui, dentro do tempo, você sabe, nas ações coisas cotidianas... Diabo! Às vezes acertamos, pois não é? Que ações *são* boas?

— Estritamente falando, nenhuma — respondeu mr. Propter. — Mas, na prática, creio que seja possível aplicarmos justificadamente o termo a algumas. Toda ação que contribui para a libertação dos que com ela se relacionam é, a meu ver, uma boa ação.

— Libertação? — repetiu o rapaz, num tom de dúvida. Em seu espírito essa palavra evocava apenas conotações econômicas e revolucionárias. Mas era evidente que mr. Propter não estava aludindo à necessidade de eliminar o capitalismo. — Libertação de quê?

Mr. Propter hesitou antes de responder. Valeria a pena continuar? O inglês era hostil; o tempo, pouco; o rapaz, inteiramente ignorante. Mas era uma ignorância mitigada de boa vontade e em que transparecia um comovente anseio de perfeição. Resolveu correr o risco e continuar:

— Libertação do tempo. Libertação do desejo e da aversão. Libertação da personalidade.

— Mas, caramba! — disse Pete. — O senhor vive falando em democracia. Democracia não quer dizer respeitar a personalidade?

— Claro que sim — concordou mr. Propter. — Respeitá-la a fim de que possa transcender a si mesma. A escravidão e o fanatismo intensificam a obsessão do tempo, do mal e do eu. Daí o valor das instituições democráticas e do ceticismo como atitude mental. Quanto mais se respeita uma personalidade, maior a sua probabilidade de descobrir que toda personalidade é uma prisão. O bem em potência é tudo aquilo que nos ajuda a sair da prisão. O bem efetivo fica do lado de fora desta, na região exterior ao tempo, no estado de consciência pura e desinteressada.

— Não sou lá muito bom em abstrações — disse o rapaz. — Vejamos alguns exemplos concretos. A ciência, por exemplo. É boa?

— Boa, má ou indiferente, conforme o modo de professá-la e o uso que dela se faz. Boa, má ou indiferente, em primeiro lugar, para os próprios cientistas, do mesmo modo que a arte e a erudição podem ser boas, más ou indiferentes para os artistas e eruditos. Boa, se facilita a libertação; indiferente se nem facilita nem dificulta; má se, intensificando a obsessão da personalidade, torna mais difícil a libertação. E, lembre-se, Pete, o altruísmo aparente dos artistas e dos cientistas não é necessariamente uma libertação genuína da servidão da personalidade. Cientistas e artistas são homens consagrados ao que chamamos vagamente um ideal. Mas, o que é um ideal? Um ideal é apenas a projeção, em escala enormemente ampliada, de algum aspecto da personalidade.

— Repita isso — pediu Pete; e o próprio Jeremy esqueceu por momentos a pose de desinteresse superior, para prestar a máxima atenção.

Mr. Propter repetiu.

— E o mesmo se poderá dizer — continuou — de todos os ideais, exceto do mais alto, que é o ideal da libertação, libertação da personalidade, libertação do tempo e do desejo, libertação em proveito da união com Deus, se o senhor não põe objeção à palavra, mister Pordage. Muitos o fazem... — acrescentou. — Essa é uma das palavras que as mrs. Grundys[14] do intelecto acham peculiarmente chocantes. Sempre que posso, procuro poupar-lhes a sensibilidade. Mas, voltando ao nosso idealista — continuou ele, satisfeito por ver que Jeremy, a despeito de si mesmo, sorria —, se ele estiver a serviço de qualquer ideal, exceto o mais alto, seja o ideal de beleza dos artistas, seja o ideal de verdade dos cientistas, seja o ideal, concebido pelo humanitário, daquilo que se costuma considerar o bem, não estará a serviço de Deus; estará servindo a um aspecto ampliado de si mesmo. Pode ser completamente devotado; mas, em última análise, essa devoção dirige-se a um aspecto de sua própria personalidade. Seu altruísmo aparente não é, de fato, uma libertação de seu ego, e sim apenas outra forma de servidão. Por este motivo, a ciência pode ser boa ou má para os cientistas, mesmo quando pareça ser um elemento libertador. E o mesmo se poderá dizer da arte, da erudição ou do humanitarismo.

Jeremy lembrou-se, com saudade, de sua biblioteca nas Araucárias. Por que este velho insensato não se contentava em aceitar as coisas tal como eram?

— E quanto aos outros? — perguntou Pete. — Sim, os que não são cientistas. Não concorrerá a ciência para libertá-los?

Mr. Propter aquiesceu com um gesto de cabeça:

14 Mrs. Grundy, personagem de uma comédia de Morton; símbolo do pudor social. [N.T.]

— E também para apegá-los ainda mais a si mesmos. E mais, sou capaz de garantir que a ciência tem feito mais para aumentar-lhes a servidão que para diminuí-la, e a tendência é aumentá-la cada vez mais.

— Não vejo como...

— Pelas suas aplicações — respondeu mr. Propter. — Em primeiro lugar, aplicações à guerra. Melhores aviões, melhores explosivos, melhores canhões e melhores gases. Cada melhora aumenta a soma de terror e ódio, dilata a incidência da histeria nacionalista. Em outras palavras, cada melhora em matéria de armamento torna mais difícil a fuga de nossos egos, mais difícil o esquecimento dessas horríveis projeções de nós mesmos conhecidos como ideais de patriotismo, heroísmo, glória etc. E mesmo as aplicações menos destrutivas da ciência não são na realidade muito mais satisfatórias. Porque, no fim das contas, o que resulta delas? A multiplicação de objetos possuíveis, a invenção de novos instrumentos de estímulo, a disseminação de novas necessidades por intermédio da propaganda, cujo objetivo é fazer os homens confundirem posses com bem-estar e estímulo incessante com felicidade. Mas o incessante estímulo exterior é uma fonte de servidão; assim como a preocupação com as posses. E vem agora você, Pete, e nos ameaça a prolongar nossa vida para que continuemos a ser estimulados, a desejar posses, a arvoar bandeiras, a odiar nossos inimigos e a temer ataques aéreos, para que continuemos, por gerações e gerações, a nos atolarmos cada vez mais no fétido lodaçal de nossa personalidade. — E mr. Propter balançou tristemente a cabeça: — Não, Pete, não posso compartilhar de seu otimismo em relação à ciência...

Houve um silêncio, enquanto Pete discutia com seus botões se devia ou não perguntar a mr. Propter o que ele pensava sobre o amor. Por fim resolveu não perguntar. Virgínia era muito sagrada!

(Mas, por que motivo teria ela voltado da gruta? Que teria ele dito ou feito que pudesse ofendê-la?) Foi tanto para impedir-se de ficar ruminando esses problemas, como para saber o que o velho pensava da última das três coisas que lhe pareciam de supremo valor, que, voltando-se para mr. Propter, perguntou:

— E a justiça social? Sim, a Revolução Francesa... Ou a Rússia. Ou a questão espanhola, a luta pela liberdade, pela democracia, contra a agressão fascista?

Mesmo procurando manter uma atitude calma, científica, perante a questão, essas últimas palavras o fizeram tremer a voz. Apesar de sua familiaridade (ou talvez devido a ela), expressões como "agressão fascista" ainda tinham o poder de tocá-lo até o âmago.

— Da Revolução Francesa saiu Napoleão — disse mr. Propter, após um momento de silêncio. — De Napoleão, o nacionalismo alemão. Do nacionalismo alemão, a guerra de 1870. Da guerra de 1870, a guerra de 1914. Da guerra de 1914, Hitler. Esses foram os efeitos ruins da Revolução Francesa. Os bons efeitos foram: a emancipação dos camponeses na França e a disseminação da democracia política. Ponha os bons efeitos num dos pratos da balança, os maus no outro, e veja para que lado a balança penderá. Depois execute a mesma operação com a Rússia. Ponha num dos pratos a abolição do czarismo e do capitalismo; no outro, ponha Stalin, a polícia secreta, a fome, os vinte anos de agruras suportadas por cento e cinquenta milhões, a liquidação dos intelectuais, dos *kulaks* e dos velhos bolcheviques, as hordas de escravos nos campos de concentração; ponha a conscrição militar para todos, homens e mulheres, da infância à velhice, ponha a propaganda revolucionária que instigou a burguesia a inventar o fascismo.

E mr. Propter balançou a cabeça:

— Ou consideremos a luta pela democracia na Espanha — continuou ele. — Não há muito tempo, houve em toda a Europa outra luta pela democracia. Toda a prognose racional tem de se basear na experiência passada. Pois bem; veja os resultados de 1914 e depois pergunte a si mesmo que probabilidade terão os legalistas de estabelecer um regime liberal ao cabo de uma longa guerra. Os outros estão ganhando; deste modo, jamais teremos a oportunidade de ver em que as circunstâncias e as paixões transformariam esses liberais bem-intencionados...

— Mas, que diabo! — explodiu Pete. — Que o senhor espera que eles façam quando forem atacados pelos fascistas? Ficar sentados e oferecer o pescoço ao inimigo?

— Claro que não. Espero que lutem. E essa expectativa se baseia no meu conhecimento prévio da natureza humana. Mas o fato de em geral se reagir dessa maneira a essa sorte de situação não prova que essa seja a melhor reação possível. A experiência me faz esperar que eles se portem assim. Mas a mesma experiência me permite prever que, se eles assim se portarem, os resultados serão desastrosos.

— Bom, neste caso, que quer o senhor que façamos? Cruzar os braços? Não fazer nada?

— *Nada*, não — disse mr. Propter —, mas sim algo apropriado.

— Mas o que seria apropriado?

— Não a guerra, por certo. Nem a revolução violenta. Tampouco o excesso de política, posso garantir.

— Então, o quê?

— Eis o que resta descobrir. As linhas essenciais já estão bem visíveis, mas há ainda muito que fazer quanto aos detalhes práticos.

Pete já não o ouvia. Seu espírito fugira para aqueles tempos, no Aragão, em que a vida lhe parecia cheia de tão suprema significação.

— Mas, e aqueles rapazes lá na Espanha? — explodiu ele. — O senhor não os conheceu, mr. Propter. Eram formidáveis, palavra! Incapazes de uma baixeza, bravos, leais... tudo! — Lutando com as deficiências do seu vocabulário, receoso de parecer pedante ao falar difícil, Pete continuou: — Não viviam para si próprios, eu posso garantir, mr. Propter! — Olhou quase suplicante para o rosto do velho, como que implorando que lhe desse crédito. — Viviam para algo muito maior que eles, como isso de que o senhor falou há pouco; sim, algo mais que apenas pessoal.

— E os rapazes de Hitler? — perguntou mr. Propter. — E os rapazes de Mussolini? E os rapazes de Stalin? Você acha que não sejam tão bravos, camaradas, tão leais à sua causa, tão firmemente convencidos de que lutavam pela causa da justiça, da verdade, da liberdade, do direito e da honra?

Olhou inquiridoramente para Pete, mas ele nada disse.

— O fato de termos um monte de virtudes — continuou mr. Propter — não depõe a favor da bondade de nossas ações. Um homem pode ter todas as virtudes, ou melhor, todas menos as duas que realmente importam: a compreensão e a compaixão, pode ter todas as outras, eu digo, e ser profundamente mau. De fato, só se pode ser verdadeiramente mau quando se tem quase todas as virtudes. Veja-se, por exemplo, o satã de Milton. Bravo, forte, generoso, leal, prudente, comedido, abnegado. E não se negue aos ditadores o crédito que lhes é devido. Alguns são quase tão virtuosos quanto satã. Não tanto, reconheço, mas quase. Justamente por isso é que podem realizar tanto mal.

Pete, com os cotovelos apoiados nos joelhos, a cabeça entre as mãos, cenho franzido, escutava em silêncio.

— Mas aquele sentimento... — disse, por fim —, aquele sentimento que nos unia, a amizade, sim, a amizade, só que maior que a amizade comum... O sentimento de estarmos reunidos, lutando pela mesma causa, e a causa que o merecia, e o perigo, a chuva, as terríveis noites frias, o calor do verão, a sede, e até os piolhos e a imundície, compartilhando tudo, as coisas boas e as más, sabendo que amanhã podia ser a nossa vez de morrer, ou a de um dos outros, a nossa vez de ir para o hospital de campanha (e o mais provável era que não haveria anestésico, a não ser talvez no caso de uma amputação ou coisa que o valha) ou para o cemitério... Todos esses sentimentos, mr. Propter, não, não posso crer que não signifiquem coisa alguma!

— Significam o que são — disse mr. Propter.

Jeremy viu, de relance, a oportunidade de contra-atacar, e, com uma presteza que não lhe era habitual, aproveitou-a logo:

— O mesmo não se poderá dizer de seus sentimentos sobre a eternidade ou seja lá o que for? — perguntou.

— Claro que sim — disse mr. Propter.

— Bom, neste caso, como ousa o senhor arrogar para eles alguma validade? O sentimento significa o que é, nada mais!

— Significa o que é — concordou mr. Propter. — Mas que será ele, precisamente? Em outras palavras, qual a natureza do sentimento?

— Não pergunte para mim! — disse Jeremy, balançando a cabeça e erguendo comicamente as sobrancelhas. — Confesso que não sei...

Mr. Propter sorriu:

— Nem faz questão de saber, não é mesmo? Fique descansado que eu não lhe perguntarei. Vou me limitar a expor os fatos. O sentimento em apreço é uma experiência não pessoal da paz exterior ao tempo. Por conseguinte, o que ele significa é: não personalidade, exterioridade ao tempo e paz. São todos sentimentos pessoais, evocados por situações temporais e caracterizados pela emoção. Intensificação do eu dentro do mundo do tempo e do desejo, eis o que significam esses sentimentos.

— Mas o senhor não pode chamar o sacrifício uma intensificação do eu! — disse Pete.

— Posso e chamo! — insistiu mr. Propter. — Pela boa razão de que, em geral, o é. O sacrifício a qualquer causa que não a mais alta é sacrifício a um ideal que não passa de projeção do eu. O que comumente se chama sacrifício é o sacrifício de uma parte do eu a outra parte, de um grupo de sentimentos e paixões pessoais a outro, como quando sacrificamos sentimentos referentes ao dinheiro ou ao sexo para que o eu possa experimentar os sentimentos de superioridade, solidariedade e ódio associados ao patriotismo ou a qualquer espécie de fanatismo político ou religioso.

Pete balançou a cabeça.

— Às vezes — disse ele com um sorriso de amarga perplexidade —, às vezes o senhor fala quase como o doutor Obispo. Você sabe, cinicamente.

Mr. Propter riu.

— Ser cínico é uma qualidade; claro, quando se sabe onde parar. Quase todas as coisas que nos ensinaram a respeitar e reverenciar não merecem mais do que cinismo. Considere o seu próprio caso. Ensinaram-lhe a cultuar ideias como o patriotismo, a justiça social, a ciência, o amor romântico. Disseram-lhe que virtudes tais como lealdade, temperança, coragem e prudência são boas em si mesmas, em quaisquer circunstâncias. Garantiram-lhe que o sacrifício é sempre esplêndido e os belos sentimentos invariavelmente bons. Tudo isso é bobagem, um conjunto de mentiras que os homens inventaram a fim de terem pretexto para continuar a negar a Deus e a chafurdar no próprio egotismo. Quem não for firme e inabalavelmente cínico em relação ao palanfrório solene dos bispos, banqueiros, professores, políticos e todos os demais está perdido. Completamente. Condenado à prisão perpétua no cárcere do ego, condenado a ser uma personalidade no mundo das personalidades, mundo esse que é o nosso mundo — da cobiça, do medo e do ódio, da guerra e do capitalismo, da ditadura e da escravidão. Sim, é preciso ser cínico, Pete. E cínico especialmente para com as ações e os sentimentos que nos ensinaram a supor bons. Quase todos não são. Não passam de males que recomendam quem os pratica, mas, infelizmente, esses males são tão maus quanto os demais. Em última análise, escribas e fariseus não são melhores que os publicanos e pecadores. De fato, às vezes são muito piores. Por várias razões. Sendo conceituados pelos outros, julgam bem de si mesmos; e nada robustece tanto o egotismo como fazer bom conceito de si. Depois, publicanos e pecadores são apenas animais humanos, sem energia e autodomínio suficiente para fazerem muito mal. Ao passo que os escribas e fariseus têm todas as virtudes, exceto duas das únicas que contam, e bastante inteligência para compreender tudo, menos a natureza real do mundo. Publicanos e pecadores, quando muito, fornicam e se excedem no comer e no beber. Os homens que fazem guerras, os que escravizam os semelhantes, os que matam, torturam e mentem em nome de suas causas sagradas, em suma, os homens realmente maus, nunca são os publicanos e pecadores. Não, são os virtuosos, os respeitáveis, os donos dos mais belos sentimentos e dos melhores cérebros, dos mais nobres ideais.

— Então — continuou Pete, num tom de desespero irritado — não há saída. É isso?

— É e não é — disse mr. Propter, naquele seu modo sereno e judicioso. — Num plano estritamente humano, o plano do tempo e do desejo, creio que é verdade; no fim das contas, nada há a fazer.

— Mas isto é derrotismo! — protestou Pete.

— É derrotismo ser realista?

— Mas *deve* haver algo a fazer!

— Por que este "deve"?

— Mas... E os reformistas? E toda essa gente que... Se for verdade isso que o senhor diz, estão todos perdendo tempo.

— Depende do que pensam estar fazendo — disse mr. Propter. — Se pensam que estão apenas temporariamente mitigando desgraças particulares, se se consideram empenhados em desviar com labor o mal de velhos canais para novos canais ligeiramente diferentes, neste caso podem justificadamente cantar vitória. Mas, se pensam que estão fazendo surgir o bem onde antes havia o mal... bom, neste caso toda a história mostra com clareza que estão perdendo tempo.

— Mas, por que não poderão eles fazerem surgir o bem onde antes havia o mal?

— Por que caímos quando pulamos da janela de um décimo andar? Porque, pela natureza das coisas, temos de cair. Pois bem, pela natureza das coisas, no plano estritamente humano do tempo e do desejo, só se pode realizar o mal. Mas, já que persistimos em trabalhar exclusivamente nesse plano, exclusivamente pelos ideais e causas que lhe são característicos, então só um louco pode esperar transformar o mal em bem. Só um louco, porque a experiência lhe devia ter demonstrado que, nesse plano, não pode haver bem algum. Só o que existe são diferentes graus e diferentes espécies de mal.

— Mas, então, o que o senhor espera que se faça?

— Não fale como se fosse eu o culpado! — disse mr. Propter. — Eu não inventei o universo.

— Mas o que eles deviam fazer?

— Bom, se quiserem apenas obter novas variedades de mal, que continuem a fazer o que sempre fizeram. Mas, se quiserem o bem, terão de mudar de tática. O que há de animador — acrescentou mr. Propter, em outro tom — é que existe uma tática capaz de produzir o bem. Vimos que no plano estritamente humano nada se pode fazer, ou melhor, que se pode fazer um milhão de coisas, mas que nenhuma delas realizará bem algum. Mas pode-se fazer algo no plano em que o bem efetivamente existe. Portanto, Pete, não sou um derrotista; sou um estrategista. Acho que já que se tem de travar uma batalha, é melhor travá-la em condições em que haja, pelo menos, alguma probabilidade de vencer. Já que se deseja o velocino de ouro, é mais razoável procurá-lo onde ele existe do que realizar prodígios de valor numa região em que todos os velocinos são negros como o carvão.

— Então, onde devemos lutar pelo bem?

— Onde o bem existe.

— Mas, onde é?

— No plano sub-humano e no plano supra-humano. No plano animal e no plano... bem, que se dê o nome que quiser, o plano da eternidade, o plano (se os senhores não objetarem) de Deus. O plano do espírito, se bem que esta seja uma das palavras mais ambíguas da língua. No plano inferior, o bem existe como funcionamento adequado do organismo, segundo as leis de seu próprio ser. No plano superior, ele existe como um conhecimento do mundo em que não há desejo nem aversão; existe como uma experiência da eternidade, como uma transcendência da personalidade, como uma extensão da consciência para além dos limites impostos pelo ego. As atividades estritamente humanas são as que tolhem a manifestação do bem nos dois outros planos. Porque, na qualidade de seres humanos, obceca-nos o tempo, preocupam-nos apaixonadamente as nossas personalidades e essas projeções ampliadas de nossas personalidades que chamamos políticas, ideais e religiões. E que resulta disso? Obcecados com o tempo e com os nossos egos, vivemos a desejar e a nos atormentarmos. Mas nada prejudica mais o funcionamento normal do organismo que o desejo e a aversão, a cobiça, o medo e a preocupação. Direta ou indiretamente, quase todas as nossas moléstias e incapacidades físicas provêm da preocupação e do desejo. Preocupações e desejos elevam a pressão arterial, provocam doenças do coração, a tuberculose, a úlcera péptica, a baixa resistência à infecção, a neurastenia, as aberrações sexuais, a loucura, o suicídio. Para não mencionar todas as outras...

E mr. Propter fez um gesto largo, que abarcava tudo mais.

— O desejo chega até mesmo a nos impedir de ver direito — continuou. — Quanto mais nos esforçamos por ver, maior o erro de acomodação. O mesmo se dá com a disposição corporal; quanto mais nos preocupamos com o que temos a fazer num futuro imediato, mais interferimos em nossa disposição corporal correta, e por consequência pior se torna o funcionamento de todo o organismo. Em suma, na qualidade de seres humanos, impedimo-nos de realizar o bem instintivo e corporal de que somos capazes como animais. E, *mutatis mutandis*, o mesmo se dá no que se refere à esfera superior. Na qualidade de seres humanos impedimo-nos de realizar o bem espiritual e exterior ao tempo de que somos capazes como habitantes potenciais da eternidade, como fruidores potenciais da visão beatífica. Com preocupações e desejos aniquilamos até mesmo a possibilidade de transcender a personalidade e de conhecer, primeiro intelectualmente, depois por experiência direta, a verdadeira natureza do mundo.

Mr. Propter ficou um momento em silêncio. Depois, sorrindo inesperadamente, continuou:

— Felizmente, quase todos não conseguimos nos portar como seres humanos o tempo todo. Esquecemos nossos miseráveis e pequeninos egos e essas horrendas projeções ampliadas de nossos egos no mundo ideal, as esquecemos e recaímos um pouco na animalidade inofensiva. O organismo tem assim uma oportunidade de funcionar segundo as suas próprias leis. Em outras palavras, tem uma oportunidade de realizar o bem de que é capaz. Eis por que, ainda assim, somos tão sadios física e mentalmente. Mesmo nas grandes cidades, em cada cinco pessoas nada menos que quatro conseguem passar a vida sem serem internadas num asilo de lunáticos. Se fôssemos consistentemente humanos, a porcentagem de casos mentais passaria de vinte para cem. Mas, felizmente, quase todos somos incapazes de consistência. O animal está sempre tentando reaver seus direitos. E, com muita frequência para alguns, quiçá uma vez ou outra para todos, chegam pequenos bruxuleios de luz, vislumbres momentâneos da natureza do mundo tal como é para uma consciência libertada do apetite e do tempo, do mundo tal como seria se não tivéssemos preferido negar a Deus, persistindo em nossos egos. Chegam-nos esses lampejos quando estamos desprevenidos; mas logo o desejo e a preocupação voltam a toda pressa, e a luz é, de novo, eclipsada por nossa personalidade e seus ideais lunáticos, suas políticas e planos criminosos.

Seguiu-se um silêncio. O sol tinha ido. A oeste, para além das montanhas, uma luz amarelo-pálida desmaiava e, com gradação pelo verde, passava a azul, um azul tanto mais profundo quanto mais alto no céu. No zênite já era noite. Pete, em silêncio, olhava o firmamento negro, mas ainda transparente, que cobria os picos do norte. Aquela voz, a princípio tão calma e no fim com uma ressonância tão poderosa, aquelas palavras, aquela crítica impiedosa a todas as coisas incomparavelmente mais dignas de lealdade o tinham comovido profundamente ao mesmo tempo que o desnorteado. Compreendia que tudo tinha de ser pensado de novo, desde o princípio — ciência, política, talvez o próprio amor, talvez mesmo Virgínia. Aterrorizava-o tal perspectiva; entretanto, havia outra parte de seu ser que se sentia atraída; estava ressentido com mr. Propter, mas, ao mesmo tempo, amava o inquietante velho, amava-o pelo que ele fazia, e, sobretudo, pelo que ele de forma tão admirável (e tão somente ele, ao que sabia o rapaz) era: amigo desinteressado, a um tempo sereno e poderoso, gentil e forte, modesto e, contudo, intensamente *ali*, mais *presente*, por assim dizer, e irradiando mais vida que qualquer outro.

Também Jeremy Pordade surpreendera-se tomando certo interesse no que o velho dizia e, como Pete, sentindo as ferroadas de certa inquietação, inquietação não menos inquietadora pelo fato de já tê-la experimentado. A substância do que mr. Propter dissera-lhe era familiar. Porque, naturalmente, tinha lido todos os grandes livros sobre o assunto (julgaria a si mesmo barbaramente inculto se não tivesse): conhecia Sankara e Eckhart, os textos de Pali e Juan de la Cruz, Charles de Condran e o Bardo, Patanjali e o pseudo Dionísio. Tinha lido todos, e essa leitura o tinha feito cismar se não devia fazer algo... E porque se sentira impressionado desse modo, dera-se a todas as penas para ridicularizá-los, não só na frente dos outros, mas principalmente consigo mesmo. "O senhor jamais comprou passagem para Atenas", dissera o homem. Miserável! Por que insistia em meter na cabeça do próximo aquelas bobagens? Tudo o que desejava era que o deixassem em paz, que o deixassem aceitar as coisas tal como vinham... As coisas tal como vinham — os livros, os pequeninos artigos, a corneta acústica de Lady Fredegong, Palestrina, os bifes e a salsicha de rins no Reform, e Mae, e Doris... E isto lhe fazia lembrar que era sexta-feira; se estivesse na Inglaterra, estaria passando a tarde no apartamento de Maida Vale. Desviou propositadamente a sua atenção de mr. Propter para pensar naquelas tardes de sexta-feira, nas luzes dos abajures cor-de-rosa; no cheiro de talco e suor; nas "mulheres troianas" — como ele as chamava porque trabalhavam tanto — metidas em seus quimonos comprados no Marks e no Spencer; nas reproduções emolduradas de quadros de Poynter e Alma Tadema (deliciosa ironia o fato de obras que os vitorianos consideravam arte fosse servir, uma geração mais tarde, de pornografia na alcova das prostitutas!); e, finalmente, na rotina erótica, tão naturalmente sórdida, tão conscienciosa, de uma profissão baixa, de uma baixeza e uma sordidez que constituíam, para Jeremy, o seu maior encanto, que ele prezava mais que luar e romance, poesia lírica ou *Liebestod*. Sordidez infinita num cubículo! Era a apoteose do refinamento, a conclusão lógica do bom gosto.

CAPÍTULO X

Naquela sexta-feira, a tarde de mr. Stoyte na cidade fora excepcionalmente tranquila. A semana passara-se sem contratempos. No decurso das várias conferências e entrevistas ninguém dissera ou fizera algo que o exasperasse. Os informes sobre as condições dos negócios eram muito satisfatórios. Os japoneses tinham comprado mais cem mil barris de petróleo. O cobre subira dois cents. A procura por bentonita estava aumentando sensivelmente. É verdade que os pedidos de empréstimo bancário tinham sido um tanto desanimadores, mas, em compensação, a epidemia de gripe elevara o movimento semanal do Panteão à cifra bem acima da média.

Tão bem correram as coisas que mr. Stoyte acabou tudo o que tinha de fazer uma hora mais cedo do que esperava. E, achando-se com tempo disponível, parou, de volta da cidade, na casa de seu agente, para ter notícias das plantações. A entrevista durou apenas alguns minutos — o bastante, contudo, para pôr mr. Stoyte num tal estado de fúria que foi como uma bala que ele voltou para o automóvel.

— Pra casa de mr. Propter! — ordenou, com peremptória ferocidade, batendo a porta.

Que diabo pensava Bill Propter que era — perguntou, indignado, uma porção de vezes — para meter o nariz na vida alheia? E tudo por causa daqueles pés-rachados que tinham vindo colher laranjas! Tudo por causa daqueles vagabundos, daqueles malandros fedorentos e imundos! Mr. Stoyte dedicava um ódio peculiar àquelas hordas maltrapilhas de retirantes, de quem dependia para a colheita das safras, um ódio maior do que o simples desagrado que os ricos têm pelos pobres. Não que deixasse de sentir esse misto complexo de medo e repugnância física, de compaixão e vergonha recalcadas e transformadas pela repressão em crônico exaspero. Sentia. Mas, além e acima desse desgosto genérico e comum pelos pobres, outros ódios particulares o moviam. Mr. Stoyte era um rico que já fora pobre. Nos seis anos decorridos entre o dia em que fugira da casa do pai e da avó, em Nashville, e o dia em fora adotado pela ovelha negra da família, o tio Tom, da Califórnia, Jo Stoyte aprendera — ao que se supunha — tudo o que se podia aprender sobre pobreza. Ficara-lhe desses anos um ódio inveterado às circunstâncias da pobreza, e, ao mesmo tempo, um inextirpável desprezo por todos os que, por demasiadamente estúpidos, fracos ou sem sorte, não tinham logrado sair do inferno em que caíram ou nasceram. Os pobres lhe eram odiosos, não apenas por constituírem uma ameaça potencial à sua posição na sociedade, não apenas por reclamarem seus infortúnios, uma simpatia que ele não estava disposto a dar, mas também por lhe lembrarem o que ele próprio sofrera no passado, e, ao mesmo tempo, porque o fato de ainda serem pobres era prova suficiente, a um tempo, de sua desprezibilidade e superioridade dele, Jo. E, já que sofrera o que eles sofriam agora, era apenas justo que continuassem a sofrer o que ele tinha sofrido. Além do mais, visto como a continuação da pobreza provava a desprezibilidade dessa gente, era justo que ele, agora rico, os tratasse como as criaturas desprezíveis que tinham mostrado ser. Era essa a lógica das emoções de mr. Stoyte. E vinha agora Bill Propter contrariá-la, dizendo ao agente que não deviam prevalecer-se da superabundância do trabalho dos retirantes para baixar os salários; que, pelo contrário, deviam elevá-los — imaginem! — numa época em que os vagabundos pululam no estado como praga de gafanhotos... E não era só: deviam construir-lhes acomodações, cabanas como as que ele próprio — aquele idiota! — lhes construíra; cabanas de dois quartos, que custavam seiscentos ou setecentos dólares, para gente daquela laia, suas mulheres e crianças nauseabundas, tão sórdidas que ele nem no hospital as receberia — a menos que estivessem realmente morrendo de apendicite ou coisa que o valha, pois neste caso, naturalmente, não se poderia rejeitá-las. Mas, fosse como fosse, onde diabo Bill Propter tinha a cabeça? Ademais, esta não era a primeira vez que tentava se intrometer.

O carro deslizava suavemente na penumbra dos laranjais; e mr. Stoyte, esmurrando com a direita fechada a palma da mão esquerda, murmurava, entre os dentes:

— Deixa estar! Eu vou mostrar para ele! Vou mostrar para ele!

Há cinquenta anos, o único menino do colégio que, apesar de mais velho e mais forte, não caçoara de sua gordura fora Bill Propter. Mais tarde, quando tornaram a se encontrar, Bill ensinava em Berkeley, e Jo, já triunfante nos negócios de terras, acabava de se meter nos de petróleo. Em parte por gratidão pela maneira como Bill Propter o tratara nos tempos de colégio, em parte para exibir o seu poder e equilibrar a balança da superioridade, Jo Stoyte quisera fazer algo pelo jovem professor assistente. Mas, apesar de seu modesto salário e dos miseráveis dois ou três mil dólares anuais que seu pai lhe deixara, Bill Propter nada queria que fizessem por ele. Agradecera com sinceridade, fora perfeitamente cortês e amigo; apenas não quisera associar-se à Consol Oil — e não quisera, conforme explicara, porque tinha tudo o que desejava e preferia não ter mais nada. A tentativa de Jo para equilibrar a balança da superioridade tinha falhado e falhado desastrosamente, porque com tal recusa — conquanto o outro o chamasse, por isso, de estúpido — Bill impunha-se ainda mais à admiração secreta de Jo Stoyte. Assim extorquida, essa admiração engendrou um ressentimento correspondente para com seu objeto. Jo Stoyte ficou sentido com o fato de Bill dar-lhe tantas razões para estimá-lo. Poderia gostar dele sem razão, apesar de seus defeitos. Mas Bill tinha poucos defeitos e muitos méritos, méritos que Jo não tinha, e cuja presença em Bill considerava, pois, como uma afronta. Desta forma, todas as razões que tinha para gostar de Bill Propter eram razões igualmente válidas para não gostar dele. Continuava a chamar Bill de estúpido, mas sentia-o como uma perene censura. Entretanto, era tal a natureza dessa censura que gostava da companhia de Bill. Se Bill não se tivesse instalado naqueles dez acres de terra dessa parte do vale, mr. Stoyte não teria construído o castelo onde construíra. Queria estar perto de Bill Propter, apesar de, na prática, ficar irritado por tudo o que Bill pudesse fazer ou dizer. E hoje, aquele exaspero crônico, insuflado pelo ódio que mr. Stoyte dedicava aos retirantes, transformara-se em furioso frenesi.

— Deixa estar! Eu vou mostrar para ele! — repetiu ele, pela milésima vez.

O carro parou; sem mesmo esperar que o chofer lhe abrisse a porta, mr. Stoyte precipitou-se fora, e, sem olhar nem para a direita nem para a esquerda, meteu-se pelo caminho que levava da estrada ao bangalô do amigo velho.

— Alô, Jo! — exclamou em voz familiar, vinda da sombra dos eucaliptos.

Mr. Stoyte voltou-se, espreitou através da penumbra, e logo, sem uma palavra, investiu para o banco em que estavam sentados os três homens. Saudou-o um coro de boas-noites; à sua chegada Pete levantou-se, polido, e ofereceu-lhe o lugar. Mas, ignorando-

-lhe o gesto e até mesmo a presença, mr. Stoyte dirigiu-se imediatamente a Bill Propter.

— Por que diabo você não pode deixar o meu homem em paz? — disse, quase aos gritos.

Mr. Propter olhou-o apenas moderadamente surpreso. Estava acostumado a essas explosões por parte do pobre Jo; fazia tempo que tinha adivinhado a causa fundamental delas e sabia, por experiência própria, como tratá-las.

— Que homem, Jo? — perguntou.

— Bob Hansen, é claro. Que história é essa de falar com ele pelas minhas costas?

— Quando eu falei com você — observou mr. Propter —, você me disse que era assunto do Hansen. Então fui falar com Hansen...

Isso era tão exasperadoramente verdadeiro que mr. Stoyte não podia fazer outra coisa senão vociferar. Foi o que fez:

— Metendo-se no trabalho dele! Que história é essa?

— Pete está lhe oferecendo um assento — observou mr. Propter. — Ou, se preferir, há uma cadeira de ferro bem às suas costas. É melhor que você se sente, Jo.

— Não vou sentar! — mugiu mr. Stoyte. — E exijo uma resposta. Que ideia é essa?

— Ideia — repetiu lentamente mr. Propter, com a sua calma habitual. — Bom, é uma ideia muito antiga. Não fui eu quem a inventei...

— Quer me responder ou não?

— É a ideia de que os homens e as mulheres são seres humanos e não vermes.

— Esses vagabundos!

Mr. Propter voltou-se para Pete:

— Pete, é melhor você se sentar de novo...

— Esses vagabundos fedorentos! E digo de uma vez por todas: não estou disposto a aturar isso.

— Além do mais — prosseguiu mr. Propter —, eu sou um homem prático. Você não.

— Eu não sou prático? — ecoou mr. Stoyte, com um espanto prenhe de indignação. — Não sou *prático*? Olhe a casa em que eu moro e olhe esta espelunca!

— Exatamente. Isto o comprova. Você é um incurável romântico, Jo, tão romântico que julga que os homens podem trabalhar sem ter o que comer.

— Você está tentando convertê-los ao comunismo!

A palavra "comunismo" reavivou a cólera de mr. Stoyte e, ao mesmo tempo, justificou-a. Sua indignação deixou de ser meramente pessoal e se tornou virtuosa.

— Não passa de um agitador comunista! — mr. Propter notou com tristeza que, a esta palavra, sua voz tremeu, do mesmo modo que tremera a voz de Pete, uma hora antes, ao pronunciar as palavras "agressão fascista". Teria o rapaz notado, e, no caso afirmativo, aprendido a lição? — Não passa de um agitador comunista! — repetiu mr. Stoyte, com o ardor de um cruzado.

— Pensei que estivéssemos falando sobre comer... — disse mr. Propter.

— Não procure despistar!

— Comer e trabalhar, não era isso?

— Tenho tolerado você todos esses anos — continuou mr. Stoyte — em consideração ao passado. Mas agora, basta! Estou farto! Pregando o comunismo a esses vagabundos! Transformando o vale em um lugar perigoso para a gente decente!

— Decente? — ecoou mr. Propter. Sentiu-se tentado a rir, mas, imediatamente, reprimiu o impulso. Ser ridicularizado na presença de Pete e de mr. Pordage poderia induzir o coitado a cometer alguma irreparável estupidez.

— Vou expulsar você do vale! — vociferou mr. Stoyte. — Vou fazer com que você...

Mas se deteve no meio da frase e ficou por alguns segundos em silêncio, com a boca aberta a balbuciar, os olhos fixos... Aquele latejar nos ouvidos, aquelas ondas de calor no rosto tinham subitamente lhe lembrado da pressão arterial, do doutor Obispo, da morte. A morte e aquelas palavras cor de fogo do seu quarto de dormir em Nashville. "Terrível cair nas mãos do Deus vivo" — não o Deus de Prudence, é claro; o outro, o verdadeiro, o Deus do pai e da avó...

Com uma respiração profunda, mr. Stoyte puxou o lenço, enxugou o rosto e o pescoço e, sem mais qualquer palavra, deu meia-volta e afastou-se.

Mr. Propter levantou sc, correu no seu encalço e, a despeito do recuo irado do outro, tomou mr. Stoyte pelo braço e foi andando a seu lado.

— Quero mostrar-lhe uma coisa, Jo. Uma coisa que, creio, há de lhe interessar...

— Não quero saber de nada! — disse mr. Stoyte, por entre os dentes postiços.

Mr. Propter não lhe deu atenção e continuou a conduzi-lo para os fundos da casa.

— É um invento em que aquele Abbot da Smithsonian vem trabalhando há algum tempo — prosseguiu. — Uma coisa que utiliza a energia solar.

Deteve-se um momento, para chamar os outros; depois, virando-se para mr. Stoyte, reencetou a conversa: — Muito menor do que qualquer feito até hoje. E também muito mais eficiente.

E pôs-se a descrever o sistema de refletores côncavos, os tubos de óleo aquecido a uma temperatura de quatrocentos ou quinhentos graus Fahrenheit; a caldeira para fazer vapor, no caso de se querer acionar um motor de baixa pressão; as grelhas, o aquecedor de água, no caso de só se utilizar o aparelho para fins domésticos.

— É pena que o sol já se tenha posto — disse, parando em frente à máquina. — Gostaria de mostrar-lhe como ela funciona. Venho obtendo dois cavalos-vapor oito horas por dia, desde que pus para funcionar, na semana passada. Nada mal, considerando que ainda estamos em janeiro. No verão, há de trabalhar muito mais...

Mr. Stoyte tencionava persistir em seu silêncio — só para mostrar a Bill que ainda estava zangado, que não o tinha perdoado; mas o seu interesse na máquina, e principalmente sua exasperada curiosidade pelas ideias idiotas e malucas do outro, não lhe permitiram:

— Que diabo pretende você fazer com dois cavalos, oito horas por dia? — perguntou.

— Acionar meu gerador elétrico.

— Mas de que lhe serve um gerador elétrico? Você não recebe corrente da cidade?

— Claro que recebo. Mas quero ver até que ponto posso tornar-me independente da cidade.

— Mas, para quê?

Mr. Propter deu um risinho:

— Porque creio na democracia jeffersoniana.

— Que diabo tem isso a ver com a democracia jeffersoniana? — perguntou mr. Stoyte, com crescente irritação. — Não se pode acreditar em Jefferson e receber corrente elétrica da cidade?

— Exatamente — disse mr. Propter. — É quase certo que não.

— Que você quer dizer com isto?

— Exatamente o que eu disse — respondeu, docemente, mr. Propter.

— Eu também creio na democracia! — anunciou mr. Stoyte, com ar de desafio.

— Eu sei, eu sei... Mas também crê em ser o chefe incontestável de todas as suas empresas.

— Claro que sim.

— Há outro nome para chefe incontestável — disse mr. Propter. — Ditador.

— Aonde você quer chegar?

— Apenas aos fatos. Você crê na democracia; não obstante, acha-se à testa de negócios que têm de ser dirigidos ditatorialmente. E seus subordinados são obrigados a aceitar a sua ditadura porque dependem de você para a subsistência. Na Rússia, dependem de funcionários do governo. Há quem ache isso um avanço — acrescentou, voltando-se para Pete.

Pete assentiu.

— Sou plenamente favorável à propriedade pública dos meios de produção — era a primeira vez que confessava abertamente a sua fé na presença do patrão; sentiu-se orgulhoso por ter ousado ser um Daniel.

— Propriedade pública dos meios de produção — repetiu mr. Propter. — Mas, infelizmente, os governos têm o péssimo costume de considerar os produtores individuais como parte desses meios. Francamente, preferiria ter Jo Stoyte por meu patrão a ter Jo Stalin. Este Jo — pôs a mão no ombro de mr. Stoyte —, este Jo não pode mandar nos fuzilar; não pode nos mandar para o Ártico; não pode impedir que arranjemos um emprego com outro patrão. Mas o outro Jo... — e balançou a cabeça. — Não que eu deseje ter, mesmo este Jo, como meu patrão...

— Mesmo porque, se tivesse, já estaria despedido! — rosnou mr. Stoyte.

— Não desejo patrão de *espécie alguma* — continuou mr. Propter. — Quanto mais patrões, menos democracia. Mas, ou bem os homens conseguem se manter por si próprios, ou bem precisam de um patrão que se encarregue de mantê-los. Portanto, quanto menos manutenção própria, menos democracia. No tempo de Jefferson, um grande número de americanos conseguia manter-se a si mesmo. Eram economicamente independentes. Independentes do governo e das grandes empresas. Daí a Constituição.

— Mas ainda temos a Constituição — disse mr. Stoyte.

— Sem dúvida — concordou mr. Propter. — Mas se tivéssemos de fazer hoje uma nova Constituição, como seria ela? Uma Constituição adaptável aos fatos de Nova York, Chicago e Detroit; da United State Steel, das Public Utilities, da General Motors, da Comissão de Organização Industrial, dos departamentos do governo. Sim, como seria ela? — repetiu. — Respeitamos a nossa velha Constituição, mas, de fato, vivemos sob uma nova. E se quisermos viver sob a primeira, teremos de recriar algo que se assemelhe às condições em que a primeira foi feita. Eis por que estou interessado neste engenho — bateu na armação da máquina. — Porque talvez possa prestar auxílio aos que desejam a independência. Não que muitos a desejem... — acrescentou, num parêntese. — A propaganda em favor da dependência é muito forte. Já se chegou a ponto de crer que não é possível ser feliz enquanto não se depender inteiramente do governo ou dos negócios centralizados. Mas para os poucos que prezam a democracia, para os poucos que querem ser, de fato, livres, no sentido jeffersoniano da palavra, esta máquina pode ser de muito auxílio. Só por torná-los independentes de combustível e energia elétrica já é uma grande coisa!

Mr. Stoyte começou a ficar preocupado.

— Você acha mesmo que esta máquina é capaz disso?

— Como não? — disse mr. Propter. — Há muito desperdício de sol nesta parte do país.

Mr. Stoyte lembrou-se de que era presidente da Consol Oil Company.

— Não será nada bom para o negócio de petróleo, hein?

— Se fosse, eu a odiaria! — respondeu jubilosamente mr. Propter.

— E, quanto ao carvão? — mr. Stoyte tinha certo interesse num grupo de minas de West Virginia. — E as estradas de ferro? — Prudence deixara-lhe um maço de ações da Union Pacific. — As estradas de ferro não podem continuar sem grandes fretes. E o aço? — acrescentou, com despreocupação, pois que seus interesses na Bethlehem Steel eram quase desprezíveis. — Que acontecerá ao aço se se acabar com as estradas de ferro e com os caminhões? Você está se opondo ao progresso! — explodiu, em outro acesso de virtuosa indignação. — Está atrasando o relógio!

— Sossegue, Jo! — disse mr. Propter. — Durante muito tempo ainda isto não afetará os seus dividendos. Haverá tempo de sobra para você se adaptar às novas condições.

Com um esforço admirável, mr. Stoyte dominou-se.

— Você parece imaginar que eu não penso em outra coisa senão dinheiro — disse, com dignidade. — Pois bem, talvez lhe interesse saber que resolvi dar mais trinta mil dólares ao doutor Mulge, para a construção da sua escola de arte — a decisão tinha sido tomada naquele momento, ali, unicamente para servir-lhe de arma na batalha perene com Bill Propter. — E, se você julga — acrescentou, numa reflexão tardia —, que só os meus interesses me preocupam, leia o número especial do *New York Times* dedicado à Feira Mundial. Leia! — insistiu, com a solenidade de um fundamentalista recomendando o livro da Revelação. — Verá que os homens de visão mais larga deste país pensam como eu.

Falava com uma unção desacostumada e incongruente, com a fraseologia e a eloquência de um orador de banquete.

— O rumo do progresso é o rumo da melhor organização, de mais serviços prestados pelas grandes empresas, de mais artigos para o consumidor!

E em seguida, sem mais nem menos:

— Veja uma dona de casa que vai ao armazém comprar um pacote de algum cereal anunciado em toda a nação, ou coisa que o valha! Isso é que é progresso, não a sua ideia idiota de fazer tudo em casa com este engenho absurdo! — Mr. Stoyte já voltara completamente a seu estilo costumeiro. — Você, Bill, sempre foi estúpido, e acho que sempre será! Não se esqueça do que eu lhe disse sobre as intromissões no trabalho de Bob Hansen, hein? Não tolerarei mais!

E, num silêncio dramático, afastou-se; mas, depois de alguns passos, deteve-se e gritou por cima do ombro:

— Se quiser, venha jantar comigo.

— Obrigado — disse mr. Propter. — Irei.

Mr. Stoyte dirigiu-se rapidamente para o carro. Tinha esquecido a pressão arterial e o Deus vivo, e sentia-se súbita, incompreensível, irrazoavelmente feliz. Não que tivesse obtido alguma vitória notável em sua batalha com Bill Propter. Não tinha; e mais, além de não obter vitória alguma, tinha a vaga consciência de que fizera papel de bobo. A fonte de sua felicidade estava em outro lugar. Sentia-se feliz (conquanto não o admitisse), porque, apesar de tudo, Bill parecia gostar dele.

No carro, de volta ao castelo, não parou de assobiar.

De chapéu na cabeça, como de costume (porque mesmo depois desse tempo todo ainda extraía um prazer pueril do contraste entre o palácio em que morava e as maneiras proletárias que afetava), mr. Stoyte atravessou o grande vestíbulo, entrou no elevador e, saltando dele, foi direto ao toucador de Virgínia.

Quando abriu a porta, os dois estavam sentados a, pelo menos, cinco metros de distância. Virgínia, no balcão do bar, tomava pensativamente uma banana-split de chocolate. Sentado elegantemente numa das poltronas de cetim cor-de-rosa, o doutor Obispo acendia um cigarro.

Para mr. Stoyte, o choque da suspeita e do ciúme era como que um soco direto no plexo solar (pois o choque era físico, localizado no diafragma). Como que de dor, contraiu-se o seu rosto. E, contudo, nada vira; não havia motivo aparente para o ciúme e, na atitude dos dois, em suas ações e expressões, nenhuma razão visível para suspeita. O doutor estava perfeitamente calmo e natural; e o sorriso de deliciada surpresa com que a garota o recebeu era angélico em sua candura.

— Tio Jo! — exclamou ela, correndo a seu encontro e passando-lhe os braços em volta do pescoço. — Tio Jo!

O calor da acolhida e a maciez de seus lábios tiveram nele um efeito mágico. Comovido, usando a palavra na plena integridade de seu duplo sentido, balbuciou:

— Minha garota! — com uma ênfase demorada. O fato de ter, por um momento, suspeitado daquela garotinha pura, adorável, deliciosamente tépida, elástica, perfumosa, encheu-o de vergonha. Até o doutor Obispo queimou-lhe incenso:

— Estava bastante preocupado — disse, levantando-se da poltrona — pelo modo como o senhor tossia depois do almoço. Por isso vim esperá-lo aqui, para ter a certeza de encontrá-lo logo que o senhor voltasse da cidade.

Meteu a mão no bolso e, depois de puxar e logo esconder um pequeno volume encadernado em couro, como um livro de oração, extraiu um estetoscópio.

— É melhor prevenir do que remediar... — continuou. — Não vou deixá-lo pegar uma gripe, podendo evitá-lo.

Lembrando-se do quanto subira o movimento semanal do Panteão Beverly devido à epidemia, mr. Stoyte alarmou-se.

— Não me sinto mal... Acho que aquela tosse não era nada. Só a velha bronquite crônica...

— Talvez... Mas, em todo o caso, gostaria de auscultá-lo.

E, com presteza profissional, o doutor Obispo passou o estetoscópio pelo pescoço.

— O doutor tem razão, tio Jo — disse a garota.

Comovido por tanta solicitude e, ao mesmo tempo, inquieto, receoso de que talvez fosse mesmo gripe, mr. Stoyte tirou o paletó, o colete, e começou a desfazer o laço da gravata. Pouco depois, ei-lo deitado nu da cintura para cima, sob os cristais do candelabro. Recatadamente Virgínia voltou a seu barzinho.

O doutor Obispo introduziu nos ouvidos as extremidades dos tubos curvos de níquel do estetoscópio:

— Respire profundamente — disse, apertando o diafragma do aparelho de encontro ao peito de mr. Stoyte. — Outra vez — ordenou. — Agora, tussa!

Por sobre aquele grosso barril de carne cabeluda podiam se ver, na parede da frente, os habitantes do paraíso lúgubre de Watteau preparando-se para se mudarem para algum outro paraíso sem dúvida ainda mais pungente.

— Diga noventa e nove! — ordenou o doutor Obispo, tirando os olhos do *Embarque para Citera* e concentrando-os na visão mais próxima do tórax e do abdômen de mr. Stoyte.

— Noventa e nove — disse mr. Stoyte. — Noventa e nove. Noventa e nove.

Com uma precisão profissional o doutor Obispo passeou o diafragma de seu estetoscópio pelo curvo barril de carne que tinha à frente. Claro que nada havia de anormal no velho imbecil. Apenas os rolos e os sopros de sempre. A mistificação seria mais perfeita se ele levasse a criatura ao consultório e a pusesse em frente do fluoroscópio. Mas não estava disposto a se amolar; e, ademais, esta farsa seria o bastante.

— Torne a tossir! — disse, plantando o diafragma por entre os pelos grisalhos da mama esquerda de mr. Stoyte. "E, além do mais", pôs-se ele a refletir enquanto mr. Stoyte forçava uma sucessão de tossidos artificiais, "além do mais esses velhos sacos de tripas não cheiravam lá muito bem." Não compreendia como uma moça podia suportá-los, mesmo por dinheiro. E, contudo, o fato era que milhares delas não apenas suportavam, como até se divertiam com isso. Ou talvez "divertir" fosse termo impróprio. Porque, na maioria dos casos, não se tratava, provavelmente, de se divertir no sentido correto, psicológico da palavra. O fenômeno era mental; não corporal. Amavam com a cabeça os velhos sacos de tripas; amavam-nos porque os admiravam; porque as impressionavam a posição, a sapiência, a celebridade dos velhos sacos de tripas. Não dormiam com o homem; dormiam com a reputação, a encarnação de uma função. E, além do mais, algumas dessas moças eram futuros modelos para anúncios do Dia das Mães; outras, pequenas Florences Nightingales à espera de uma guerra da Crimeia. Nesses casos, as próprias enfermidades dos sacos de tripas constituíam uma atração suplementar. Tinham a satisfação de dormir não só com uma reputação ou com um depósito de sabedoria, não só com uma judicatura federal ou com a presidência de uma câmara de comércio, mas também, e ao mesmo tempo, com um soldado ferido, com uma criança imbecil, com um filhinho fedorento e querido que ainda fazia as necessidades na caminha. Mesmo esta "espertinha" (e o doutor Obispo lançou um olhar de soslaio em direção ao bar), mesmo esta tinha algo de uma Florence Nightingale, algo da mamãe exemplar (e isso a despeito de sentir em seu espírito consciente uma espécie de horror físico à maternidade). Jo Stoyte era um pouco seu filho e um pouco seu paciente; e, ao mesmo tempo, era seu Abrahan Lincoln particular. Por coincidência, também o homem do talão de cheques, o que naturalmente não se podia desprezar. Mas se ele fosse apenas isso, Virgínia não seria tão feliz quanto visivelmente o era. O talão de cheques ficava mais atraente nas mãos de um semideus que precisava de uma babá para trocar-lhe as fraldas.

— Vire de bruços, por favor!

Mr. Stoyte obedeceu. "As costas", refletiu o doutor Obispo, "eram sensivelmente menos repugnantes do que a frente. Talvez por serem menos pessoais."

— Respire profundamente — disse, disposto a repetir toda a farsa neste outro palco. — Outra! — mr. Stoyte respirou formidavelmente, como um cetáceo. — Mais outra!

E, enquanto o velho resfolegava, o doutor pensava no próprio corpo, por sorte tão completamente diverso daquele malcheiroso saco de tripas. Ela o aceitaria, e o aceitara — o que era pior — nas suas condições. Nada de cenas de Romeu e Julieta, nada dessas bobagens de Amor com A maiúsculo, nada de romances e canções populares, "céus azuis, sonhos que se realizam, contigo no céu etc.". Apenas sensualidade por amor à sensualidade. A coisa real, essencial, concreta; nada menos, é claro, e também (e isso não era assim tão claro, porque as cadelinhas sempre queriam que a gente as pusesse em pedestais ou que as considerasse "almas gêmeas") e também nada mais. Nada mais, em primeiro lugar, em sinal de respeito à verdade científica. Fatos eram fatos, e como tal tinham de ser aceitos. Por exemplo, era um fato que mocinhas a soldo de velhos ricaços podiam ser seduzidas sem muita dificuldade. Era também um fato que os velhos ricaços, conquanto vitoriosos nos negócios, eram, em geral, tão medrosos, ignorantes e estúpidos que podiam ser mistificados por qualquer pessoa inteligente que se desse ao trabalho.

— Repita *noventa e nove* — disse, em voz alta.

Havia noventa e nove por cento de probabilidade de que jamais descobrissem a coisa. Eram estes os fatos no que dizia respeito aos velhos. E, no que dizia respeito ao amor, o fato era que ele consistia essencialmente em tumescência e detumescência. Para que enfeitar o fato com ficções inúteis? Por que não reconhecer a realidade? Por que não tratar a coisa cientificamente?

— Noventa e nove — continuava a repetir o mr. Stoyte. — Noventa e nove.

"Além disso", refletia o doutor Obispo, enquanto ouvia, sem interesse, os murmúrios e crepitações dentro do tépido e malcheiroso barril que tinha à frente, "além disso, havia razões mais pessoais para que se preferisse encarar o amor sem adornos, na condição quimicamente pura. Razões pessoais que eram também um fato a ser reconhecido. Era um fato que ele, pessoalmente, tinha um prazer suplementar em impor sua vontade à parceira escolhida. Para ser prazerosa, esta imposição da vontade não devia ser muito fácil, natural. Isto excluía todas as profissionais. A parceira tinha de ser amadora e como todas as amadoras apegada à teoria de que a tumescência e a detumescência estão sempre associadas a AMOR, PAIXÃO, UNIÃO DE ALMAS, tudo em letras maiúsculas. Em impondo a sua vontade, ele impunha a doutrina contrária, a doutrina da tumescência e detumescência por amor à tumescência e detumescência. Só o que exigia era que a parceira fizesse uma prova prática da tese — embora relutantemente, só para ver como era, uma vez só... pouco se lhe dava! Só uma provinha. Isto feito, o resto era com ele. Se não pudesse convertê-la em adepta permanente e entusiasta (pelo menos no que lhe concernia), a culpa seria dele."

— Noventa e nove, noventa e nove... — continuava mr. Stoyte, com uma paciência exemplar.

— Pode parar agora — disse-lhe o doutor Obispo, gentilmente.

Só uma prova; podia praticamente garantir o sucesso. Porque aquilo era um ramo da fisiologia aplicada, e ele um técnico, um especialista. O Claude Bernard do assunto. E quanto a impor a sua vontade: começava-se por forçar a garota a aceitar uma tese absolutamente oposta a todas as ideias em que fora educada, a toda essa patacoada de "sonhos que se realizam" da ideologia popular. Já era uma vitoriazinha bem agradável, sem a menor dúvida. Mas só quando se chegava à fisiologia aplicada é que tinha início a série de triunfos realmente satisfatórios. Tomava-se uma criatura medianamente racional, uma boa americana cem por cento, de bons antecedentes, posição social, convicções, um código ético, uma religião ("católica no caso em apreço", refletiu o doutor entre parênteses), tomava-se essa boa cidadã, com direitos plena e formalmente garantidos pela Constituição, tomava-se a cidadã (e quantas vezes ela não vinha ao local do encontro no próprio Packard do marido, diretamente de um banquete em que ouvira discursos em honra do doutor Nicholas Murray Butler, suponhamos, ou de despedida ao arcebispo de Indianápolis), tomava-se, pois, a cidadã e começava-se por reduzir, sistemática e cientificamente, essa personalidade aprimorada a um mero corpo epilético, balbuciante e gemebundo às excruciações de um prazer por que era responsável o Claude Bernard do assunto, e de que era também o espectador desfrutante, mas sempre desprendido, sempre ironicamente divertido.

— Mais uma respiração, faz favor!

Sibilantemente, mr. Stoyte inalou; depois, com um suspiro rouco, esvaziou os pulmões.

CAPÍTULO XI

Depois da saída de mr. Stoyte houve um silêncio. Um longo silêncio que cada um dos três homens dedicou aos próprios pensamentos. Foi Pete o primeiro a falar:

— São essas coisas — disse, melancólico — que me fazem pensar se devo continuar a receber o dinheiro dele. Que faria o senhor no meu lugar, mr. Propter?

— Que faria eu? — E mr. Propter refletiu um momento. — Continuaria a trabalhar no laboratório de Jo — respondeu. — Mas só enquanto tivesse a certeza de estar fazendo algo de que resultasse mais bem que mal. Nessas questões, temos de ser utilitários. Utilitários com uma diferença — especificou. — Bentham cruzado, digamos, com Eckhar ou com Nagarjuna.

— Pobre Bentham! — disse Jeremy, horrorizado com o que estavam fazendo ao seu xará.

Mr. Propter sorriu.

— Tem razão. Pobre Bentham! Um homem tão bom, tão amável, tão absurdo, tão inteligente! Tão próximo da verdade e tão enormemente errado! Iludindo-se com a ideia de que se podia realizar a maior felicidade do maior número no plano estritamente humano — no plano do tempo e do mal, no plano da ausência de Deus. Pobre Bentham! — repetiu. — Que grande homem seria se tivesse percebido que só se pode obter o bem onde o bem existe!

— E que acharia esse suposto utilitário a que o senhor aludiu — inquiriu Pete — do trabalho a que ora me dedico?

— Não sei. Não pensei o bastante para imaginar o que diria ele. Além do mais, ainda não dispomos do material empírico em que possamos basear um juízo razoável. Só o que sei é que, se eu me dedicasse a seu trabalho, Pete, seria cauteloso. Infinitamente cauteloso — insistiu.

— E quanto ao dinheiro? — continuou Pete. — Acha o senhor que eu deva recebê-lo, sabendo de onde vem e a quem pertence?

— Todo dinheiro é assaz imundo — disse mr. Propter —, e não me consta que o do pobre Jo seja sensivelmente mais imundo que o de um outro qualquer. Talvez você ache, mas isso porque está vendo, pela primeira vez, o dinheiro na sua fonte — sua fonte pessoal e humana. Você é como uma dessas crianças acostumadas a receber o leite em garrafas esterilizadas, de um caminhão branco e reluzente. Quando vão à roça e o veem ser extraído de um animal enorme, gordo, malcheiroso, ficam horripiladas, enojadas. O mesmo se dá com o dinheiro. Você está acostumado a recebê-lo de trás de uma grade de bronze, no guichê de um monumental banco todo de mármore. Agora veio para a roça; está morando no estábulo com o animal que segrega a coisa. E o processo não lhe parece primar pela delicadeza ou pela higiene. Mas, mesmo enquanto você não sabia, esse processo realizava-se. Se você não estivesse trabalhando para Jo Stoyte, provavelmente estaria trabalhando para alguma universidade ou colégio. Mas, de onde sai o dinheiro das universidades e dos colégios? Dos ricos. Em outras palavras, de gente como Jo Stoyte. De modo que seria a mesma imundície servida em recipientes esterilizados, mas desta vez distribuída por cavalheiros de beca e capelo.

— Então o senhor acha direito que eu continue a ser o que sou?

— Direito, sim — respondeu mr. Propter —, entendendo-se por isso que não é escandalosamente pior que qualquer outra coisa.

E, com um sorriso inopinado:

— Gostei de saber que o doutor Mulge conseguiu a sua escola de arte — disse, num tom mais brando. — E logo depois de ter ganhado um auditório! É um bocado de dinheiro! Mas presumo que o prestígio de ser considerado um patrono do saber valha a pena. Ademais, há naturalmente uma considerável pressão social induzindo os ricos a se tornarem patronos do saber. Tanto os impele a vergonha como os atrai o desejo de se crerem benfeitores da humanidade. E felizmente, com o doutor Mulge, os ricos podem ter essas satisfações sem perigo algum. Nem uma dúzia de escolas de arte em Tarzana poderá perturbar o *status quo*. Ao passo que, se eu fosse pedir a Jo cinquenta mil dólares para financiar pesquisas sobre a técnica da democracia, ele recusaria *incontinenti*. Por quê? Porque sabe que essas coisas são perigosas. Gosta de discursos sobre a democracia (e nisto, diga-se de passagem, o doutor Mulge é formidável). Mas abomina os brutos materialistas que querem descobrir como pôr em prática esses ideais. Não viram como ele ficou furioso por causa de minha pobre maquinazinha? Porque, na sua maneira humilde, constitui uma ameaça a essas grandes empresas que lhe dão o dinheiro que tem. E o mesmo se dá com todos esses pequeninos engenhos de que, de vez em quando, lhe falo. Querem ver?

Levou-os para dentro de casa. Lá estava o pequenino moinho elétrico, pouco maior que um moedor de café, em que ele fazia farinha à medida que precisava. Lá estava o tear, em que aprendera a tecer e estava, agora, ensinando os outros. Depois passaram ao alpendre, em que umas poucas centenas de dólares em ferramentas movidas a eletricidade o habilitavam a executar qualquer serviço de carpintaria e mesmo alguns trabalhos mais simples em metal.

Atrás do alpendre ficavam as estufas, que ainda não pudera terminar; a horta não dava para suprir as necessidades de seus retirantes.

— Lá estão eles! — acrescentou, apontando, através da noite cada vez mais negra, para as luzes de um grupo de cabanas. Só podia alojar uns poucos; os outros tinham de se arranjar numa espécie de monturo acumulado no leito seco do rio, e pagar renda a Jo Stoyte. Não eram o melhor material humano para se trabalhar, é claro, mas sua miséria não permitia escolhas. Tinham de ser amparados, eis tudo! Uns poucos haviam passado pela experiência sem desmoralizar-se; destes poucos, alguns compreenderam o que se esperava deles, o que se tinha em mira. Dois ou três estavam trabalhando com ele aqui; arranjara um dinheirinho para estabelecer dois ou três mais, numa terrinha perto de Santa Susana. Naturalmente, isto era apenas um começo, aliás insatisfatório. Porque é lógico que não se pode sequer iniciar experiências adequadas sem se dispor de uma comunidade completa trabalhando nas novas condições. Mas instalar uma comunidade, radicá-la, requer dinheiro. Muito dinheiro. Dinheiro que os ricos não davam; preferiam escolas de arte em Tarzana. As pessoas interessadas não tinham dinheiro; era esta, aliás, uma das razões de seu interesse. Pedir dinheiro emprestado aos juros correntes era arriscado. A não ser em condições bastante favoráveis, havia muita probabilidade de se ficar escravo dos brancos.

— Não é fácil — disse mr. Propter, quando eles voltaram à casa —, mas o importante é o seguinte: fácil ou não, o plano existe, à espera de quem o queira executar. Porque, no fim das contas, Pete, há algo a fazer...

Mr. Propter entrou um momento no bangalô para apagar as luzes, e logo tornou a surgir no limiar da porta. Lado a lado, os três homens desceram a ladeira, a caminho da estrada. À sua frente, o castelo era uma vasta silhueta negra pontilhada de algumas luzes.

— Há algo a fazer — continuou mr. Propter —, mas sob a condição de que se conheça a natureza do mundo. Desde que se saiba que o plano estritamente humano é o do mal, não se perderá tempo tentando produzir o bem nesse plano. O bem só se manifesta no plano animal e no da eternidade. Sabendo disso, qualquer um perceberá logo que o mais que se pode fazer no plano humano é preventivo. Pode-se fazer com que as atividades puramente humanas não interfiram demasiadamente nas manifestações do bem nos outros planos. E isto é tudo. Mas os políticos não conhecem a natureza da realidade; se conhecessem, não seriam políticos. Reacionários ou revolucionários, são todos humanistas, todos românticos. Vivem num mundo de ilusão, num mundo que é mera projeção de suas próprias personalidades humanas. Seu modo de agir seria apropriado se existisse realmente o mundo em que eles julgam viver. Mas infelizmente não existe, a não ser em suas imaginações. Por isso, nada do que eles fazem é apropriado ao mundo real. Todas as suas ações são ações de lunáticos, todas — e aí está a história para demonstrá-lo — são, mais ou menos, completamente desastrosas. Isto quanto aos românticos. Os realistas, que estudaram a natureza do mundo, sabem que uma atitude exclusivamente humanista para com a vida é sempre fatal, e que todas as atividades estritamente humanas devem, pois, ser reduzidas a instrumentos do bem espiritual ou animal. Em outras palavras, sabem que o papel do homem é preparar o mundo humano para os animais e espíritos. Ou, talvez

— acrescentou, voltando-se para Jeremy —, talvez, na qualidade de inglês o senhor prefira a frase de Lloyd George à de Wilson: "Uma pátria digna de heróis" , não é isso?, uma pátria digna de animais e espíritos, da fisiologia e da consciência desinteressada. Atualmente, receio que o nosso mundo seja profundamente inadequado. O mundo que construímos para nós é um mundo de corpos enfermos e personalidades insanas ou criminosas. Como transformar este mundo em um mundo adequado a nós, na nossa qualidade de animais e espíritos? Respondida esta pergunta, estará descoberto o que fazer.

Mr. Propter parou em frente ao que parecia um oratório de estrada, abriu com uma chave que trazia no bolso uma pequena porta de aço e, levantando o receptor do telefone que havia no interior, anunciou a sua presença a um porteiro invisível que estava em algum lugar no outro lado do fosso. Passaram:

— Quais são as coisas que tornam o mundo impróprio para os animais e espíritos? — continuou mr. Propter. — Claro que a cobiça, o medo, a paixão do poder, o ódio, a raiva...

Neste momento um jato de luz fortíssima deu-lhes em cheio no rosto e, quase imediatamente, apagou-se.

— Que diabos é isto? — perguntou Jeremy, sobressaltado.

— Não se assuste! — disse Pete. — É só para se certificarem de que somos nós, e não um bando de gângsteres. É só um holofote...

— Apenas o nosso velho Jo exprimindo a sua personalidade — disse mr. Propter, pegando o braço de Jeremy. — Em outras palavras, proclamando ao mundo o seu medo por ter sido cobiçoso e dominador. E tem sido cobiçoso e dominador, entre outras razões, porque o sistema atual premia essas qualidades. Nosso problema é achar um sistema que dê aos infelizes como Jo Stoyte um mínimo de oportunidades de realizarem suas potencialidades.

Quando chegaram ao fosso, já encontraram baixada a ponte levadiça. Agora as tábuas soavam como ocas sob seus passos.

— Você aprecia o socialismo, Pete — continuou mr. Propter —, mas o socialismo parece implicar fatalmente a centralização e a produção em massa, urbana, padronizada. Além do mais, vejo nele muitas ocasiões para o despotismo, muita oportunidade para os mandões darem vazão à sua mandonice, para os indolentes se submeterem à servidão.

Subiu a ponte levadiça; as portas abriram-se de par em par, para recebê-los.

— Quem quiser tornar o mundo adequado a animais e espíritos, terá de idealizar um sistema que reduza ao mínimo a quantidade de cobiça, medo, ódio e dominação. Isto é: que proporcione bastante segurança econômica para livrar os homens ao menos dessa fonte de preocupação, bastante responsabilidade pessoal para impedir que chafurdem na indolência, bastante propriedade para protegê-los de maus-tratos por parte dos ricos, mas não o bastante para permitir-lhes maltratar o próximo. O mesmo no que se refere a direitos políticos e autoridade — bastante dos primeiros para a proteção dos muitos, e muito pouco da segunda para impedir o domínio pelos poucos.

— Isso me cheira a camponeses... — disse Pete, em tom de dúvida.

— Camponeses e pequenas máquinas e força. O que quer dizer: já não serão camponeses, exceto pelo fato de serem, em grande parte, autossuficientes.

— E quem fará as máquinas? Outros camponeses?

— Não, os mesmos que hoje as fazem. Aquilo que só pode ser feito satisfatoriamente pelos métodos da produção em massa naturalmente continuará a ser feito desse modo. Parece que está neste caso um terço de toda a produção. Os outros dois terços são mais economicamente produzidos em casa ou em pequenas oficinas. O problema prático imediato é elaborar a técnica dessa produção em pequena escala. Atualmente, todas as pesquisas se destinam a descobrir novos campos para a produção em massa.

Na gruta, uma série de velas elétricas de vinte e cinco watts ardia, em devoção perpétua, diante da Virgem. Mais acima, na quadra de tênis, o segundo mordomo, duas criadas e o eletricista-chefe disputavam uma dupla mista à luz das lâmpadas de arco voltaico.

— E julga o senhor que os homens consentirão em deixar as cidades para viver do modo que o senhor falou, em fazendolas?

— Ah! Agora sim! Assim é que se fala! — exclamou mr. Propter com aprovação. — Com franqueza, não espero que deixem as cidades, como não espero que parem de fazer guerras e revoluções. Só espero que, se fizer o meu trabalho e se ele for razoavelmente bom, haja alguém que queira colaborar comigo. Só isso.

— Mas, se o senhor não vai conseguir mais que uns poucos, de que adiantará? Por que não tenta fazer algo nas cidades e nas fábricas, já que a maioria vai permanecer nelas? Não seria mais prático?

— Depende da definição que se der à palavra. Por exemplo, parece-me que você considera prático ajudar os muitos a prosseguir numa política que se sabe ser fatal, e não prático auxiliar os poucos a prosseguir numa política que temos todas as razões para considerar sã. Não concordo.

— Mas os muitos *existem*! É preciso fazer algo por eles!

— É preciso fazer algo por eles, não nego — concordou mr. Propter. — Acontece, porém, que há, na prática, circunstâncias que impossibilitam qualquer ação. Nada se pode fazer de efetivo por alguém que não queira ou não possa colaborar conosco. Por exemplo, é preciso fazer algo pelos que estão morrendo de malária. Mas, na prática, nada se pode fazer, se eles se recusam a pôr telas nas janelas e teimam em passear, à tardinha, perto de águas estagnadas. O mesmo se dá com as doenças do corpo político. É preciso fazer algo pelos homens defrontados pela guerra, pela ruína, pela escravidão, ameaçados de revolução súbita ou degeneração lenta. É preciso ajudá-los. No entanto, a verdade é que nada se poderá fazer se eles persistirem na linha de conduta que originariamente os levou à situação crítica em que se encontram. Por exemplo, não se poderão preservar os homens dos horrores da guerra se não estiverem dispostos a renunciar aos prazeres do nacionalismo. Não será possível livrá-los das crises e depressões enquanto eles teimarem em pensar exclusivamente em termos de dinheiro, e em considerar o dinheiro como supremo bem. Não se poderá evitar a revolução e a escravização enquanto eles teimarem em identificar o progresso com o aumento de centralização e a propriedade com a intensificação da produção em massa. Não haverá meio de preservá-los da loucura e do suicídio coletivos se persistirem em prestar honras divinas a ideais que não são mais do que projeções das próprias personalidades. Em outras palavras, se persistirem em adorar a si mesmos em vez de a Deus. Basta quanto às cláusulas condicionais. Agora, consideremos os fatos reais da situação presente. No que concerne à questão que nos interessa, os fatos mais importantes são: os habitantes de todos os países civilizados estão ameaçados; todos desejam apaixonadamente serem salvos do desastre iminente; a maioria esmagadora recusa-se a renunciar aos hábitos de pensamento, sentimento e ação, responsáveis diretos pela situação presente. Em outras palavras, não se pode ajudá-los porque não estão preparados para colaborar com qualquer auxiliador que lhes proponha um curso de ação racional e realista. Nessas circunstâncias, que pode fazer o candidato a auxiliado?

— Tem de fazer algo! — disse Pete.

— Mesmo se com isso acelerar o processo de destruição? — E mr. Propter sorriu, com tristeza. — Ação por amor à ação — continuou. — Prefiro Oscar Wilde. A má arte não pode causar tanto mal quanto a ação política inconsiderada. Fazer o bem em qualquer escala, que não a mais ínfima, exige mais inteligência do que possui a maioria. Por isso, é melhor contentar-se com a abstenção de fazer o mal; é mais fácil e não produz resultados tão terríveis como tentar fazer o bem de maneira errada. Na maioria dos casos, caçar moscas e ter boas maneiras é muito mais útil que agitar-se com boas intenções, fazendo coisas.

Inundada de luz, a infatigável ninfa de Giambologna ainda fazia jorrar dois jatos d'água sobre o fundo veludoso da treva. "Eletricidade e escultura", pensou Jeremy, olhando-a, "companheiros predestinados. Que coisas não faria o velho Bernini com uma bateria de holofotes! As luzes vivas, as sombras ricamente fantásticas! Místicas fêmeas em orgasmo, anjos conglomerados, esqueletos saltando como foguetes de túmulos papais, santos envoltos em pequenos furacões particulares, mantos flamantes, ondas marmóreas agitadas pelo vento! Que graça! Que esplendor! Que ênfase, ou antes, que enfática paródia de ênfase! Que beleza aturdidora! E que gigantesco mau gosto! Que lástima ter aquele homem de contentar-se com a mera luz do dia e com velas de sebo!"

— Não — dizia mr. Propter, em resposta a um protesto do rapaz. — Não; naturalmente eu não aconselharia o abandono dessa gente. Aconselharia a repetição constante das verdades que vêm sendo ditas e reditas a eles há três mil anos. E, nos intervalos, trabalharia ativamente na elaboração da técnica de um sistema melhor e colaboraria com os poucos que, compreendendo em que consiste esse sistema, estivessem dispostos a pagar o preço que sua realização exige. Preço que, medido em padrões humanos, é, diga-se de passagem, enormemente alto. Conquanto muito inferior, é claro, ao preço que a natureza das coisas cobra dos que persistem em se portar da maneira humana comum. Muito inferior ao preço da guerra, por exemplo, principalmente da guerra travada com armas contemporâneas. Muito inferior ao preço da depressão econômica e da escravidão política.

— E que acontecerá — inquiriu Jeremy, com voz aflautada —, que acontecerá depois da *sua* guerra? Ficarão os poucos em melhor situação do que os muitos?

— Embora pareça estranho — respondeu mr. Propter —, há alguma probabilidade de que assim seja. Pela seguinte razão: se tiverem aprendido a técnica da autossuficiência, vai ser mais fácil para eles sobreviverem a um período de anarquia do que aos que dependem, para sua subsistência, de uma organização altamente centralizada e especializada. Ninguém pode trabalhar pelo bem sem se preparar, eventualmente, para o pior.

Calou-se. O silêncio que se seguiu só era quebrado pelo som vindo de algum lugar no alto do castelo, de dois rádios sintonizados em estações diferentes. Os bugios, por sua vez, já estavam adormecidos.

CAPÍTULO XII

Na capela da Virgem, entre as colunas e os porta-chapéus, os Magnasco, os Brancusi e os sarcófagos etruscos onde se punham os guarda-chuvas, Jeremy, de repente, começou a se sentir mais à vontade, mais em casa.

— É comum entrar no espírito de um doido — observou, com um sorriso de satisfação, enquanto pendurava o chapéu e entrava, com os outros, no grande vestíbulo. — Ou melhor, de um idiota — retificou. — Porque um lunático é, ao que suponho, uma pessoa cujo espírito segue uma só trilha. Enquanto isto... — e fez um gesto circular —, isto é um espírito sem trilha, ou antes, com uma infinidade de trilhas. É o espírito de um idiota de gênio. Positivamente atulhado com o que de melhor se tem dito ou pensado — pronunciou a frase com uma precisão de velha solteirona, que a fez parecer completamente ridícula. — Grécia, México, nádegas, crucificações, máquinas, Jorge IV, Amida Buda, Ciência, *christian science*, banhos turcos... Tudo que se queira mencionar. E cada coisa nada tem, absolutamente, que ver com as outras — esfregou as mãos, e seus olhos cintilaram radiantes por detrás das bifocais. — A princípio é inquietante, mas sabem que eu estou começando a apreciar? Acho que gostaria de viver no interior de um idiota!

— Não duvido — disse mr. Propter, com toda a naturalidade. — É um gosto muito comum.

Jeremy sentiu-se ofendido:

— Comum? Eu não julgaria isso muito comum — disse, indicando com a cabeça o El Greco.

— E não é — concordou mr. Propter. — Mas pode-se viver no universo de um idiota sem se dar à despesa de construí-lo em ferro e concreto e enchê-lo de obras de arte.

Em silêncio, entraram no elevador.

— Pode-se viver no interior de um idiota culto — continuou o velho. — No interior de um mosaico de palavras e pequenos conhecimentos que nada têm a ver entre si. Ou, se o senhor fosse um burguês, poderia viver no mundo idiota do *homme moyen sensuel*, o mundo em que as incongruências consistem em jornais e beisebol, sexo e preocupações, anúncios, dinheiro, mau hálito e manter as aparências. Há uma hierarquia de idiotas. Naturalmente o senhor e eu preferimos a variedade mais aristocrática.

O elevador parou. Pete abriu as portas, e os três saltaram no corredor caiado do subsolo.

— Não há nada como um universo de idiota para quem queira viver uma vida calma e irresponsável. Isto é, se puder suportar a idiotice, é claro — acrescentou mr. Propter. — Muitos não conseguem. Depois de algum tempo aborrecem-se de seu mundo sem trilhas. Sentem a necessidade de se concentrarem e de ser dirigidos. Começam a desejar que a vida tenha algum sentido. É então que se fazem comunistas, ou aderem à Igreja Romana, ou entram para o Oxford Group. Qualquer coisa serve, contanto que lhes dê uma trilha, uma direção. E, naturalmente, na maioria esmagadora dos casos escolhem errado. Inevitavelmente. Porque há um milhão de direções erradas e só uma certa. Um milhão de ideais, um milhão de projeções da personalidade, e um só Deus, uma só visão beatífica. Da idiotia sem trilhas quase todos passam para alguma loucura orientada, geralmente criminosa. Naturalmente sentem-se melhor com a mudança, mas, pragmaticamente, o último estado é sempre pior que o primeiro. Se o senhor não estiver disposto a abraçar a única causa que o merece, tome o meu conselho: aferre-se à idiotia! É aqui que trabalha? — inquiriu, em outro tom, quando Jeremy abriu a porta de seu gabinete abobadado. — E esses são os Documentos Hauberk, presumo. Quantos, hein? O título está extinto, não?

Jeremy assentiu:

— Também a família, ou quase. Tudo o que resta são duas solteironas velhas e sem dinheiro, numa casa mal-assombrada.

Luziram-lhe os olhos, deu um pigarrinho preparatório e, com uma palmadinha na tonsura, disse, com uma precisão exagerada:

— Aristocratas decadentes! — Que frase encantadora! Era uma de suas favoritas. Acrescentou: — De outra forma não teriam vendido.

— Como é bom não pertencer a nenhuma família antiga! — disse mr. Propter. — Todas essas lealdades hereditárias a tijolos e argamassa, todas essas obrigações para com túmulos, pedaços de papel e telas pintadas... — balançou a cabeça: — Que forma medonha de idolatria compulsória!

Entretanto Jeremy atravessara o salão, abrira uma gaveta e voltara com um maço de documentos que passou a mr. Propter:

— Olhe estes aqui.

Mr. Propter sorriu.

— Sim, minha tacinha de chá... — repetiu. — Mas não da marca favorita. Esse pobre Molinos tinha um defeito. Uma tendência, como direi, para a sensualidade negativa. O homem gostava de sofrer. O sofrimento mental, a negra noite d'alma... Ele regalava-se com essas coisas. Sem dúvida, coitado, acreditava sinceramente estar destruindo a vontade própria; mas, sem que o notasse, estava sempre convertendo o processo de destruição em outra forma de afirmação da vontade própria. É lamentável! — acrescentou, pondo as cartas de encontro à luz para vê-las melhor. — Lamentável, porque tudo indica que o homem teve algumas experiências, em primeira mão, de realidade. O que mostra que nunca se pode ter certeza de alcançá-la, mesmo quando se chega bastante perto para ver que espécie de coisa ela é. Eis uma bela frase! — acrescentou, num parêntese. — "*Ame a Dios como es en sí, y no como se lo dice y forma su imaginación.*"

Jeremy teve vontade de rir. A coincidência de ter mr. Propter escolhido o mesmo trecho que, naquela manhã, chamara a atenção do doutor Obispo, dava-lhe um prazer todo especial.

— É uma pena não ter este homem lido um pouquinho de Kant! — disse. — *Dios en sí* parece-me ser mais ou menos a mesma coisa que *Ding an sich*. Incognoscível ao espírito humano.

— Incognoscível ao espírito humano *pessoal* — concordou mr. Propter, porque personalidade é vontade própria, e vontade própria é negação da realidade, negação de Deus. No que concerne à personalidade humana ordinária, Kant tem toda a razão em dizer que a coisa em si é incognoscível. *Dios en sí* não é compreensível a uma consciência dominada por um ego. Mas suponhamos que haja um meio de eliminar o ego da consciência. Com essa eliminação, ficaríamos mais próximos da realidade, mais em condições de compreender *Dios en sí*. E o interessante é que, incontestavelmente, isso pode e tem sido feito uma porção de vezes. O beco sem saída de Kant é só para os que preferem permanecer no plano humano. Quando se prefere passar para o da eternidade, o impasse deixa de existir.

Houve um silêncio enquanto mr. Propter folheava as cartas, detendo-se, de quando em quando, para decifrar uma ou duas linhas da bela caligrafia de Molinos.

— "*Tres maneras hay de silencio*" — leu ele, pouco depois, em voz alta. — "*El primero es de palabras, el segundo de deseos, el tercero de pensamientos.*" O homem escreve bem, o senhor não acha? Provavelmente isto contribuiu demais para o seu extraordinário sucesso. Que desastre quando um homem sabe dizer coisas erradas de maneira certa! Aliás — acrescentou ele, olhando para Jeremy com um sorriso —, raríssimos foram os estilistas que disseram alguma coisa certa. É este um dos principais defeitos de nossa educação acadêmica, o estudo das humanidades. O que melhor se disse e se escreve. Muito bem, mas melhor em que sentido? Ah! Só na forma. O fundo é, em geral, deplorável.

Voltou às cartas de Molinos. Um momento depois, outro trecho lhe chamou a atenção:

— "*Oirá y leerá el hombre racional estas espirituales materias, pero no llegará, dice San Pablo, a comprenderlas: Animalis homo non percipit ea quae sunt spiritus.*" E não apenas o *animalis homo* — comentou mr. Propter. — Também o *humanus homo*. Sobretudo o *humanus homo*. Seria possível mesmo acrescentar: *humanus homo non percipit ea quae sunt animalis*. Enquanto pensamos como seres estritamente humanos não podemos compreender nem o que fica abaixo de nós, nem o que fica acima. Além do mais, há outra dificuldade. Suponhamos que deixássemos de pensar de um modo estritamente humano. Suponhamos que passássemos a poder receber intuições diretas das realidades não humanas em que estamos, por assim dizer, engastados. Muito bem. Mas que aconteceria quando quiséssemos transmitir a outrem o conhecimento assim adquirido? Ficaríamos amarrados. O único vocabulário de que dispomos é um vocabulário destinado, primariamente, a ter pensamentos estritamente humanos sobre preocupações estritamente humanas. Mas as coisas sobre que desejamos falar são realidades não humanas e maneiras de pensar também não humanas. Daí a impropriedade radical de todas as afirmações que se têm feito sobre a nossa natureza animal, e, sobretudo, sobre Deus, o espírito ou a eternidade.

Jeremy puxou um pigarrinho:

— Posso lembrar-me de algumas afirmações muito próprias sobre...

Fez uma pausa. Seus olhinhos cintilaram. Afagou a calva polida:

— Bem, sobre os aspectos mais íntimos de nossa natureza animal — concluiu, recatadamente. De súbito, enuviou-se o seu rosto; lembrara-se do tesouro encontrado e do furto impudente do doutor Obispo.

— Mas, de que depende a sua propriedade? — perguntou mr. Propter. — Não tanto da habilidade do escritor como da reação do leitor. As intuições diretas, animais, não são nunca expressas em palavras; as palavras apenas nos despertam a memória de experiências semelhantes. *Notus calor* é o que diz Virgílio quando fala das sensações experimentadas por Vulcano nos braços de Vênus. O conhecido colo. Não tenta descrever ou analisar; não procura equivalências verbais para os fatos. Apenas um lembrete. Mas este lembrete é o quanto basta para consagrar o texto como um dos mais voluptuosos da poesia latina. Virgílio deixou o resto aos leitores. E com isso, mais ou menos, se contentam quase todos os autores eróticos. Os poucos que tentam descrever ou analisar ficam a se debater em metáforas, imagens, analogias... Sim, o senhor sabe quais são: fogo, furacões, céu, dardos etc.

— O vale dos lírios... — citou Jeremy. — A gruta do prazer...

— Para não mencionar o desperdício de espírito numa desolação de vergonha — disse mr. Propter — e todas as outras figuras de retórica. Uma variedade infinita, tendo um único traço em comum: são todas compostas de palavras que não se referem a aspecto algum do assunto que pretendem descrever.

— Dizem uma coisa querendo significar outra — encaixou Jeremy. — Não é esta uma das definições possíveis da literatura imaginativa?

— Pode ser — respondeu mr. Propter. — Mas o que me interessa mais no momento é o fato de nossas intuições animais imediatas só terem recebido, até agora, os rótulos mais sumários e inadequados. Dizemos "vermelho", por exemplo, ou "agradável", e ficamos nisso, sem nos darmos o trabalho de procurar equivalentes verbais para os vários aspectos que podem ter a percepção do vermelho e a experiência do prazer.

— Mas isso não se dará por que não se pode ir além de "vermelho" e de "agradável"? — inquiriu Pete. — São fatos; fatos irredutíveis...

— Como as girafas — acrescentou Jeremy. — "Este animal não existe", diz o racionalista, quando lhe mostram o retrato de uma. Mas eis que lhe surge o bicho pela frente, com pescoço e tudo...

— É isso mesmo — disse mr. Propter. — Uma girafa é um fato irredutível. Tem-se que aceitá-la, quer se queira, quer não. Mas o fato de aceitarmos a girafa não impede que a estudemos, que a descrevamos. O mesmo se aplica à vermelhidão, ao prazer ou ao *notus calor*. Podemos analisá-los e descrever, por meio de palavras adequadas, o resultado da análise. Mas a verdade é que isso ainda não foi feito.

Pete assentiu com a cabeça, lentamente.

— E a que o senhor atribui esse fato? — perguntou.

— Bom — disse mr. Propter. — Inclino-me a pensar que é porque os homens sempre tiveram mais interesse em agir e em sentir do que em compreender. Sempre estiveram muito ocupados em praticar o bem, em experimentar emoções, em fazer o que todo mundo faz e em cultuar os ídolos locais, para sentirem, ao menos, o desejo de dispor de um instrumento verbal adequado à elucidação de suas experiências. Veja as línguas que herdamos: incomparavelmente eficazes para suscitar emoções violentas e excitantes; recurso de primeira ordem, onipresente, para os que desejam prosperar neste mundo; menos que inútil para quem quer que aspire à compreensão desinteressada. Daí a necessidade, mesmo no nível estritamente humano, de línguas especiais, impessoais, como a matemática e os vocabulários técnicos das várias ciências. Sempre que o homem sentiu a vontade de compreender, abandonou a língua tradicional e a substituiu por outra mais precisa e, sobretudo, menos contaminada pelo interesse pessoal.Mas há um fato muito significativo. A literatura imaginativa trata principalmente da vida quotidiana dos homens e das mulheres; e a vida quotidiana dos homens e das mulheres consiste, sobretudo, em experiências animais imediatas. Mas os autores da literatura imaginativa jamais forjaram uma língua impessoal e incontaminada para elucidar essas experiências imediatas. Contentam-se em usar os nomes vulgares, não analisados, das experiências, como lembretes para a própria memória e para a dos leitores. Cada intuição direta é um *notus calor*, com o sentido das palavras deixado, por assim dizer, em branco, para que cada leitor as encha de acordo com as experiências de seu passado individual. É simples, mas não propriamente científico. Mas a questão é que ninguém lê literatura para compreender; lê para reviver sentimentos e sensações excitantes do passado.

A arte pode ser muita coisa, mas, na prática, não passa de um equivalente mental do álcool e das cantáridas.

Mr. Propter voltou às linhas cerradas da carta de Molinos:

— "*Oirá y leerá el hombre racional estas espirituales materias*" — leu em voz alta — "*pero no llegará a comprenderlas.*" E não chegará a compreendê-las — disse ele, fechando a pasta e devolvendo-a a Jeremy — por uma das duas excelentes razões seguintes: ou porque nunca viu as girafas em apreço, e, neste caso, como *hombre racional*, sabe muito bem que esses animais não existem; ou então porque conhece as criaturas de vista, ou tem alguma outra razão de crer em sua existência, mas não pode compreender o que sobre elas dizem os técnicos; não pode compreender devido à impropriedade da linguagem em que, ordinariamente, se descreve a fauna do mundo espiritual. Em outras palavras, ou não teve a experiência imediata da eternidade, e deste modo não tem razão para crer que a eternidade exista, ou então acredita que a eternidade exista, mas não acha pé nem cabeça na linguagem em que a descrevem aqueles que a experimentaram. Além disso, quando por sua vez deseja falar na eternidade (pode querer fazê-lo, ou para comunicar a outrem suas experiências, ou para compreendê-las melhor do ponto de vista humano), encontra-se entre as pontas de um dilema. Pode reconhecer que a linguagem existente é inadequada, e, neste caso, só tem duas alternativas racionais: ou nada a dizer, ou inventar uma linguagem técnica, nova e mais própria, um *calculus* da eternidade, por assim dizer, uma álgebra especial da experiência espiritual (e se a inventar, só quem a tiver aprendido poderá entendê-lo). Isto quanto à primeira ponta do dilema. A segunda é reservada aos que não reconhecem a impropriedade da linguagem existente, ou que, reconhecendo, nutrem, não obstante, esperanças irracionais e assumem o risco de utilizar um instrumento que sabem ser impróprio. Estes escreverão na linguagem existente, e seus escritos serão, em consequência, mais ou menos malentendidos pela maioria dos leitores. Isto é inevitável, porque as palavras que usam não correspondem às coisas que falam. Quase todas são palavras tiradas da linguagem da vida quotidiana. Mas a linguagem da vida quotidiana se refere quase exclusivamente a questões estritamente humanas. Que acontece quando se aplicam palavras extraídas dessa linguagem aos fatos desenrolados no plano do espírito, no plano da experiência exterior ao tempo? Cria-se um mal-entendido, é claro; diz-se o que não se quer dizer.

Pete interrompeu-o:

— Gostaria de um exemplo, mr. Propter.

— Pois bem — respondeu o outro —, consideremos a palavra mais comum de toda a literatura religiosa: a palavra *amor*. No plano humano, o termo significa... o quê? Praticamente tudo, de mãe a Marquês de Sade.

A este nome Jeremy lembrou-se novamente do que acontecera ao *Les cent-vingt jours de Sodome*. Era realmente insuportável a impudência daquele...!

— Não fazemos nem mesmo a distinção grega entre *eros* e *philo*, *eros* e *agape*. Conosco tudo é amor, e pronto! Seja ele altruísta ou possessivo, amizade, luxúria ou delírio homicida. Tudo é amor — repetiu ele. — Palavra idiota! Mesmo no plano humano, desesperadoramente ambígua. E então, quando a usamos em relação à experiência do plano da eternidade... Ah! Então é um desastre! "O amor de Deus", "Deus é nosso amor", "O amor que o santo dedica a seus semelhantes"... Que representa a palavra nessas frases? E que tem isso a ver com o seu significado quando a empregamos em referência a uma jovem mamãe que amamenta seu filhinho? Ou a Romeu escalando o balcão de Julieta? Ou a Otelo estrangulando Desdêmona? Ou ao pesquisador que ama sua ciência? Ou ao patriota que está pronto a morrer pela pátria (a morrer, e, enquanto não morre, a matar, pilhar, mentir, ludibriar e torturar em seu nome)? Haverá, de fato, alguma coisa em comum entre o sentido da palavra nesses contextos e o seu sentido quando se fala, digamos, do amor de Buda a todos os seres sensíveis? Está claro que a resposta é: não, não há. No plano humano, a palavra exprime vários estados de espírito e várias linhas de conduta, dissimilares em muita coisa, mas semelhantes ao menos em uma: todos são acompanhados de excitação emocional e todos contêm um elemento de desejo. Ao passo que os traços mais característicos da experiência de uma pessoa esclarecida são a serenidade e o desinteresse. Em outras palavras, ausência de excitação e de desejo.

"Ausência de excitação e de desejo", repetiu Pete para si mesmo, enquanto via, com o olho interior, a imagem de Virgínia com seu boné de iatista, andando na lambreta cor-de-rosa, ou ajoelhada, de shorts, sob a arcada da gruta.

— As diferenças de fato devem ser representadas por diferenças de linguagem — disse mr. Propter. — Quando não o são, como se pode esperar dizer coisas sensatas? Mas, apesar disso, insistimos em usar a mesma palavra para exprimir coisas inteiramente diversas. "Deus é amor", dizemos. A palavra é a mesma que empregamos quando falamos em "estar perdido de amor" ou "inspirado pelo amor à pátria". Em consequência, inclinamo-nos a pensar que a coisa de que estamos falando deva ser mais ou menos idêntica. Imaginamos, de maneira vaga e respeitosa, que Deus é composto de uma espécie de desejo imensamente ampliado.

Mr. Propter balançou a cabeça:

— Criamos Deus à nossa imagem. Isto lisonjeia a nossa vaidade, e, naturalmente, preferimos a vaidade ao entendimento.

Daí essas confusões de linguagem. Se quiséssemos compreender o mundo, se quiséssemos pensar realisticamente nele, diríamos: "Estou perdido de amores", mas "Deus é x-amor". Deste modo, os que nunca houvessem tido experiência própria do plano da eternidade teriam, pelo menos, a oportunidade de perceber, intelectualmente, que as coisas que acontecem naquele plano não são as mesmas que acontecem no plano estritamente humano. Perceberiam, porque a veriam impressa, uma espécie de diferença entre amor e x-amor. Em consequência, não teriam mais desculpa, como hoje têm, de imaginar que Deus é igual a eles, apenas com um pouquinho mais de respeitabilidade e menos das outras coisas. Naturalmente, o que se aplica à palavra *amor* aplica-se a todas as outras palavras tiradas da linguagem da vida quotidiana e usadas para descrever a experiência espiritual. Palavras como "conhecimento", "sabedoria", "poder", "espírito", "paz", "alegria", "liberdade", "bem" representam certas coisas no plano humano. Mas as coisas que os escritores as forçam a significar quando descrevem acontecimentos do plano da eternidade são muito diferentes. Por isso o seu uso só traz confusão. Não fazem senão tornar pouco menos que impossível a todos saberem do que se está falando. E, entretanto, note-se que essas palavras da linguagem da vida quotidiana não são as únicas que atrapalham. Os que escrevem sobre as experiências do plano da eternidade também utilizam frases técnicas que tomam emprestadas a vários sistemas filosóficos.

— Não será essa a álgebra da experiência espiritual — inquiriu Pete —, a linguagem especial e científica de que o senhor falou?

— Apenas uma tentativa — respondeu mr. Propter. — Mas, infelizmente, uma tentativa muito falha. E falha porque essa álgebra particular é extraída da linguagem da metafísica, por sinal da má metafísica. Os que a usam obrigam-se — quer o queiram, quer não — a fornecer tanto uma explicação dos fatos, como uma descrição. Uma explicação da experiência efetiva em termos de entidades metafísicas cuja existência é puramente hipotética e não pode ser demonstrada. Em outras palavras, descrevem os fatos em termos de produtos da imaginação; explicam o conhecido em termos desconhecidos. Consideremos alguns exemplos. Um deles: "êxtase". É um termo técnico que exprime a aptidão da alma para ausentar-se do corpo (e presume, evidentemente, que saibamos o que é a alma, quais os seus liames com o corpo e com o resto do universo). Ou consideremos outro exemplo, um termo técnico essencial à teoria católica do misticismo: "contemplação infusa". A presunção, neste caso, é de que existe algo exterior a nós, que infunde uma espécie de experiência psicológica em nosso espírito. Além disso, presume que se saiba o que é esse *algo*. Ou, considere-se ainda a expressão "união com Deus". Seu sentido varia com a formação religiosa de quem o emprega. Pode significar: "união com o Jeová do Velho Testamento", como pode significar "união com a deidade pessoal do cristianismo ortodoxo". Pode ainda significar o que provavelmente significaria, digamos, para Eckhart: "união com a divindade impessoal de que o deus da ortodoxia é um aspecto e uma limitação particular". Do mesmo modo, para um hindu, significará: "união com Isvara ou união com Brama". Em todos os casos, o termo pressupõe um conhecimento prévio da natureza de coisas que, ou são completamente incognoscíveis, ou, pelo menos, só inferíveis das experiências que o termo pretende descrever. Eis, pois — concluiu mr. Propter —, a segunda ponta do dilema, a ponta em que, invariavelmente, se espetam todos os que usam o vocabulário religioso comum para descrever suas experiências do plano da eternidade.

— E o caminho entre as pontas? — perguntou Jeremy. — Não será o seguido pelos psicólogos profissionais que escreveram sobre o misticismo? Eles elaboraram uma linguagem bem razoável. O senhor não os mencionou...

— Não os mencionei — disse mr. Propter — pela mesma razão por que, se estivesse falando de beleza, não mencionaria os estetas profissionais que nunca entraram numa galeria de pintura.

— O senhor quer dizer com isto que eles não sabem o que falam?

Mr. Propter sorriu:

— Eu me exprimiria de outra maneira. Eles falam do que sabem, mas o que sabem não merece ser falado. Porque só conhecem a literatura do misticismo, não a experiência.

— Então não há caminho entre as pontas — concluiu Jeremy. Seus olhos cintilaram por trás dos óculos. Sorriu qual uma criança que, radiante, maliciosa, assistisse a uma travessura. — Como é bom quando um dilema não tem solução! — continuou. — Quando todos os caminhos estão barrados, quando não se tem para onde ir com todas as nossas fanfarras e armaduras reluzentes, o mundo fica tão deliciosamente confortável! Levantai-vos, soldados de Cristo! Avante a brigada ligeira! Excelsior! E tudo o que se faz é andar em círculos, um atrás do outro, seguindo o *Führer*, como as lagartas de febre. O senhor não imagina o prazer que isso me dá!

Desta vez mr. Propter caiu na gargalhada:

— Sinto muito ter de desapontá-lo — disse. — Mas, infelizmente, há um caminho entre as pontas dos dilemas. O caminho prático. Se o senhor quiser, poderá por si só descobrir o que isso significa, em experiência direta, como pode descobrir que aspecto tem a *Crucificação de São Pedro*, de El Greco, tomando o elevador e subindo ao vestíbulo. A diferença é que, neste caso, receio que não haja elevador. Tem-se de subir a pé. E não se engane... — acrescentou, voltando-se para Pete. — Há um número tremendo de escadas...

O doutor Obispo ergueu o tronco, tirou dos ouvidos os tubos do estetoscópio e meteu o instrumento no bolso, junto com o *Les cent-vingt jours de Sodome*.

— Alguma coisa? — perguntou, ansioso, mr. Stoyte.

O doutor Obispo balançou a cabeça e deu-lhe um sorriso tranquilizador:

— Pelo menos, gripe não é — disse. — Apenas o estado dos brônquios ligeiramente intensificado. Darei algo para o senhor tomar antes de se deitar.

O rosto de mr. Stoyte relaxou-se de satisfação:

— Ainda bem que foi um alarme falso... — disse; e voltou-se para apanhar a roupa, que estava amontoada sobre o sofá, debaixo de Watteau.

De seu assento no barzinho, Virgínia soltou um grito de triunfo:

— Ótimo! — exclamou ela. E logo, em tom mais grave: — O senhor sabe, tio Jo, ele me deixou aterrada com a sua tosse... Aterrada! — repetiu.

Tio Jo fez uma careta de triunfo e bateu com tanta força no peito que as peludas, quase femininas, acumulações de carne tremeram como geleia.

— Não tenho nada! — vangloriou-se.

Virgínia olhava-o por cima dos óculos, enquanto ele vestia a camisa e dava o nó na gravata. Tinha, no rostinho jovem e inocente, uma expressão de perfeita serenidade, mas, por detrás daqueles límpidos olhos azuis, o espírito vibrava de atividade. "Puxa! Quase que ele nos pega!", repetiu ela, com seus botões. "Por pouco..."

Lembrando-se do susto súbito e violento que levara ao ouvir o barulho da porta do elevador, daquele ruído impetuoso de passos que se aproximavam, no corredor, sentiu um arrepio delicioso, misto de medo e diversão, apreensão e triunfo. Era a sensação que tinha, em criança, quando brincava de esconder-se no escuro. Puxa, foi quase! "E Sig, que maravilha! Que presença de espírito! E o estetoscópio no bolso... que gênio! Com isso salvara a situação. Porque, não fosse o estetoscópio, tio Jo teria perpetrado uma de suas ciumadas. Embora não soubesse que direito tinha ele de sentir ciúmes", continuou Virgínia a refletir, ressentida, "visto que nada acontecera, a não ser uma sessão de leitura. Mas, fosse como fosse, por que não podia uma moça ler essas coisas, se quisesse? Especialmente sendo em francês. Além do mais, quem era tio Jo para bancar o pudico? Para brigar com ela só por ouvir uma anedota? Não era nenhum santinho para exigir que ela falasse como uma Louise M. Alcott[15] e pensar que devia preservá-la de ouvir até mesmo uma palavra feia! E aquela mania de não lhe permitir dizer a verdade sobre si mesma, quando ela queria! De imaginá-la uma pessoa completamente diversa do que ela era na realidade. De tratá-la como se ela fosse a Violeta dos quadrinhos e ele uma espécie de pequeno Ferdinando,[16] protegendo-a e salvando-a no momento oportuno! E isto, conquanto tivesse de admitir, é claro, que *aquilo* já tinha acontecido, pelo menos uma vez, antes de ele ter aparecido — porque, se não, que desculpa teria? Aconteceu, mas foi sem querer, praticamente um estupro, quando um rapaz

15 Escritora americana. Alusão ao recato de suas personagens. [N.E.]

16 Violeta e Ferdinando são como ficaram conhecidos no Brasil os personagens Daisy Mae e Li'l Abner, protagonistas de uma tirinha publicada nos jornais americanos nos anos 1930. [N.E.]

se aproveitara de sua ingenuidade, no Congo Club, sem nada no corpo a não ser uma tanga e um pouco de talco. Mas, é claro, supunha-se que ela não tinha gostado; que se debulhara em pranto até o dia em que tio Jo aparecera, e que, então, tudo mudara. Mas, neste caso, ocorreu-lhe de súbito, neste caso se esses eram os seus sentimentos para com ela, que tinha ele de voltar para casa às sete e quinze quando lhe dissera que só voltaria depois das oito? Velho atravessado! Estaria pretendendo espioná-la? Se fosse isso não estava disposta a aturar; e era bem feito que Sig lesse *aquilo* para ela. Não era mais do que o velho merecia por andar especulando, vendo se a surpreendia fazendo alguma coisa que não fosse direita. Se ele se dispunha a agir deste modo, muito bem: ela diria a Sig que viesse diariamente e lesse outros capítulos! Embora não pudesse imaginar como o homem que escrevera o livro conseguiria mantê-lo durante cento e vinte dias. Considerando-se o que já acontecera na primeira semana... E ela pensava já saber tudo o que se podia saber! Bom, é vivendo que se aprende... Ainda que houvesse no livro algumas coisas que ela não desejaria aprender. Coisas que lhe causavam náuseas. Horríveis, tão horríveis quanto ter filhos!" E Virgínia estremeceu. "Mas havia também muita coisa engraçada no livro. Por exemplo, aquele pedaço que ela pedira a Sig para reler era formidável! Fazia a gente vibrar! E aquele outro em que a moça..."

— Bem, garota... — disse tio Jo, encasando o último botão do colete. — Você hoje está calada, hein? Dou um vintém pelos seus pensamentos...

Virgínia arregaçou o lábio superior, infantil e abreviado, num sorriso que fundiu de desejo e ternura o coração do velho.

— Estava pensando no senhor, tio Jo!

CAPÍTULO XIII

Se pareces imune ao pensamento santo,
Nem por isso o teu ser é menos divinal.
Jazes no seio de Abraão o ano inteiro;
Oras no tabernáculo do templo,
E, sem que o saibas, Deus está contigo.

— Muito bonito, por sinal — disse Jeremy em voz alta.

"*Transparente* era o termo", refletiu. Lá estava o sentido, qual uma mosca âmbar. Ou antes, não havia mosca; só havia o âmbar; e o âmbar era o sentido. Consultou o relógio. Três minutos para a meia-noite. Fechou o Wordsworth. "E pensar", relembrou, com amargor, "e pensar que poderia estar refrescando as recordações de Felícia!..." Depondo o livro na mesa de cabeceira, Jeremy tirou os óculos. Privados de seus seis graus e meio de correção, os olhos viram-se instantaneamente reduzidos a um estado de desespero fisiológico. O cristal curvo tornara-se elemento seu; sem óculos, eram como que um casal de gelatinosos entes marinhos tirados subitamente da água. Depois, a luz se apagou; e foi como se alguém tivesse salvado os pobrezinhos mergulhando-os misericordiosamente num aquário.

Jeremy estirou-se sob os lençóis e bocejou. Que dia! Mas agora, graças a Deus, o paraíso da cama. A Donzela Bendita, do leito de ouro do céu, reclinava-se sobre a terra. Mas os lençóis eram de algodão, e não de linho, detalhe assaz indecoroso numa casa daquelas. Uma casa cheia de Rubens e El Grecos com lençóis de algodão! Mas aquela *Crucificação de São Pedro* era verdadeiramente alucinante! Pelo menos tão boa quanto a *Assunção* de Toledo, que, por sinal, àquelas horas já devia estar destruída pelas bombas, numa demonstração do que acontece quando os homens levam as coisas demasiadamente a sério. Em todo caso — continuou ele a refletir — era inegável haver algo de impressionante no velho Objeto Propter (porque assim decidira chamar o homem, consigo mesmo e nas cartas que escrevia à sua mãe: o Objeto Propter). Talvez tivesse algo do Velho Marinheiro. E, convidado às bodas, de quando em quando batia no peito; talvez devesse bater ainda mais do que batia, considerando a terrível subversão de todas as decências comuns, e, *a fortiori*, de todas as indecências comuns da vida (tais como Felícia, tais como as sextas-feiras passadas em Maida Vale) a criatura inculcava. E inculcava não sem eloquência, o patife! Porque *este* marinheiro não era apenas dono de um olhar hipnótico; era também, e ao mesmo tempo, o poderoso baixão que todos desejam ouvir, e que ele mesmo ouvia, embora relutantemente — porque não estava disposto a deixar que lhe subvertessem o pequeno sistema de decência e indecência, nem que a religião (e logo o quê!) invadisse o santuário de sua vida privada. O lar do inglês é seu castelo; e o curioso é que, passado o primeiro choque, ele descobrira que um castelo americano estava se tornando o lar deste inglês particular que ele era. O lar espiritual. Isso por ser a encarnação do espírito sem trilhas de um imbecil. Porque nele não havia saídas, nada levava a parte alguma, os dilemas tinham uma infinidade de ondas, e cirandavam, como as lagartas de Favre, num universo fechado e confortável — entre os Documentos Hauberk e São Pedro, da Petite Morphil a Giambologna, dos bodisatvas dourados do porão aos bugios, do Marquês de Sade a São Francisco de Sales, e deste novamente para Felícia e São Pedro. Cirandando, sempre cirandando, como lagartas, o interior do espírito de um imbecil, no infinito confortável de pensamentos, sentimentos e ações inconsequentes, de arte e saber hermeticamente engarrafados, de cultura por amor à cultura, de decências e indecências que se justificavam por si, de dilemas intransponíveis e questões morais suficientemente respondidas pela idiotia ambiente.

Cirandando, cirandando, dos pés de São Pedro às nádegas minúsculas de Morphil, dos bugios, das belas espirais chinesas das dobras do manto de Buda ao beija-flor que, pairando no ar, bebia a água da ninfa de Giambologna, e do beija-flor novamente aos pés cravados de São Pedro... A sonolência tornou-se mais profunda, e Jeremy adormeceu.

Em outro quarto, no mesmo andar do torreão, Pete Boone nem sequer tentava conciliar o sono; pelo contrário: tentava compreender. Compreender a ciência e mr. Propter, a justiça social e a eternidade, Virgínia e o antifascismo. Não era fácil, porque se mr. Propter estava com a razão seria preciso pensar tudo de novo e de outra maneira. "Pesquisa desinteressada da verdade" — eis o que ele dizia (se forçado a dizer algo tão embaraçoso) quando lhe perguntavam por que era biólogo. E quanto ao socialismo, eram a humanidade, a maior felicidade do maior número e o progresso as razões invocadas; e o progresso ligava o socialismo à biologia: felicidade e progresso tanto pela ciência quanto pelo socialismo. Enquanto se esperava a felicidade e o progresso, era-se leal à causa. Pete lembrava-se de um trecho sobre a lealdade, da autoria de Josiah Royce, trecho que tivera de recitar no segundo ano da universidade. Dizia ele que todos os homens leais aprendem, a seu modo, uma espécie de verdade religiosa, adquirem uma genuína espécie de penetração religiosa. Já naquela época isso lhe causara profunda impressão. Acabava de perder a fé na história do "Sangue do Cordeiro", em que fora educado, e aquilo vinha com uma espécie de aprovação, convencendo-o de que, no fim das contas, era religioso, conquanto não fosse mais à igreja, religioso porque leal. Leal às suas causas, a seus amigos. Fora religioso — e sempre o sentira — quando combatia na Espanha. Religioso ao enamorar-se de Virgínia. Entretanto, se mr. Propter estava com a razão, as ideias do velho Royce sobre a lealdade estavam completamente erradas. O fato de ser leal não dava penetração religiosa a ninguém. Pelo contrário, podia até mesmo impedi-la — e com toda a certeza impedia quando se dedicava a lealdade a qualquer causa que não a mais alta; e a mais alta das causas (se mr. Propter estava com a razão) era quase terrível em seu afastamento e estranheza. Quase terrível e, no entanto, quanto mais meditava a esse respeito, mais dúvidas sentia sobre todas as outras. Talvez essa causa fosse mesmo a mais alta. Mas, então, o socialismo não bastava. Não bastava porque a humanidade não bastava. Porque a felicidade maior não estava onde se supunha; porque era impossível efetivá-la trabalhando-se nos setores em que trabalham os reformadores sociais. O mais que se podia fazer, nesses setores, era facilitar aos homens a passagem para onde a maior felicidade fosse possível. E, claro, o que se aplicava ao socialismo se aplicava à biologia ou a qualquer outra ciência considerada como meio de progresso. Porque, se mr. Propter estava com a razão, o que os homens chamavam progresso não era progresso. Isto é, não era progresso, a menos que facilitasse aos homens a passagem para onde existia, de fato, a maior felicidade. Em outras palavras, a menos que facilitasse a lealdade à mais alta das causas. E, evidentemente, uma vez adotada tal escala de valores, tinha-se de pensar muito antes de invocar o progresso como justificativa para a ciência. E quanto à pesquisa desinteressada da verdade? Ah, também neste particular, se mr. Propter estava com a razão, a biologia e as outras ciências eram pesquisas desinteressadas de um único aspecto da verdade. Mas meia verdade é falsidade; e continua sendo falsidade, mesmo quando proclamada por alguém que a crê verdade inteira. De maneira que essa justificação parecia não servir — ou, pelo menos, só servia para quem estivesse, ao mesmo tempo, empenhado em procurar descobrir o outro aspecto da verdade, o aspecto que se procura quando se dedica lealdade à mais alta das causas. "E, diante disso tudo, que fazer quanto a Virgínia?", perguntou para si mesmo, com crescente angústia. Que fazer quanto a Virgínia? Porque, se mr. Propter estava com a razão, mesmo Virgínia não bastava; mesmo Virgínia podia constituir um obstáculo à consagração de sua lealdade à mais alta das causas. Mesmo aqueles olhos, aquela inocência, aquela boca tão adorável; mesmo o sentimento que lhe dedicava, mesmo o amor, mesmo a melhor espécie de amor (porque ele podia dizer, honestamente, que abominava a outra espécie — por exemplo, aquele bordel medonho em Barcelona, e aqui, na sua terra, aqueles agarramentos depois de três ou quatro coquetéis, aquelas apalpadelas à margem da estrada, num carro parado); sim, mesmo a melhor espécie de amor podia ser inadequada, e até pior que inadequada. "Eu não poderia te amar tanto, querida, se não amasse mais (qualquer coisa) na vida". Até então, esta "qualquer coisa" fora a biologia e o socialismo. Mas agora percebia como eram inadequados, ou mesmo pior que inadequados, esses ideais, considerados como fins em si. Nenhuma lealdade era boa; nenhuma lealdade à mais alta das causas. "Eu não poderia te amar tanto, querida, se não amasse mais a mais alta das causas." Mas a questão, angustiosa questão, era esta: poderia ele amar a mais alta das causas e continuar apaixonado por Virgínia? Evidentemente, o pior amor era incompatível com a mais alta das causas. Evidentemente; porque o pior amor consistia em lealdade à própria fisiologia, enquanto, se mr. Propter estava com a razão, só se podia ser leal à mais alta das causas, renegando essas lealdades para consigo mesmo. Mas seria o melhor amor, no fim das contas, tão fundamentalmente diverso do pior? O pior amor consistia em lealdade à própria fisiologia. Mas, conquanto fosse odioso admiti-lo, também o melhor nisto consistia: era lealdade à própria fisiologia e, ao mesmo tempo (e isto o caracterizava) lealdade aos mais altos sentimentos — àquele vazio doloroso, àquele infinito de ternura, àquela adoração, àquela felicidade, àquelas dores, àquele sentimento de solidão, àquele anseio de identidade. A tudo isso ele era leal, e essa lealdade constituía a definição da melhor espécie de amor, do que os homens chamavam romantismo e louvavam como a coisa mais maravilhosa da vida. Mas lealdade a isso era lealdade a si mesmo; e não se podia ser leal, ao mesmo tempo, a si mesmo e à mais alta das causas.

A conclusão prática era evidente, mas Pete recusava-se a formulá-la. Aqueles olhos eram azuis e límpidos, aquela boca adorável em sua inocência. E como ela era doce! Quão belo o seu ar meditativo! Lembrou-se da conversa que tiveram a caminho da sala de jantar. Ele lhe perguntara se ainda lhe doía a cabeça. — "Não fale nisto!" — sussurrara a moça. — "Tio Jo pode ficar preocupado. O doutor auscultou-o com o estetoscópio; não o acha nada bem esta tarde. Não quero vê-lo preocupado por minha causa. Aliás, que é uma dor de cabeça?" Isto não era apenas bonito, apenas inocente e doce; era também corajoso e altruísta. E como ela fora adorável com ele a tarde inteira, fazendo-lhe perguntas sobre o seu trabalho, contando-lhe coisas da infância, no Oregon, pedindo-lhe que falasse de sua casa em El Paso. Afinal mr. Stoyte viera sentar-se ao lado deles, em silêncio, o rosto sombrio como uma nuvem de tempestade. Pete mirara interrogativamente Virgínia, e ela, em resposta, lhe enviara um olhar que dizia: "Por favor, saia, sim?"; e, quando ele se levantara para despedir-se, sua expressão era tão súplice, tão cheia de gratidão, tão compreensiva, tão doce e afetuosa, que, só de se lembrar, vinham-lhe lágrimas aos olhos. E, deitado, no escuro, Pete chorou de felicidade.

Aquele nicho que ficava entre as janelas da parede do quarto de Virgínia sem dúvida destinava-se a servir de estante. Mas Virgínia não era muito amiga de livros; de modo que o recesso fora convertido numa espécie de tabernáculo. Abrindo-se duas cortininhas de veludo branco (tudo no quarto era branco), deparava-se, sob um arco de flores artificiais, com um manto de seda legítimo, a mais linda das coroazinhas de ouro na cabeça e seis voltas de pequeninas pérolas em torno do pescoço, com uma Nossa Senhora, brilhantemente iluminada por um engenhoso sistema de lâmpadas elétricas escondidas. Descalça, no seu pijama de cetim branco, Virgínia, ajoelhada diante da sagrada casa de boneca, fazia as orações da noite. Parecia-lhe que, àquela hora, Nossa Senhora estava particularmente meiga e generosa. A primeira coisa — decidiu ela enquanto os lábios pronunciavam as fórmulas de louvor e súplica — a primeira coisa que faria no dia seguinte seria descer ao quarto de costura e pedir a uma das moças que a ajudasse a costurar um novo manto para Nossa Senhora, com aquele lindo retalho de brocado azul que comprara, uma semana atrás, naquele armarinho, em Glendale. Um manto de brocado azul que fechasse, na frente, com um botão dourado, ou, melhor ainda, com um cordão de ouro que desse volta à cintura da Virgem, e cujas pontas lhe chegassem quase aos pés. Ah! Seria maravilhoso! Virgínia desejou que já fosse de manhã para poder começar.

Dita a última oração, a moça benzeu-se e levantou-se. Mas, olhando por acaso para baixo, verificou horrorizada que o esmalte estava descascando nas unhas do segundo e terceiro dedos do seu pé esquerdo. Um minuto depois, ei-la sentada no chão ao pé da cama, a perna direita estendida, o pé esquerdo apoiado sobre ela, preparando-se para remediar a avaria. Tinha ao lado um frasco aberto; na mão, um pequenino pincel. Uma aura horrivelmente industrial de acetona envolvia o "Escândalo" de Schiaparelli que lhe impregnava o corpo. Ao inclinar-se para começar o trabalho, duas madeixas de cabelo castanho, desprendendo-se de entre os caracóis, caíram-lhe sobre a testa. Sob o cenho franzido, os grandes olhos azuis miravam atentamente. Para ajudar a concentração, os dentes trincavam a pontinha cor-de-rosa da língua. "Diabo!", exclamou, de súbito, ao dar uma pincelada em falso; mas logo os dentes voltaram a prender a língua.

Interrompendo o trabalho, a fim de dar tempo para a primeira camada de esmalte secar, passou a examinar a canela e a barriga da perna esquerda. Os pelos já estavam começando a crescer novamente, notou, aborrecida. Já era quase tempo de fazer outro tratamento com cera. E, enquanto acariciava meditativamente a perna, deixava o espírito vagar pelos acontecimentos do dia. A lembrança daquela irrupção brusca de tio Jo ainda lhe dava arrepios de susto, mas, ao se lembrar de Sig com o estetoscópio, seu lábio superior abriu-se deliciosamente num sorriso divertido. E o livro de Sig! Bem feito para tio Jo! E Sig a se engraçar com ela entre os capítulos, insinuando-se... Bem feito também para o tio Jo, por tentar espioná-la! Lembrou-se de como ficara danada da vida com Sig. Não pelo que ele fizera, pois, além de tio Jo não merecer outra coisa (é claro que só depois ela o descobrira), o que ele fizera era bem excitante; e, no fim das contas, Sig era terrivelmente simpático, e nesse quesito tio Jo nem contava; podia-se mesmo dizer que ele contava negativamente, menos que nada, de modo que qualquer rapaz simpático parecia ainda mais simpático perto de tio Jo. Não, não fora o que Obispo fizera que a irritou. Era o modo como fez, caçoando dela. Virgínia não se incomodava com caçoadas em outras ocasiões, mas caçoar enquanto se namorava... Isto era tratá-la como se ela fosse uma vagabunda de Main Street. Sem romance nem nada. Apenas aquelas gargalhadas ferinas, aquelas sórdidas ironias. Talvez fosse refinado, mas ela não gostava. E será que ele não via o quanto era estúpido agir daquela maneira? Porque, afinal, quando uma moça lê um livro daqueles com uma criatura tão atraente quanto Sig... bom, há de sentir, por força, que um pouquinho de romance viria a calhar. Romance de verdade, como nos filmes, com luar e jazz, ou então uma serenata (porque era bom sentir tristeza quando se era feliz), e um rapaz dizendo coisas bonitas, e muitos beijos, e, no fim, quase sem se saber, quase como se não estivesse acontecendo conosco, de modo que não se sentisse que aquilo era malfeito, uma coisa que Nossa Senhora não havia de gostar... Virgínia suspirou profundamente e fechou os olhos. Seu rosto assumiu uma expressão de seráfica tranquilidade. Depois suspirou de novo, balançou a cabeça e franziu a sobrancelha. "Em vez disso", pensava ela, raivosa, "em vez disso, Sig estragou tudo agindo com cinismo. Isso destruía o romance e a enfurecia. Porque, afinal, que sentido tinha a coisa feita dessa maneira?", concluiu Virgínia, ressentida. Que sentido, quer do ponto de vista dele, quer do dela?

A primeira camada de esmalte parecia estar seca. Inclinando-se sobre o pé, Virgínia soprou um pouquinho as unhas e estava começando a aplicar a segunda camada quando, de repente, por detrás dela, alguém abriu de mansinho a porta do quarto e, também de leve, tornou a fechá-la.

— Tio Jo? — disse ela, interrogativamente, com uma nota de surpresa na voz, mas sem tirar os olhos do trabalho.

Não houve resposta; apenas um som de passos que se aproximavam atravessando o quarto.

— Tio Jo? — repetiu ela, interrompendo dessa vez a pintura das unhas e voltando-se.

O doutor Obispo estava a seu lado.

— Sig! — Sua voz se abafou num murmúrio. — O que você está fazendo aqui?

O doutor Obispo deu o seu sorriso de admiração irônica — de, a um só tempo, intensa, divertida e zombeteira concupiscência.

— Pensei que você quisesse continuar sua lição de francês... — disse.

— Você está louco! — E olhou, apreensiva, na direção da porta. — Ele está aí do lado. Pode entrar de uma hora para outra...

O sorriso do doutor Obispo alargou-se num esgar.

— Não se preocupe com tio Jo — disse ele.

— Mas ele vai matá-lo você se te encontrar aqui!

— Ele não vai me encontrar aqui — respondeu o doutor Obispo. — Dei a ele uma cápsula de Nembutal antes de se deitar. Nem as trombetas do Juízo Final o acordarão...

— Você é terrível! — disse Virgínia, com ênfase; mas não pôde deixar de rir, em parte pelo alívio que sentiu, em parte porque era mesmo engraçado pensar em tio Jo roncando, no quarto contíguo, enquanto Sig lia aquela história para ela.

O doutor Obispo tirou do bolso o *Livro de orações*.

— Não quero interromper os seus labores... — disse, numa paródia de polidez cavalheiresca. — Uma mulher tem sempre o que fazer... Queira, pois, continuar, como se eu não estivesse aqui. Acharei um lugarzinho e iniciarei a leitura.

E, sorrindo-lhe com imperturbável impudência, sentou-se na beira do leito rococó e pôs-se a folhear o livrinho.

Virgínia chegou a abrir a boca para falar, mas logo, apoderando-se do pé esquerdo, tornou a fechá-la, solicitada por uma necessidade mais urgente que a de mostrar a Sig o seu lugar. O esmalte estava secando de forma desigual; os dedos ficariam horrorosos se ela não continuasse imediatamente o trabalho. Mergulhando, a toda pressa, o pincelzinho no vidro de esmalte, começou a pintar, com a atenção concentrada de um Van Eyck trabalhando nos detalhes microscópicos da *Adoração do cordeiro*.

O doutor Obispo levantou os olhos do livro:

— Admirei o modo como procedeu com Pete esta noite — disse. — Namorando-o durante todo o jantar, de modo a pôr o velho louco de ciúmes... Foi de mestre. Ou devo dizer de amante?

Virgínia soltou a língua para dizer, com ênfase:

— Pete é um bom rapaz!

— Mas estúpido... — qualificou o doutor Obispo, refestelando-se na cama, com elegância consciente e o ar irritante, insolente, como se estivesse em sua casa. — Se não fosse, não estaria apaixonado por você como está.

E, com um riso relinchado:

— O pobrezinho acha que você é um anjo. Um anjinho celeste, completo, com asas e harpa, dezoito quilates genuínos, virgindade, *made in Switzerland*. Bom, se isso não é estupidez...

— Espere! — disse Virgínia ameaçadoramente, mas sem levantar os olhos do trabalho, pois que chegara a uma fase crítica da execução de sua obra-prima.

O doutor Obispo não tomou conhecimento da observação.

— Eu costumava depreciar o valor de uma educação de humanidades — disse, após um pequeno silêncio. — A partir de agora, não cometerei mais esse erro.

E, num tom de profunda solenidade, como um Whittier haveria a ler uma das próprias obras, continuou:

— As lições da grande literatura! As profundas verdades! As joias da sabedoria!

— Oh! Cale a boca!

— Quando penso no quanto devo a Dante e a Goethe... — continuou o doutor Obispo, no mesmo estilo profético. — Considere o caso de Paolo lendo em voz alta para Francesca. Com resultados mais que compensadores, lembra-se? *"Noi leggevamo un giorno per diletto di Lancilotto, come amor lo strinse. Soli eravamo e senz'alcun sospetto." Senz'alcun sospetto* — repetiu, com ênfase, o doutor Obispo, olhando uma das gravuras de *Les cent-vingt jours de Sodome*. — Sem a menor suspeita, note-se, o que estava para acontecer...

— Inferno! — disse Virgínia, que dera outra pincelada em falso.

— Nem mesmo uma suspeita do inferno — insistiu o doutor Obispo. — Embora devessem, naturalmente, estar prevenidos. Deviam ter tido a prudência elementar de se precaverem contra a possibilidade de ser enviados para lá pelo acidente de uma morte súbita. Umas poucas precauções simples, e poderiam matar dois coelhos com uma cajadada. Poderiam distrair-se à vontade, na ausência do irmão, e, terminada a diversão, arrepender-se e morrer em odor de santidade. Mas devemos reconhecer que eles não desfrutavam a vantagem de ter lido o *Fausto* de Goethe. Ainda não sabiam que, aos parentes inconvenientes, se podem dar beberagens narcóticas. E, mesmo que soubessem, não poderiam ir à farmácia e comprar um vidro de Nembutal. O que mostra que a educação de humanidades não basta. Deve haver também educação científica. Dante e Goethe para ensinarem o que se deve fazer. E o professor de farmacologia para mostrar como se põe um velho otário em estado de coma, com uma pitada de barbiturato.

Virgínia acabara de pintar as unhas. Ainda segurando o pé esquerdo, para protegê-lo de contatos daníficos enquanto o esmalte não secasse, voltou-se para seu visitante:

— Não permito que o chame de "velho otário"! — disse, esquentada.

— Bom, deverei dizer "bastardo"? — sugeriu o doutor Obispo.

— Ele é melhor do que você será em toda a sua vida! — gritou Virgínia; e sua voz tinha o acento da sinceridade. — Ele é admirável!

— Ele é admirável... — repetiu o doutor Obispo. — O que não impede que, daqui a quinze minutos, esteja dormindo comigo.

Deu uma risada e, inclinando-se, pegou-lhe os dois braços por trás, pouco abaixo dos ombros. — Cuidado com as unhas! — disse, como Virgínia gritasse e tentasse desvencilhar-se dele.

O medo de estragar sua obra-prima a fez conter o movimento apenas esboçado. O doutor Obispo aproveitou essa hesitação para aproximar o rosto daquela nuca deliciosa, através da aura de acetona, até sentir o perfume de "Escândalo" e um contato morno e firme nos lábios, um roçar de cabelos sedosos nas faces. Com uma praga Virgínia desviou de forma furiosa a cabeça. Mas um frêmito delicioso percorria-a, como que em paralelo à sua indignação, incorporando-se a esta.

Dessa vez o doutor Obispo beijou-a atrás da orelha.

— Quer que eu lhe diga o que vou fazer com você? — murmurou ele.

Em resposta ela o chamou de macacão indecente; o que não impediu que o doutor o dissesse, minuciosamente.

Menos de quinze minutos tinham se passado quando Virgínia, abrindo os olhos, viu, no outro lado do quarto, agora escuro, Nossa Senhora sorrindo benignamente entre as flores da casa de boneca iluminada. Com um grito de terror a moça levantou-se e, sem mesmo vestir-se, correu ao oratório e fechou as cortinas. A luz apagou-se automaticamente. Virgínia estendeu os braços e procurou às apalpadelas, com cautela, o caminho da cama.

PARTE II

CAPÍTULO I

"Ainda desta vez não faltam notícias", escrevia Jeremy a sua mãe, três semanas mais tarde. "Notícias de toda espécie e de todos os séculos. Para começar, eis algumas sobre o segundo conde. Nos intervalos entre as batalhas perdidas a Carlos I, o segundo conde era poeta. Mau poeta, é claro (porque há sempre várias probabilidades de que determinado poeta seja mau poeta), mas que, de vez em quando, involuntariamente, produzia coisas encantadoras. Que acha a senhora, por exemplo, desta estrofe manuscrita que encontrei ontem:

É demais até mesmo a luz desta candeia!
O nosso amor exige um eclipse completo.
Que não haja visão; só o contato amoroso,
E, em vez da luz da vela, haja bocas e pernas...

"Bonito, não acha? Mas, ai!, é quase a única pepita extraída até agora do aluvião. Se ao menos o resto fosse silêncio! Mas é justamente este o defeito tanto dos bons quanto dos maus poetas. Não "fecham o bico", como dizemos aqui, no hemisfério ocidental. Que bom seria se o resto de Wordsworth, o resto de Coleridge, o resto de Shelley, fosse silêncio!

"Entrementes, o quinto conde ofereceu-me ontem uma surpresa, na forma de um livro cheio de observações diversas. Mal comecei a ler (porque não devo consagrar o tempo todo a um só Documento, enquanto não tiver desembrulhado e catalogado mais ou menos toda a coleção); mas os fragmentos que li são, decididamente, aperitivos. Na primeira página encontrei o seguinte: 'Lord Chesterfield escreve ao Filho que um Cavalheiro jamais se dirige a seu escudeiro, nem mesmo a um mendigo da rua, *d'un ton brusque*, mas admoesta o primeiro com frieza e despacha o segundo com humanidade'. Sua Excelência poderia ter acrescentado que existe uma arte que permite tornar essa frieza tão formidável quanto a cólera, e essa humanidade mais ferina que um insulto.

"Ademais, escudeiros e mendigos não são os únicos objetos sobre os quais se pode exercer essa arte. Sua Excelência foi bastante descortês, neste particular, para esquecer o sexo; pois existe também uma arte que permite ultrajar friamente uma mulher dedicada e abusar de sua pessoa, com toda a *bienséance* digna do mais consumado cavalheiro.

"Não começa mal! Procurarei manter a senhora ao corrente de todas as descobertas que subsequentemente fizer neste campo.

"Entretanto, as notícias contemporâneas são estranhas, confusas e bastante desagradáveis. Para começar, tio Jo tem andado constantemente carrancudo e mal-humorado nestes dias. Suspeito do monstro de olhos verdes; porque o monstro de olhos azuis (em outras palavras, miss Maunciple, a garota) vem, há algum tempo, lançando os seus na direção do jovem Pete. Se ela na realidade se atira mais do que com os olhos, ignoro; mas desconfio que sim; porque a vejo sempre com aquele ar de introversão e de cisma, aquela expressão remota de sonâmbula tantas vezes observada no semblante das jovens que praticam extenuantemente o amor. A senhora sabe a que expressão me refiro: esquisitamente espiritual e pré-rafaelita. Basta olhar para um rosto assim para se saber que Deus existe. A única particularidade dissonante, no caso presente, é o traje. Uma expressão pré-rafaelita exige roupas pré-rafaelitas: mangas compridas, cabeção quadrado, jardas e jardas de veludilho Liberty. E quando a vemos, como hoje a vi, combinada com um short branco, um lenço de seda da Índia e chapéu de vaqueiro, ficamos desnorteados, estarrecidos... Entretanto devo insistir, em defesa da honra da garota, que tudo isso é meramente hipotético, mera conjetura. É possível, naturalmente, que esta sua nova expressão espiritual não provenha da fadiga amorosa. Conquanto eu nada saiba, pode ser que a garota, convertida pelos ensinamentos do Objeto Propter, ande agora num estado de *samadhi*[1] permanente. Mas o fato é que seu olhar dirige-se amorosamente para Pete. E mais, tio Jo exibe todos os sintomas de suspeitar deles e anda furioso com todos os demais. Inclusive eu, é claro. Talvez mesmo mais comigo do que com os outros, porque li mais livros e sou, portanto, mais do que eles, um símbolo de cultura. E, naturalmente, cultura é coisa a que mr. Stoyte dedica um ódio de Tártaro. Difere dos Tártaros num único particular: em vez de querer queimar os monumentos de cultura, quer comprá-los. Exprime o quanto é superior ao talento e à educação não pela destruição, e sim pela posse; não assassinando os talentosos e educados, mas contratando-os e insultando-os (conquanto, se tivesse o poder e as oportunidades do Tártaro, talvez os matasse). Isso quer dizer que quando não estou na cama ou a salvo, no subterrâneo, com os Hauberk, passo a maior parte do meu tempo torcendo o nariz, resignando-me, pensado no 'Chico Boia' e no meu ótimo salário,

1 Êxtase dos hindus. Um estado superior de desapego e fleuma. [N.T.]

para não ter de pensar demais nos maus modos de tio Jo. Isso é assaz desagradável, mas, felizmente, não insuportável, e os Hauberk servem-me de consolo e compensação.

"Quanto aos *fronts* erótico e cultural, é só. No *front* científico, a grande novidade é estarmos todos perceptivelmente mais próximos de viver tanto quanto os crocodilos. No momento em que lhe escrevo, ainda não decidi se desejo realmente viver tanto quanto um crocodilo. [Ao escrever o segundo 'crocodilo', Jeremy sentiu-se possuído de súbita angústia. Em agosto sua mãe completaria setenta e sete anos. E, sob a máscara de urbanidade, sob o verniz rachado de sua admirável conversação, escondia-se um apego apaixonado à vida. Com toda a naturalidade ele falaria de sua extinção próxima, gracejaria sobre sua morte e seu funeral. Mas Jeremy bem sabia que, por detrás da conversa e dos gracejos, palpitava a firme resolução de apegar-se ferrenhamente ao que lhe restava, de continuar a fazer o que sempre fizera, mesmo nas garras da morte, num desafio à velhice. Essa história de crocodilos talvez a fizesse sofrer; poderia interpretar a manifestação de dúvida acerca do desejo de prolongar a vida como uma crítica pouco favorável. Tomando outra folha de papel, Jeremy recomeçou o parágrafo.]

"Quanto aos *fronts* erótico e cultural, é só", escreveu. "No *front* científico *rien de nouveau*, senão que Obispo está ficando mais petulante que nunca; mas isso não constitui novidade, porque ele sempre foi assim. Receio não ser ele um de meus tipos favoritos, apesar de bem divertido quando nos sentimos propensos a saborear alguns momentos de obscenidade. Parece que a longevidade está fazendo progressos. Old Parr e a condessa de Desmond estão a caminho.

"E quanto ao *front* religioso? Bom, o nosso Objeto Propter renunciou aos seus projetos de edificação, pelo menos no que se refere à minha pessoa. Graças a Deus, porque, quando ele se esquece da mania, é um excelente companheiro. Espírito cheio de toda sorte de extravagâncias — extravagâncias arrumadas metodicamente. Chego quase a invejar-lhe a coerência intelectual; mas me consolo pensando que, se a tivesse, arruinaria minha ocupação. Quando uma pessoa tem o dom de se equilibrar graciosamente de cabeça para baixo, é tola e ingrata se inveja um corredor de maratonas. Mais vale um gracioso artigo literário na mão do que, pelo menos, três *Críticas da razão pura* voando.

"Finalizo com um parágrafo sobre o *front* doméstico, referindo-me à última carta que a senhora me escreveu de Grasse. Que regalo! Sua descrição de Madame Villenomble é verdadeiramente proustiana. Quanto ao reconto de seu passeio a Cap d'Ail e do dia passado com o que resta da princesa e de *ce pauvre Hunyadi*, bem, só o que posso dizer é que o achei digno de Murasaki: a essência de toda tragédia reduzida a duas colheradas de chá cor de âmbar, numa xícara de porcelana não maior que uma magnólia. Que admirável lição de sobriedade literária! Minhas tendências (felizmente só no mundo das letras) são para certo exibicionismo. Sua prosa vestal me enche de vergonha.

"Bem, nada mais tenho a dizer, como costumava escrever no tempo de colégio, em letras muito grandes — a senhora se lembra? —, no esforço de fazer as palavras encherem meia folha de bloco. Nada mais tenho a dizer, exceto, naturalmente, o indizível, que deixo sem dizer porque a senhora já sabe."

Jeremy fechou a carta, endereçou-a para "As Araucárias" — pois, quando a carta cruzasse o Atlântico, sua mãe já teria voltado de Grasse — e meteu o envelope no bolso. Em redor, os Documentos Hauberk reclamavam a sua atenção, mas, durante algum tempo, ficou vadiando. Com os cotovelos fincados na mesa em atitude de prece, pôs-se meditativamente a coçar a cabeça com as duas mãos, no lugar onde duas feridinhas tinham criado casca, à raiz dos poucos cabelos que lhe restavam — cascas essas que era um prazer delicioso pegar com a ponta das unhas e arrancar cuidadosamente. Estava pensando em sua mãe e em como era curioso, no fim das contas, o fato de uma pessoa ter lido toda a literatura freudiana sobre o complexo de Édipo, todos os romances, de *Sons and lovers* para baixo, sobre os perigos da excessiva devoção filial e a ameaça do demasiado amor materno — de uma pessoa ter lido tudo e, no entanto, continuar a ser, em plena consciência, o que era: a vítima de uma mãe voraz e possessiva. E talvez mais curioso ainda fosse o fato de aquela mãe possessiva também ter lido toda a literatura importante sobre o assunto, estar perfeitamente cônscia do que era e do que fizera ao filho, e, no entanto, continuar a ser e fazer o que sempre fora e fizera, como ele, e não menos conscientemente. (Ah!, a casquinha da mão direita afrouxara! Jeremy extraiu-a por entre os bastos cabelos de sobre as orelhas e, quando olhou a pequenina placa de tecido ressequido, lembrou-se, subitamente, dos bugios. Mas, no fim das contas, por que não? Os prazeres mais certos e duradouros são os mais insignificantes, os mais simples, os mais rudimentarmente animais — o prazer de ficar imerso num banho quente, por exemplo, ou sob as cobertas, na sonolência da manhã, o prazer de satisfazer os apelos da natureza, o prazer de ser esfregado por um bom massagista e, finalmente, o prazer de coçar, coçar onde comicha. Por que ter vergonha? E lançando a casquinha na cesta de papéis, Jeremy continuou a catar-se com a mão esquerda).

“Não há nada como a gente conhecer-se”, refletiu ele. Saber por que fazemos uma coisa errada ou estúpida é ter uma desculpa para continuar a fazê-la. Justificação pela psicanálise, substituto moderno da justificação pela fé. Quem conhece as causas remotas que o fazem sadista ou ganancioso, adorador da mãe ou canibal dos filhos, está completamente justificado em continuar a ser canibal dos filhos, adorador da mãe, ganancioso ou sadista. Não era de admirar que gerações inteiras abençoassem o nome de Freud! Tal era a natureza das relações entre ele e a mãe. "Nós, as matriarcas, as sanguessugas", costumava dizer mrs. Pordage — e mais, na presença do prior. Quando não, era na corneta acústica de lady Fredegond que ela proclamava a sua inocência. "A velha Jocasta é como eu; tem um filho de meia-idade em casa", berrava. E Jeremy fazia o seu papel: atravessando a sala, vinha mugir naquele túmulo de conversa inteligente, que era a corneta acústica, algum gracejo insosso sobre o fato de ela ser uma solteirona, por exemplo, ou sobre o uso da erudição como substituto do bordado. Qualquer bobagem servia. E a velha megera soltava uma daquelas suas gargalhadas profundas, aquela gargalhada de gângster, e ficava balançando a cabeça até que as gaivotas empalhadas ou as petúnias artificiais, ou o que quer que houvesse no seu chapéu sempre extravagante, se agitassem como as plumas de um cavalo francês de coche fúnebre de primeira classe. "Sim, como era curioso!", repetiu ele; mas também, quão racional, considerando que ele e a mãe não queriam outra coisa senão continuar a ser justamente o que eram. Mrs. Pordage tinha razões para continuar a ser matriarca — e razões bastante claras: afinal, era divertido dispor de um súdito fiel. Menos claras, talvez, ainda que fosse para um observador estranho, seriam as razões de Jeremy para preferir o *status quo*. Mas, bem consideradas, eram razões bastante categóricas. Para começar, havia a afeição, pois que, sob aquela aparência de ironia e indiferença, amava-a profundamente. Depois, havia o hábito, hábito tão antigo que ela se lhe tornara quase um órgão do corpo, tão indispensável quanto o pâncreas ou o fígado. Além disso, era-lhe grato por uma ação que, na época em que fora feita, lhe parecera tão cruelmente injustificável. Aos trinta anos, Jeremy se apaixonara; quisera casar-se. Sem o menor escândalo, sem deixar de ser por um só momento terna e compreensiva para com ele e em todas as relações com a querida Eileen, mrs. Pordage pusera-se a minar a ligação existente entre os dois jovens; e tão eficientemente que, por fim, a ligação caíra por si, como uma casa solapada. Na ocasião, ele sentira-se desgraçado e, com uma parte de seu ser, odiara a mãe pelo que fizera. Mas, com o passar dos anos, sua amargura fora diminuindo, e agora, era-lhe positivamente grato por o ter livrado da responsabilidade de uma família, do trabalho regular e remunerado, de uma mulher que provavelmente se tornaria ainda mais tirânica que a mãe — sim, era certamente mais tirânica, porque a matrona obesa e diligente em que Eileen gradativamente havia se transformado era uma das mulheres mais desastrosas que conhecia: criatura apaixonadamente convencional, ciosa de sua obtusidade, eficiente como uma formiga, tiranicamente benévola. Em suma, um monstro. Não fosse a estratégia materna, ele agora estaria no lugar do infortunado mr. Welkin, marido de Eileen e pai de nada menos que quatro pequenos Welkin, tão terríveis na infância e na adolescência quanto Eileen aos cinquenta anos. Indubitavelmente mrs. Pordage dizia a verdade quando, por gracejo, se denominava "Velha Jocasta", uma matriarca sanguessuga; e também, indubitavelmente, o mano Tom tinha razão de chamá-lo Peter Pan — e de falar, com desprezo, em saias maternas. Mas, mesmo assim, era inegável que ele tivera a oportunidade de ler o que quisera e escrever os seus artiguinhos literários, e que sua mãe provia todos os aspectos práticos da vida, pedindo em troca uma devoção não muito penosa e deixando-o livre, uma sexta-feira sim, a outra não, para gozar os prazeres refinados da sordidez infinita no cubículo de Maida Vale. Enquanto isso, que acontecera ao pobre Tom? Segundo-secretário em Tóquio; primeiro-secretário em Oslo; consultor em La Paz; e agora a volta, mais ou menos desejável, ao Foreign Office, para galgar lentamente a hierarquia, na conquista de postos de mais responsabilidade e funções de crescente torpeza. E, à medida que subia o salário e a moralidade dos encargos correspondentemente descia, o constrangimento do coitado aumentava, até que, sobrevindo a invasão da Abissínia, não pôde suportar mais. Na iminência de se demitir ou de cair em prostração nervosa, arranjara, à última hora, de se converter ao catolicismo. Desde esse dia pudera embrulhar a parte de responsabilidade moral que lhe cabia na iniquidade geral, levá-la a Farm Street e lá deixá-la, conservada em cânfora, por assim dizer, nas mãos dos padres jesuítas. Admirável arranjo! Graças a ele, tornara-se um homem novo. Depois de catorze anos de esterilidade, a mulher dera à luz de repente a um filho concebido — calculara Jeremy — na mesma noite em que começara a guerra civil da Espanha. Mais tarde, dois dias após o saque de Nanquim, Tom publicara um volume de versos cômicos (curioso como tantos católicos ingleses davam para fazer versos cômicos...). Enquanto isso, engordara a olhos vistos. Cinco quilos, entre o Anschluss e Munique. Mais um ou dois anos de Farm Street e política internacional, e Tom atingiria os cem quilos e escreveria o libreto de uma comédia musicada. — Não! — disse Jeremy, resoluto. Não, não era admissível! Antes Peter Pan, saias maternas e sordidez infinita num cubículo. Mil vezes melhor! Melhor esteticamente — para começar — porque esta engorda às custas da *Realpolitik* e de escrever versos cômicos nas margens de uma gravura da Crucificação era, de fato, deselegantíssima. Mas não apenas esteticamente melhor. Melhor mesmo eticamente, porque o velho Objeto Propter, é claro, estava com a razão: quando não se tem certeza de poder fazer um bem positivo, deve-se pelo menos evitar ser prejudicial. E lá estava o pobre Tom trabalhando como um castor — e, desde que se fizera papista, alegre como um passarinho —, exatamente no local em que se podia causar o máximo de mal ao maior número possível de pessoas.

(A outra casca afrouxara. Com um suspiro, Jeremy reclinou-se na cadeira.)

Curiosa existência a sua! Catava-se como um bugio; vivia, cinquenta e quatro anos, no remanso da sombra materna; tinha uma vida sexual a um tempo infantil e corrupta; nem com o maior esforço de imaginação podia chamar de útil ou importante sua ocupação. Mas quando comparava sua existência com a dos outros, com a de Tom, por exemplo, ou mesmo com a dos eminentes e augustos, com a dos ministros da Coroa, magnatas do aço, bispos e romancistas famosos... hum! Não se saía mal na comparação... Perante o critério negativo da inofensividade, saía-se até muito bem. De modo que, tudo considerado, não tinha a menor razão para procurar modificar o que quer que fosse. E quando assim decidiu, já era tempo de voltar aos Hauberk.

CAPÍTULO II

Naquela manhã Virgínia dormiu até quase dez horas e, depois do banho e do café, ainda passou uma hora e tanto na cama, de olhos fechados, recostada imóvel nos travesseiros empilhados, como uma bela e jovem convalescente que acabasse de emergir do vale das sombras.

O vale das sombras da morte; das grandes mortes e de todas as pequeninas mortes. A morte é o caminho da transfiguração. O que quiser salvar a vida deve perdê-la. Homens e mulheres vivem tentando perder a vida — a vida corrupta, inútil, sem razão de ser, de suas personalidades vulgares. Sempre tentando livrar-se delas por mil e um processos diversos. Pelo frenesi do jogo e do proselitismo religioso; pelas monomanias da avareza e da perversão, das pesquisas científicas, do sectarismo e da ambição; pelas alucinações compensatórias do álcool, da leitura, do devaneio, da morfina; pelos delírios do ópio, do cinema e do ritual; pelas selváticas epilepsias do entusiasmo político e do prazer erótico; pelos estupores do veronal e da exaustação. Escapar, esquecer a velha e fastidiosa identidade; converter-se em outrem, ou melhor, em outra *coisa*, em um mero corpo estranhamente entorpecido ou mais sensitivo que de ordinário; quando não, um mero estado de espírito impessoal, um modo de consciência desindividualizada.

Que felicidade! Que alívio divino! Mesmo para os que ainda não tinham percebido haver, em sua condição, algo que precisasse de alívio. Virgínia fora uma dessas pessoas felizes na ignorância, não suficientemente cônscia de seu "ego" pessoal para sentir a hediondez, a inajustabilidade ou a miséria fundamental da condição humana. Entretanto, quando o doutor Obispo lhe proporcionara de modo científico a fuga para uma epilepsia erótica, mais excruciantemente intensa do que qualquer outra sensação conhecida ou imaginada, Virgínia percebeu haver, no fim das contas, algo em sua existência que precisava de alívio, e que esse mergulho de cabeça através de uma consciência mais intensa e completamente estranha na treva do esquecimento total era justo o alívio necessitado.

Mas, como todos os outros vícios — sejam eles o dos livros, o dos entorpecentes, o do aplauso ou o do poder —, o vício do prazer tende a agravar a própria condição que, temporariamente, alivia. O viciado desce ao vale das sombras na sua mortezinha particular, desce infatigável e desesperadamente, à procura de algo diferente de si mesmo, algo diverso e melhor que a vida que vive miseravelmente, na condição de pessoa humana, no mundo hediondo das pessoas humanas. Desce e, ou com violência ou em deliciosa inércia, morre e se transfigura; mas morre só por algum tempo, só se transfigura por um momento. Depois da pequena morte, dá-se a pequena ressurreição; ressurge-se da inconsciência, da excitação autoaniquiladora, para a mísera consciência da solidão, da fraqueza, da indignidade, para uma separação mais completa, um senso mais agudo da personalidade. E, quanto mais aguda a sensação da personalidade separada, mais urgente a necessidade de uma nova experiência paliativa de morte e transfiguração. O vício alivia, mas, aliviando, aumenta as dores que necessitam de alívio.

Recostada nos travesseiros, Virgínia sofria a ressurreição matinal do vale das sombras de sua morte noturna. O que epileticamente tinha sido outrem voltava a ser o seu próprio ego, um ego ainda um tanto entorpecido, é verdade, ainda perplexo de fadiga, ainda assombrado com a lembrança de cenas estranhas e sensações todo-poderosas, mas nem por isso menos reconhecivelmente a velha Virgínia, a Virgínia que admirava tio Jo pelo seu sucesso e lhe era grata por ter-lhe feito a existência tão agradável; a Virgínia sempre disposta a rir, que sempre achara a vida formidável e nunca se preocupara com coisa alguma; a Virgínia que pedira a tio Jo para construir a gruta e gostava de Nossa Senhora desde a infância.

E agora essa Virgínia estava enganando o pobre, o admirado tio Jo — não apenas tapeando-o por brincadeira, o que podia acontecer a qualquer uma, mas enganando-o deliberada e sistematicamente. E não só a ele; também estava enganando Pete — coitadinho! Conversando tanto com ele, dando-lhe tanta confiança (ao menos tanta quanta podia naquelas circunstâncias), praticamente namorando-o em público, para que tio Jo não desconfiasse de Sig. Não que não desejasse, de algum modo, que tio Jo suspeitasse dele. Gostaria de vê-lo esparramado no chão, com um bom soco no queixo, e posto no olho da rua. Se gostaria! Entretanto, fazia tudo que podia para desviar as suspeitas dele, para protegê-lo, fazendo com que aquele pobre pateta a imaginasse apaixonada por ele. Uma falsa, eis o que ela era! Uma falsa! A consciência dessa falsidade acabrunhava-a, enchia-a de vergonha e remorso, impedia-a de rir de qualquer bobagem, como de costume; obrigava-a a pensar no que fazia, a confranger-se, a prometer a si mesma nunca mais fazê-lo, enquanto não pudesse evitar de fazer novamente, enquanto isso a fizesse sentir ódio de si mesma e de Sig, não apenas por fazer, mas, sobretudo, por dizer-lhe, naquela maneira horrível, desavergonhada, cínica, como fazia e por que motivo ele não podia resistir. E uma das razões que a levavam a repetir é que isso interrompia o seu remorso por ter feito na última vez. Mas, logo depois, o remorso voltava. Tão forte que tinha vergonha de encarar Nossa Senhora. Há mais de uma semana não se abriam as cortinas de veludo branco que guarneciam a sagrada casa de boneca. Não ousava abri-las porque sabia que, se abrisse e se fizesse uma promessa, ali de joelhos, a Nossa Senhora, a promessa não valeria nada. Quando aquele horroroso Sig voltasse, sentiria a mesma estranha sensação por dentro, como se os ossos estivessem se transformando em borracha, perderia todas as forças, e, antes que soubesse o que estava fazendo — pronto! — a coisa se repetiria... E seria, então, muito pior que nas outras vezes, por causa da promessa a Nossa Senhora. De modo que o melhor era não fazer promessa alguma. Pelo menos por ora, enquanto não houvesse probabilidade de cumpri-la. Porque não poderia continuar sempre assim; recusava-se a crer que nunca deixaria de sentir aquela odiosa sensação de borracha nos ossos. Algum dia se sentiria bastante forte para mandar Sig às favas. Então, faria a promessa. Por enquanto, era melhor não fazê-la.

Virgínia abriu os olhos e contemplou nostalgicamente o nicho, entre a janela e as cortinas brancas cerradas que ocultavam aquele tesouro, a coroazinha tão perfeita, as pequeninas pérolas, o manto de seda azul, o rosto benévolo, as mãozinhas adoráveis... Depois deu um suspiro profundo e, tornando a fechar os olhos, tentou, com um simulacro de sono, recapturar aquele esquecimento feliz de que a luz da manhã a forçara, malgrado seu, a emergir.

CAPÍTULO III

Mr. Stoyte passara a manhã no Panteão Beverly; mui relutantemente, pois tinha horror a cemitérios, inclusive ao seu. Mas as exigências do bolso eram sagradas; o negócio, uma obrigação a que deviam sacrificar-se todas as considerações meramente pessoais. Além disso, o Panteão Beverly não era um negócio qualquer: era a melhor especulação com terrenos que se fazia no país. A propriedade, adquirida durante a guerra à razão de quinhentos dólares o acre, e que com os melhoramentos introduzidos (estradas, Pequeno Taj, columbários e estátuas) passara a valer uns dez mil dólares, estava sendo vendida, agora como campo-santo, ao preço de cento e sessenta mil dólares o acre, e vendida tão rapidamente que o capital empregado já se amortizara, de maneira que a partir daqui todo dinheiro que entrasse seria puro lucro. E naturalmente, com o aumento da população de Los Angeles, o lucro ia se tornar ainda mais copioso. E a população estava aumentando cerca de dez por cento ao ano — sendo as maiores contribuições compostas de velhos aposentados, provenientes de outros estados da União, justamente os que trariam o maior lucro imediato para o Panteão. De modo que, quando Charlie Habakkuk o chamara com urgência para discutir os últimos projetos de melhoramentos e ampliações do cemitério, mr. Stoyte achara moralmente impossível recusar.

Reprimindo suas antipatias, cumprira o seu dever. Os dois homens passaram a manhã sentados de charuto à boca no escritório de Charlie, último andar da Torre da Ressureição; e Charlie não se cansara de gesticular, de pôr fumaça pelas ventas, de falar, falar... Santo Deus, como ele falara! Parecia um desses homens de barrete vermelho que tentam convencer o freguês a comprar um tapete oriental; e de fato — refletiu, implicante, mr. Stoyte —, Charlie parecia um deles. Apenas era mais bem alimentado que esses vendedores de tapetes e, portanto, mais gordo.

— Pare com essa conversa fiada! — rosnou. — Parece que você esqueceu que sou eu o dono disto aqui!

Charlie olhou-o com uma expressão de dolorosa surpresa. Conversa fiada? Aquilo não era conversa fiada! Estava falando de coisas reais, de coisas das mais sérias! O Panteão era seu filho. Para todos os efeitos, fora ele quem o inventou. Ele quem tinha idealizado o Pequeno Taj e a Igreja do Bardo! Ele quem, por iniciativa própria, comprara aquele lote de estátuas num saldo em Gênova. Ele quem primeiro tinha formulado claramente a política de injetar *sex appeal* na morte. Ele que resolutamente resistira a todas as tentativas de introduzir no cemitério qualquer representação de pesar ou velhice, qualquer símbolo de mortalidade, qualquer imagem dos sofrimentos de Jesus. Tivera de lutar por suas ideias. Tivera de ouvir um montão de críticas. Mas os resultados tinham lhe dado razão. Agora, imediatamente mostrariam os livros de contabilidade a qualquer um que reclamasse da falta de crucifixos. E vinha agora mr. Stoyte, com sarcasmo, falar de conversa fiada! Conversa fiada, quando a freguesia do Panteão era tão grande que muito em breve as acomodações seriam insuficientes! Sim, muito em breve o Panteão teria de ser ampliado! Mais espaço, mais edifícios, mais conforto! Sempre maior, sempre melhor! Progresso! Serviço!

No alto da Torre da Ressurreição Charlie Habakkuk desvendou os seus planos. A nova extensão incluiria um Recanto do Poeta, aberto a todo escritor autêntico — conquanto se tivesse possivelmente de excluir da lista os redatores publicitários, o que era pena, porque uma porção deles ganhava dinheiro a rodo e facilmente seriam persuadidos a pagar muito bem pelo prestígio de serem enterrados junto a escritores de cinema. Mas, assim, sairia pior a emenda que o soneto, porque os roteiristas achariam insuficientemente privativo o Recanto do Poeta se se deixasse entrar o pessoal da propaganda. E, considerando que o pessoal de Hollywood ganhava muito mais que os outros — concluiu Charlie —, era melhor ceder... Sim, era melhor ceder. Naturalmente, o Recanto do Poeta teria uma reprodução da abadia de Westminster. A pequena Westminster. Belo nome! E como, de qualquer maneira, teriam de comprar mais uns dois fornos crematórios, bem podiam ser instalados ali no Dean Yard. E também uma nova vitrola automática na cripta, para que a música fosse mais variada. Não que o público deixasse de apreciar o Wurlitzer Perpétuo... Apreciava, mas acabaria entediado... De modo que ele imaginara um serviço de discos — coros cantando hinos ou coisa semelhante, e mesmo, uma vez ou outra para variar, um pregador fazendo sermões inspirados, de modo que o público pudesse, sentado no Jardim da Contemplação, ouvir durante alguns minutos o Wurlitzer, depois o coro cantando "Abide with me", a seguir uma bela voz à Barrymore declamando algo como o discurso de Gettysburg ou o "Ri, e o mundo rirá contigo", ou mesmo algum trechinho suculento de mrs. Eddy ou de Ralph Waldo Trine — qualquer coisa, desde que fosse edificante. Ah! E as catacumbas! A melhor de suas ideias! Levando mr. Stoyte à janela sudoeste, Charlie apontara, além de um vale intermediário de túmulos, ciprestes e reproduções reduzidas de falsos monumentos antigos, para o local em que o solo tornava a se elevar, até alcançar um serrilhado distante. — Ali! — gritara ele, entusiasmado. — Ali, naquela protuberância do meio, seria aberto o túnel. Centenas de jardas de catacumbas! Paredes de concreto reforçado, à prova de terremotos! As únicas catacumbas de primeira classe do mundo! E pequenas capelas, como as de Roma. E uma porção de murais malfeitos, para darem a ideia de antiguidade. Qualquer daqueles ornamentadores da WPA os faria por uma bagatela. Não que esses tipos soubessem pintar, é claro; mas, enfim, serviam, visto que de qualquer maneira os murais tinham de dar uma ideia de antiguidade. Não haveria iluminação, e sim velas e lanterninhas que o público levaria consigo. Luz elétrica, só bem no fim daqueles labirintos e escadas, na enorme igreja subterrânea onde se poria uma daquelas imensas estátuas nuas da feira de São Francisco, estátuas que eles se dariam por felizes se vendessem por mil dólares, ou até por menos, quando a feira fechasse. Um daqueles nus futuristas, cheios de músculos, e ficariam bem no meio, cercado de fontes jorrando água colorida por luzes róseas, para que parecesse bem real. Os turistas viajariam, de bom grado, milhares de quilômetros para vê-la, porque nada havia que o público mais apreciasse do que cavernas. Veja as de Carlsbad, por exemplo, ou aquelas outras da Virgínia. E note-se que essas eram apenas cavernas naturais, sem murais nem coisa alguma, enquanto as do Panteão seriam catacumbas, sim senhor, catacumbas de verdade, como as habitadas pelos mártires católicos. Sim! Aquilo lhe dava outra ideia! Mártires! Por que não uma Capela dos Mártires, com um belo grupo de gesso representando virgens nuas, prestes a serem devoradas por um leão? O público não gostava de crucifixos, mas isso o emocionaria.

Mr. Stoyte o ouvira com repugnância e fastio. Abominava o Panteão e tudo o que lhe dizia respeito. Abominava-o porque, apesar das estátuas e do Wurlitzer, ele só lhe falava de doença, morte, decomposição e Juízo Final; porque ali, no Panteão, é que ele seria enterrado, aos pés do pedestal do *O beijo* de Rodin (certa vez um subgerente apontara-lhe, inadvertidamente, o local, e ato contínuo fora despedido; mas não se podia despedir a lembrança de sua afronta). De modo que o entusiasmo de Charlie por catacumbas e pequenas Westminster, longe de induzir calor correspondente, só provocou grunhidos ocasionais e um "OK" final e rancoroso, que aprovava tudo, menos a Capela dos Mártires. Não que a Capela dos Mártires lhe parecesse má ideia; pelo contrário, estava certo de que o público a apreciaria muito. Rejeitava-a apenas por princípio — para que Charlie Habakkuk não pensasse que tinha sempre razão.

— Mande fazer planos e orçamento para tudo mais — ordenou ele, num tom tão áspero que era como se estivesse censurando o pobre Charlie. — Mas nada de mártires! Não quero saber de mártires!

Quase chorando, Charlie pleiteou apenas um leão, ao menos uma virgenzinha cristã de mãos atadas às costas — porque o público gostava tanto de tudo em que havia cordas e algemas! É claro que duas ou três virgens seria muito melhor, mas ele se contentava com uma.

— Uma só, mr. Stoyte! — implorou, torcendo eloquentemente as mãos. — Uma só!

Obstinadamente cego a todos esses rogos, mr. Soyte balançou a cabeça:

— Não quero saber de mártires por aqui. É a minha última palavra!

E, para mostrar que realmente tinha sido sua última palavra, lançou fora a ponta do charuto e levantou-se para ir embora.

Cinco minutos mais tarde, Charlie Habakkuk desabafava com a secretária. Como os homens eram ingratos! Como eram estúpidos! Tinha ímpetos de pedir demissão, só para mostrar àquele velho imbecil o quanto ele era imprescindível. Não poderia passar sem ele cinco minutos sequer. Quem transformara o lugar no que ele era: o melhor cemitério do mundo, o único? Absolutamente o melhor? Quem? (E Charlie bateu no peito.) E para quem fora todo o dinheiro? Para Jo Stoyte. E que fizera Jo para transformar o lugar num sucesso? Absolutamente nada! Era o suficiente para lhe dar ímpetos de virar comunista... E o animal do velho não era grato. Não! Nem sequer decentemente polido. Tratava-o como se ele fosse um moleque de rua... Só uma coisa o consolava: o velho Jo não estava lá com muito boa aparência esta manhã. Talvez não estivesse longe o dia em que teriam o prazer de enterrá-lo. Lá embaixo, no vestíbulo do Columbário, a oito pés de profundidade. Bem feito!

Não era só na aparência que Jo não estava bem. Refestelado no assento traseiro do automóvel, a caminho de Beverly Hills onde ia encontrar Clancy, mr. Stoyte vinha pensando o que tantas vezes pensara naquelas duas últimas semanas: que não estava se sentindo muito bem. Levantava-se, pela manhã, com o corpo mole, pesado, o espírito não tão claro quanto de costume. Obispo atribuía este mal-estar à gripe incubada e fazia-o tomar, todas as noites, aquelas pílulas. Mas as pílulas não adiantavam grande coisa. Jo continuava a sentir os mesmos sintomas. Porque a verdadeira causa de sua doença era Virgínia. A garota andava esquisita, sempre com aquele ar ausente, sempre calada, sem prestar atenção a coisa alguma, assustando-se quando ele lhe falava e perguntando o que tinha dito. Sempre com o ar abstrato daquela moça dos anúncios do Sal Hepática e do Xarope de Figos da Califórnia. E ele atribuiria ao fígado essa nostalgia, não fosse o modo estranho de ela se portar com Pete Boone. À mesa, só conversava com ele; vivia convidando-o a tomar banho na piscina, pedindo-lhe para dar uma olhadela ao microscópio. "Mas que interesse podia ela ter em olhar num microscópio?", perguntava desesperado a si mesmo mr. Stoyte. Não, a verdade é que a garota estava oferecendo-se ao rapaz. Ao menos era o que, superficialmente, parecia. Aqueles modos de reclame de Xarope de Figos (os mesmo modos daquela gente nas reuniões de quacres a que Prudence o obrigava a ir, antes de se tornar adepta da *christian science*) eram significativos... Diria que Virgínia estava apaixonada pelo rapaz. Mas por que teria se apaixonado, assim, sem mais nem menos, tão de repente? Pois a verdade é que, até então, jamais dera mostras de estar interessada pelo rapaz. Sempre o tratara como se trata um cachorro — amigavelmente e tudo mais, mas sem o levar muito a sério; apenas um tapinha na cabeça e quando o animal agitava a cauda já estava pensando em outra coisa. Não, decididamente não podia compreender, nem sequer conceber! Parecia que ela estava interessada pelo rapaz; mas, ao mesmo tempo, parecia nem reparar se ele era um homem ou um cachorro. Porque era assim que ela se portava agora. Dava-lhe muita atenção, mas como se dá atenção a um belo perdigueiro. Isso, justamente, é que o desnorteava. Se ela se interessasse por Pete da maneira ordinária, ele ficaria danado, faria um escândalo e expulsaria o rapaz de casa. Mas não podia fazer escândalo com um cachorro, nem brigar com uma moça só por dizer a um perdigueiro que gostaria de dar uma olhadela no seu microscópio... Não podia, por mais que o quisesse; porque, nesse caso, a fúria não tinha razão de ser. Só podia mesmo preocupar-se, procurar compreender o que se passava, sem conseguir. Naquilo tudo só podia ver claramente uma coisa: a garota significava muito mais para ele do que pensava; mais do que julgava possível que alguém pudesse significar. A princípio desejara-a apenas; desejara tocá-la, segurá-la, manejá-la, devorá-la... Desejara-a porque ela era morna e cheirosa;

porque era jovem, e ele, velho; porque era inocente, e ele, cansado demais para excitar-se com outra coisa que não a inocência. Assim fora, a princípio; mas, quase imediatamente, algo de novo acontecera. Aquela juventude, aquela inocência, aquela doçura, não eram apenas excitantes. Virgínia era tão espertinha, tão amorosa e pueril que ele tinha ímpetos de chorar, ao mesmo tempo que de segurá-la, manejá-la, devorá-la. Ela lhe fazia sentir as coisas mais singulares, aquele bem-estar que a gente sente depois de umas doses de uísque e também, simultaneamente, aquele bem-estar que se experimenta quando se vai à igreja, ouve William Jennings Bryan, faz a felicidade de um pobrezinho dando-lhe uma boneca ou coisa que o valha. E Virgínia não era filha de qualquer um, como aquelas crianças do hospital; era *sua* filha. Prudence não pudera ter filhos; naquela época, isso o entristecera. Mas agora o alegrava. Porque, se tivesse tido um batalhão de filhos, estariam agora ocupando o lugar da garota. E Virgínia significava mais para ele que qualquer filha. Porque, mesmo se ela fosse apenas uma filha, o que não se dava, era provavelmente muito mais bonita do que seria sua filha de carne e osso, considerando que, afinal, os Stoyte eram todos gente de cara amarrada e Prudence um tanto estúpida, apesar de muito boa pessoa — o que sem dúvida tinha sido, talvez mesmo boa demais. Enquanto que na garota tudo ficava bem, tudo era perfeito. Era mais feliz desde que a conhecera do que tinha sido anos antes. Com ela junto a si, as coisas voltavam a parecer dignas de serem feitas. Não precisava ir pela vida a perguntar: por quê? A razão para tudo estava lá, na sua frente, ora com aquele bonezinho arrogante de iatista, ora de vestido de baile, coberta de esmeraldas e joias, pronta a comparecer a alguma festa com o pessoal do cinema.

Mas agora alguma coisa tinha acontecido. Arrebatavam-lhe a razão de continuar. A garota mudara, sumia de entre suas mãos, partira para longe. Mas, para onde? Por quê? Por que desejaria abandoná-lo? Deixá-lo só, absolutamente só — ele, que era velho e que tinha uma lousa branca à sua espera no vestíbulo com Columbário...

— Que é que há, garota? — perguntara ele, tantas, tantas vezes, com angústia no coração, demasiadamente desolado para encolerizar-se, demasiadamente receoso de que o abandonassem para pensar na sua dignidade, nos seus direitos, em outra coisa que não o desejo de conservá-la a todo custo. — Que é que há, garota?

E tudo que ela fazia era olhá-lo, como se o olhasse a um milhão de quilômetros de distância, olhá-lo assim e dizer: nada; sentia-se perfeitamente bem; nada a preocupava; não, ele nada podia fazer porque já lhe dera tudo e ela era perfeitamente feliz...

E se mencionava Pete (como que por acaso, para que a garota não pensasse que ele suspeitava de alguma coisa), ela nem pestanejava. Sim, gostava de Pete; era um bom rapaz, cândido, simplório; isso a fazia rir, e ela gostava de rir.

— Mas, garota, você está diferente — dizia ele, tão triste que tinha de fazer força para que não lhe tremesse a voz. — Você já não age como antes...

E ela só respondia que era engraçado, porque sentia o mesmo.

— Você não gosta mais de mim... — insistia ele.

E ela dizia que gostava. E ele dizia que não. E ela dizia que não era verdade. Pois que motivos tinha tio Jo para dizer que ela não gostava mais dele? E é claro que tinha razão: não havia motivos palpáveis. Ele não poderia dizer, com a mão no coração, que ela o tratava com menos afeto, que não o deixava beijá-la, ou coisa que o valha. Virgínia estava diferente, mas não se podia dizer em quê. Em algo na sua maneira de olhar, de mover-se e de ficar parada; algo que ele só conseguia explicar dizendo que era como se ela não estivesse de fato no lugar em que se supunha vê-la, mas em outro lugar; em algum lugar em que não se podia tocá-la, falar com ela ou mesmo vê--la de verdade. Era assim. Mas toda vez que tentava explicar-lhe, ela ria dele, dizia que ele devia ter tido uma dessas intuições femininas de que falavam os livros, apenas as suas eram completamente falsas.

E, deste modo, ele voltava ao ponto de partida, procurando explicar sem conseguir, preocupando-se a ponto de ficar doente. Pois quando deixava de sentir o corpo mole e pesado, como acontecia agora todas as manhãs, ficava tão preocupado com a garota que começava a descompor os criados, a tratar mal o diabo daquele inglês e a enfurecer-se com o doutor Obispo. Depois começou a digerir mal o que comia. Andava com azia e constrição no peito. Uma vez sentira tamanha dor que julgava ser apendicite. Mas Obispo dissera que eram apenas gases, devido à gripe incubada. Ele ficara danado e dissera ao sujeito que, se não podia curar uma coisinha daquelas, era um charlatão. O que sem dúvida infundira temor de Deus em Obispo, porque ele respondera: "Dê-me mais dois ou três dias. É só de que preciso para completar o tratamento". E acrescentara que a gripe incubada era uma coisa interessante: não parecia nada, mas intoxicava todo o organismo, impedia o doente até de pensar direito, e fazia-o imaginar coisas que não existiam e preocupar-se com elas.

Talvez fosse verdade de um modo geral; mas, no seu caso, ele sabia que não era tudo imaginação. A garota estava mesmo diferente; ele tinha razão de se preocupar.

Imerso nessa melancolia perplexa e agitada, mr. Stoyte desceu a estrada sinuosa de Beverly Hills e rumou para leste (pois Clancy morava em Hollywood), pelo Boulevard Santa Mônica. Num telefonema matinal, Clancy representara uma de suas cenas de conspirador melodramático. Da chusma de indiretas, alusões obscuras e nomes estropiados, mr. Stoyte depreendera que as notícias eram boas. Evidentemente Clancy e seus rapazes tinham conseguido comprar a maior parte das melhores terras do Vale de San Fernando. Em outra ocasião, mr. Stoyte teria exultado com seu triunfo; mas, hoje, nem mesmo a perspectiva de ganhar, sem fazer força, um ou dois milhões de dólares lhe dava qualquer prazer. No mundo que as circunstâncias o forçavam a habitar, os milhões nada valiam. Pois que podiam eles fazer para aliviar suas tristezas? As tristezas de um pobre velho esgotado, um homem que não tinha outro objetivo na vida a não ser ele mesmo, nenhuma filosofia, nenhum conhecimento senão dos seus interesses, nenhuma simpatia, nem mesmo amigos — só uma filha-amante, uma garota-concubina freneticamente desejada, querida com um amor que chegava à idolatria. E agora esse ser, a quem confiava a missão de imprimir um sentido à sua existência, ameaçava faltar-lhe. Começara a duvidar de sua fidelidade — mas isso sem razões tangíveis e de um modo a que nenhuma das reações comuns, a raiva, a violência, as recriminações, era apropriada. Fugia-lhe o sentido da vida, e ele nada podia fazer, pois não sabia como encarar a situação e vivia desesperadamente perplexo. E sempre, no fundo de seu espírito, flutuava a imagem daquele vestíbulo circular de mármore, com a representação de *O beijo* de Rodin no centro e aquela lousa branca no chão, junto à base, a lousa que algum dia teria o seu nome gravado: Joseph Panton Stoyte, e as datas do nascimento e da morte. E ao lado dela outra inscrição, em letras alaranjadas sobre um fundo negro como o carvão: "É uma coisa terrível cair nas mãos do Deus vivo!". E, no meio disso tudo, lá estava Clancy, conspiratorialmente anunciando vitória. Boas novas! Boas novas! Daqui a um ou dois anos, ele estaria um milhão de dólares mais rico. Mas os milhões estavam em um mundo, e o velho infeliz e amedrontado em outro. E não havia comunicação entre eles.

CAPÍTULO IV

Jeremy passou cerca de duas horas trabalhando, desempacotando, examinando, catalogando provisoriamente, arquivando. Mas nada encontrou de interessante naquela manhã — apenas contas, documentos legais e cartas comerciais. Bobagens para Coulton, Tawney e os Hammonds. Não era disso que gostava.

Meia hora depois de meio-dia, incapaz de resistir por mais tempo ao peso do tédio, parou e, em busca de um pequeno refrigério espiritual, pôs-se a ler o livro de notas do quinto conde, encadernado em velino.

"Julho, 1780", leu ele. "A Sensualidade é aliada íntima da Tristeza, e acontece às vezes que, devido à própria sinceridade do Pesar, a Viúva lacrimosa traída pelos próprios sentimentos vê-se incapaz de resistir às instâncias do Convidado ao funeral, que conhece a Arte de passar, imperceptivelmente, da Condolência à Familiaridade. Eu mesmo já corneei postumamente um Duque e dois Viscondes (sendo que um deles na noite passada), nos próprios Leitos de que, há poucas horas, tinham saído, entre pompas, para o sepulcro ancestral."

Sua mãe haveria de gostar disto, refletiu Jeremy. Ela adorava as coisas desse gênero. Se não fosse tão horrivelmente caro, transmitiria a ela por telegrama, à guisa de correspondência de última hora.

Voltou ao livro de notas.

"Como uma das Paróquias de meu Condado vagasse inesperadamente, minha Irmã enviou-me hoje um jovem Teólogo, que ela muito elogia — e eu lhe dou crédito — por sua Virtude singular. Mas não quero Párocos por aqui, a não ser desses que sabem beber, caçar e acariciar as Esposas e filhas de seus paroquianos. Um Pároco virtuoso nada faz para experimentar ou exercitar a Fé do seu Rebanho; entretanto, como observei a minha Irmã, é pela Fé que chegamos à salvação."

A seguinte nota no diário tinha a data de março de 1784.

"Nos velhos Túmulos recém-abertos, uma espécie de gosma viscosa pende do teto e forra as paredes. É a condensação da putrescência."

"Janeiro, 1786. Meia dúzia de *pensées* em meia dúzia de anos. Neste passo, se eu quiser encher um volume, terei de sobreviver aos patriarcas. Lastimo a minha preguiça, mas me consolo pensando que meus semelhantes são por demais desprezíveis para que eu perca o meu tempo instruindo-os ou entretendo-os."

Jeremy passou os olhos por alto sobre três páginas de reflexões políticas e econômicas. Sob a data de 12 de março de 1787, encontrou uma nota mais interessante.

"A Morte é quase o menos espiritual de nossos atos, ainda mais estritamente carnal que o próprio ato do amor. Há Agonias que muito se assemelham às convulsões de uma vítima da Prisão de Ventre em seus aposentos. Hoje vi M. B. morrer."

"Janeiro, 11, 1788. Neste dia, cinquenta anos passados, nasci. Da solidão do Ventre passamos à solidão entre nossos Semelhantes e voltamos à solidão do Túmulo. Passamos a vida tentando mitigar esta solidão. Mas propinquidade nunca é fusão. A mais populosa das Cidades não passa de um aglomerado de Ermos, e trocamos

Palavras de prisão para prisão, e sem poder esperar que elas signifiquem para os outros o que significam para nós. Casamo-nos; a casa passa a albergar duas solidões em vez de uma. E quando temos filhos, passa a abrigar muitas solidões. Reiteramos o ato do amor; mas, repito, propinquidade não é fusão. O mais íntimo dos contatos é apenas um contato de Superfícies, e acasalamo-nos como vi os Prisioneiros condenados se acasalarem, em Newgate, com as Prostitutas, por entre as grades da prisão. Não se pode experimentá-lo ou infligi-lo, e quando dispensamos Prazer a nossas Amantes ou prodigamos Caridade aos Necessitados, o fazemos não para gratificar o objeto de nossa Benevolência, mas para gratificar a nós mesmos. Porque a Verdade é que somos bons pela mesma razão que somos cruéis: para exaltar o sentimento de nosso Poder; é o que estamos sempre procurando fazer, embora isso nos faça sentir mais solitários que nunca. A Realidade da Solidão é a mesma para todos os homens, e nada há que a mitigue, exceto o Esquecimento, a Estupidez ou a Ilusão; mas o sentimento de Solidão de um homem é proporcional ao sentimento e à realidade de seu Poder. Em um dado conjunto de circunstâncias, de quanto mais Poder dispomos, tanto mais intensamente sentimos nossa solidão. Em minha vida, dispus de muito Poder."

"Junho, 1788. O Capitão Pavey veio hoje apresentar-me os seus respeitos. É um homem gordo, baixo, jovial, e nem mesmo o terror que lhe inspiro pode conter explosões do Bom Humor vulgar que lhe é congênito. Fiz-lhe perguntas sobre a última Viagem e ele me descreveu com minúcias o modo de se disporem os Escravos nos porões; as cadeias usadas para acorrentá-los; sua alimentação, e, quando faz bom tempo, o exercício no convés, embora sempre com Redes nas amuradas, para impedir que os mais desesperados se lancem ao mar; as Punições para os recalcitrantes; os cardumes de tubarões famintos a acompanharem o navio; o escorbuto e as demais doenças, o desgaste da Pele do negro pela dureza das tábuas em que dormem e o Movimento contínuo das ondas; a Catinga, tão horrorosa que mesmo o marinheiro mais calejado ficaria pálido e desmaiaria se se aventurasse a descer aos porões; as Mortes frequentes, a Putrefação incrivelmente rápida, especialmente nos dias úmidos e nas proximidades do Equador. À despedida, dei-lhe de presente uma caixa de rapé, de ouro. Não esperando tal favor, foi tão servilmente expansivo em seus protestos de gratidão e dedicação futura a meus interesses que me vi obrigado a interrompê-lo. A caixa de rapé custou-me sessenta guinéus; as três últimas Viagens do Capitão Pavey renderam-me mais de quarenta mil. O poder e a riqueza são diretamente proporcionais à distância que vai do rico aos objetos de que são extraídos, em última análise, sua riqueza e seu poder. Para cada risco corrido pelo oficial General, o soldado corre cem; e por cada guinéu ganho por este, o General ganha cem. É o que se dá comigo, Pavey e os escravos. Os Escravos trabalham na Plantação por quase nada, exceto chicotadas e comida; o capitão Pavey submete-se às durezas e perigos do Mar, e não vive tão bem quanto um Lojista ou um Negociante de Vinho; e eu, que não ponho a mão em nada mais material que uma carta de crédito de um Banqueiro, recebo, pelo meu trabalho, uma chuva de ouro. Num mundo como o nosso, só são dadas ao homem três opções. Primeiro: pode fazer o que sempre fez o vulgo e, demasiado estúpido para ser completamente canalha, mitigar a sua baixeza nativa com uma estupidez não menos nativa. Segundo: pode imitar esses tolos mais consumados que negam dolorosamente sua Baixeza nativa a fim de praticarem a Virtude. Terceiro: pode preferir ser homem sensato — que é aquele que, conhecendo sua Baixeza nativa, aprende a tirar partido dela e, pelo conhecimento, ergue-se acima dela e de seus Semelhantes mais estúpidos. Quanto a mim, preferi ser um homem sensato."

"Março, 1789. A Razão promete a Felicidade; o Sentimento protesta que é Felicidade; só o Bom Senso dá a Felicidade. E a Felicidade tem gosto de pó."

"Julho, 1789. Se os Homens e as Mulheres desfrutassem seus prazeres tão ruidosamente quanto os Gatos, que Londrino poderia nutrir a esperança de dormir em paz?"

"Julho, 1789. A Bastilha caiu. Viva a Bastilha!"

As poucas páginas seguintes eram dedicadas à Revolução. Jeremy saltou-as. Em 1794 o quinto conde perdeu o interesse pela Revolução e passou a se interessar pela sua saúde.

"Àqueles que me visitam", escrevia ele, "digo que estive doente, mas que já me acho restabelecido. Pura mentira; porque, nem fui eu quem estive às portas da Morte, nem fui eu quem me restabeleci. O primeiro foi uma criação especial da Febre, uma encarnação da Dor e Lassitude; o segundo não sou eu, e sim um velho alquebrado, encarquilhado, sem desejos. Do Ser que fui só me restam o nome e algumas recordações; é como se um Homem morto legasse a algum Amigo sobrevivente um punhado de bagatelas, para que este se lembrasse dele."

"1794. Um Velho rico e doente é como um homem abandonado, ferido e só, nos desertos do Egito; os corvos adejam, cada vez mais baixo, sobre sua cabeça, e os Chacais e Hienas rondam, descrevendo círculos cada vez menores, em torno do local em que jaz. Nem mesmo os Herdeiros de um Rioco podem ser mais incessantemente vigilantes. Quando olho para o rosto de meu Sobrinho e leio, por trás de sua máscara de Solicitude, a ansiedade impaciente pela minha Morte e o desapontamento de eu ainda não ter partido, sinto um influxo de Vida nova e novas Forças. Ainda que só por esta razão, viverei para roubar-lhe a Felicidade que ele crê (pois que presenciou a minha Recaída) ao alcance de suas mãos."

"1794. O Mundo é um Espelho que reflete a imagem de quem o contempla."

"Janeiro, 1795. Tentei curar a velhice com o remédio do Rei Davi e achei-o pouco eficaz. Não se pode comunicar Calor, e sim apenas avivá-lo; e onde não persiste a brasa adormecida, não há mecha que provoque uma chama. Pode ser que a razão esteja com o Pároco, que diz que somos salvos pelos sofrimentos alheios, por procuração; mas posso jurar que o prazer por procuração só é eficaz para exaltar os sentimentos de Superioridade e Poder dos que o infligem."

"1795. À medida que decaem as Satisfações dos Sentidos, compensamo-nos de sua perda cultivando os sentimentos de Orgulho e Vaidade. O amor ao Domínio é independente das faculdades corporais e pode, pois, quando o corpo perde suas Forças, substituir com facilidade o Prazer. Quanto a mim, nunca deixei de amar o Domínio, mesmo no meio das Volúpias do Prazer. Desde minha Morte, o Fantasma que resta de mim é obrigado a se contentar com a primeira, menos substancial e, sobretudo, menos nociva dessas duas Satisfações."

"Julho, 1796. As piscinas de Gonister foram feitas nos Tempos de Superstição, pelos monges da Abadia sobre cujos alicerces ergue-se esta Mansão. No reinado de Carlos I, meu trisavô mandou ligar, com correntinhas de prata, Discos de chumbo, tendo gravados seu monograma e a data, às caudas de cinquenta carpas adultas. Nada menos que vinte destas carpas ainda estão vivas, como se pode verificar tocando-se a sineta que convoca as Criaturas, à hora da comida. Com elas, vêm outras ainda maiores, sobreviventes talvez dos tempos monásticos anteriores à Dissolução das Comunidades Religiosas pelo Rei Henrique. Olhando-as através das Águas translúcidas, fico maravilhado com a força e agilidade persistentes desses grandes Peixes, dos quais os mais velhos talvez fossem vivos quando se escreveu a *Utopia*, e os mais novos, contemporâneos do autor do *Paraíso perdido*. Este tentava justificar os desígnios de Deus em relação ao Homem. Faria Trabalho mais útil se tentasse explicar os desígnios de Deus em relação aos Peixes. Os filósofos perderam seu tempo e o dos leitores com especulações sobre a Imortalidade da Alma; os alquimistas passaram séculos e séculos debruçados sobre seus cadinhos, na esperança vã de descobrir o Elixir ou a Pedra. Enquanto isso, em qualquer açude ou rio podem se encontrar Carpas que sobreviveram a três Platões e a meia dúzia de Paracelsos. Não será nos Velhos Livros, no Ouro Líquido, nem mesmo no céu, que se há de encontrar o Segredo da Vida Eterna, e sim na Lama, que só espera um Pescador habilidoso."

Fora, no corredor, a campainha chamou para o almoço. Jeremy levantou-se, deixou o livro de notas do quinto conde e dirigiu-se ao elevador, sorrindo com seus botões ao pensamento do prazer que teria em dizer àquele animal petulante, Obispo, que suas melhores ideias sobre a longevidade tinham sido antecipadas no século XVIII.

CAPÍTULO V

Na ausência de mr. Stoyte, o almoço era uma refeição muito alegre. Os criados serviam a mesa sem reprimendas. Jeremy podia falar sem correr o risco de ser desfeiteado ou insultado. O doutor Obispo podia contar a história do limpador de chaminés que fizera um seguro de vida ao partir para a lua de mel; e, dos abismos remotos daquele estado quase hipnótico de fadiga — estado que ela deliberadamente fomentava, para não ter de pensar demais no que estava acontecendo e, consequentemente, angustiar-se —, Virgínia ficava livre para rir tão alto quanto quisesse. E, embora uma parte de seu ser não quisesse rir, para não dar a Sig razão de pensar que ela o estava encorajando, com a outra parte ela queria rir, não podia mesmo deixar de rir, porque, no fim das contas, a história era gozadíssima. Ademais, era tão agradável não ter de representar aquela farsa com Pete em benefício de tio Jo! Não ter de enganar ninguém... Ao menos uma vez podia ser ela mesma. Só uma coisa impedia sua felicidade: o fato de ser este "ela mesma" um espécime tão humilhante, um ente cujos ossos se convertiam em borracha toda vez que aquele horroroso Sig chegava perto, uma criatura que não tinha forças sequer para guardar uma promessa feita a Nossa Senhora. Ela parou de rir bruscamente.

Só Pete era consistentemente infeliz — infeliz por causa do limpador de chaminés, é claro, e das explosões de riso de Virgínia;

mas também porque Barcelona caíra, e, com ela, todas as suas esperanças de uma rápida vitória sobre o fascismo, todas as perspectivas de rever os velhos camaradas. E ainda não era tudo. Rir da história do limpador de chaminés era apenas um incidente penoso, entre muitos. Os dois primeiros pratos tinham sido servidos sem que Virgínia lhe desse a mínima atenção. Por quê? Por quê? A dúvida cruel exacerbava-lhe o desespero. Por quê? À luz do que vinha acontecendo há três semanas, essa frieza era inexplicável. Desde aquela tarde em que voltara da gruta, Virgínia vinha sendo simplesmente maravilhosa com ele — deixando as suas ocupações para falar-lhe, convidando-o a contar as aventuras da Espanha e mesmo a discorrer sobre biologia. Pois tinha chegado até a pedir para olhar ao microscópio! Trêmulo de felicidade, mal podendo ajustar a lâmina, ele enfocara o instrumento sobre uma amostra da fauna intestinal das carpas. Ela sentara-se ao seu lugar e, quando se inclinara sobre a objetiva, os cachos castanhos tombaram pelos lados do microscópio e a gola do suéter cor-de-rosa descobrira-lhe a nuca, tão branca, tão tangível e tentadora, que tivera de fazer um esforço quase sobre-humano para não beijá-la.

Algumas vezes nos dias que se seguiram, ele se arrependera desse esforço. Mas logo a melhor parte de seu ser recuperava o domínio e ele voltava a ficar satisfeito por ter reagido. Porque é claro que não seria correto! Embora tivesse perdido, há muito, a fé tradicional naquelas histórias do "Sangue do Cordeiro", ainda se lembrava do que sua piedosa e formalista progenitora lhe dissera sobre o pecado de beijar uma moça que não fosse sua noiva; e ainda era, no íntimo, o mesmo rapaz sério em quem a eloquência do reverendo Schlitz, durante as incertezas da puberdade, acendera a resolução apaixonada de manter-se continente, a convicção do caráter sagrado do amor, o entusiasmo por essa coisa maravilhosa chamada casamento cristão. Mas infelizmente no momento não ganhava o bastante para pedir a Virgínia que aceitasse o seu amor sagrado e participasse com ele do casamento cristão. E havia outra dificuldade. O casamento não podia ser cristão porque Virgínia era adepta da instituição que o reverendo Schlitz chamava, às vezes, de a "prostituta da Babilônia", e que os marxistas preeminentemente detestavam. Uma instituição que, além do mais, devia reciprocar a má opinião que formava dela —conquanto se sentisse propensa a não ver com tão maus olhos, agora que Hitler a estava perseguindo na Alemanha e devido ao modo como fora tratado na Espanha por aquelas irmãs de caridade. E, suposto que se pudessem aplanar milagrosamente estas dificuldades religiosas e financeiras, ainda restava o fato terrível: mr. Stoyte. Naturalmente, ele *sabia* que mr. Stoyte não era mais que um pai para Virgínia, ou, na pior das hipóteses, um tio; mas o sabia com essa certeza excessiva que nasce do desejo; sabia-o como Dom Quixote sabia que a viseira de papelão de seu capacete era tão forte quanto o aço. Era um desses conhecimentos que não é prudente submeter; e é claro que, se ele pedisse Virgínia em casamento, teria de fazer esses inquéritos e aceitar as informações que deles se podiam esperar.

Outro fator que complicava a situação era mr. Propter. Pois se mr. Propter tinha razão — e Pete estava cada vez mais certo disto —, era, evidentemente, pouco recomendável fazer algo que tornaria mais difícil a passagem do plano humano para o da eternidade. E, conquanto amasse Virgínia, era difícil para ele crer que se casar com ela não constituísse um obstáculo ao esclarecimento de todos os interessados.

Ou melhor, assim pensava *antes*; mas tinha mudado de opinião nessas duas últimas semanas. Ou, mais precisamente, tinha perdido toda opinião. Só o que sentia eram incertezas e perplexidades. Diria que o caráter de Virgínia mudara de uma hora para outra. De pueril, espalhafatosa, extrovertida, sua inocência passara a ser calma e inescrutável. Até então, ela sempre o tratara com a amizade galhofeira e descuidada de mera camaradagem; mas, ultimamente, ocorrera uma estranha alteração. Virgínia tinha parado com as brincadeiras, e uma espécie de solicitude grave as substituíra. Estava sendo simplesmente maravilhosa com ele — mas não como o é uma moça para com um homem que ela deseja apaixonar. Não. Virgínia era maravilhosa como o é uma irmã — e não uma irmã comum: quase como uma irmã de caridade. Não, porém, como qualquer irmã de caridade, e sim como aquela irmã que tratara dele no hospital de Gerona; aquela irmã tão jovem, de olhos grandes, rosto oval e pálido como o das imagens da Virgem Maria; aquela que parecia sempre feliz em segredo, feliz não pelo que acontecia em redor, mas por algo interior, algo extraordinário e belo, que ocorria por detrás dos seus olhos e que só ela podia ver; e bastava-lhe vê-lo para que cessassem as razões de temer um ataque aéreo, por exemplo, ou de ficar nervosa com uma amputação. Evidentemente, ela via as coisas daquilo que mr. Propter chamava o plano da eternidade; e as coisas não a afetavam como às pessoas que viviam no plano humano. Neste, as coisas causavam ou medo ou raiva, ou, quando a pessoa era calma, esta calma provinha de um esforço de vontade. Mas a irmã era calma sem nenhum esforço. Naquela época, ele se limitara a admirar sem compreender. Agora, graças a mr. Propter, começara a compreender tanto quanto admirar.

Pois bem; era esse rosto que Virgínia lhe fizera lembrar nessas últimas semanas. Uma espécie de conversão súbita ocorrera; da vida exterior para a vida interior; da reatividade franca para uma abstração secreta e misteriosa. A causa dessa conversão estava além de seu entendimento. Mas o fato era manifesto, e ele o respeitava. Tinha respeitado ao não lhe beijar a nuca quando ela se inclinou sobre o microscópio; não lhe segurando sequer o braço, nem lhe pegando a mão; não lhe dizendo uma única palavra sobre o que sentia. Nas circunstâncias estranhas, inexplicáveis de sua transformação, sentia que tais ações seriam impróprias, quase a ponto de constituírem um sacrilégio. Era como irmã que ela preferira ser boazinha para ele; e ele correspondia como irmão. E agora, por alguma razão desconhecida, parecia que ela esquecera a sua existência de repente. A irmã esquecera o irmão; e a irmã de caridade esquecera-se a ponto de ouvir a ignóbil anedota do doutor Obispo sobre o limpador de chaminés, e mesmo de achar graça. E, contudo, notou Pete, desnorteado, no momento exato em que ela parara de rir, seu rosto reassumira a velha expressão introspectiva de segredo de desprendimento. A irmã de caridade lembrara-se de si mesma tão depressa quanto se esquecera. Aquilo transcendia o seu entendimento. Decididamente, não podia compreender.

Servido o café, o doutor Obispo anunciou sua intenção de passar a tarde fora e, como nada houvesse a fazer de urgente no laboratório, aconselhou Pete a imitá-lo. Pete agradeceu e, simulando pressa (para não passar pela humilhação de ser ignorado por Virgínia na discussão de seus projetos para a tarde), engoliu de um trago o café e, murmurando desculpas, saiu da sala. Pouco depois, ei-lo descendo a estrada ensolarada, a caminho da planície.

Enquanto caminhava, ia meditando sobre algumas coisas em que mr. Propter lhe falara durante as visitas recentes. Sobre o que ele lhe dissera acerca do texto mais estúpido e o mais sensato da Bíblia: "Eles me odiavam sem razão" e "A Deus não se ilude; o homem colhe conforme semeia". Sobre o que ele dissera acerca da impossibilidade de se obter alguma coisa de graça: o homem pagava pelo fato de ter muito dinheiro, por exemplo, muito poder ou muito sexo, com uma clausura mais estreita no interior do próprio ego; e do país que caminhava tão rápida e violentamente para uma tirania, como a de Napoleão, ou de Stalin, ou de Hitler; e o povo, com prosperidade e paz interior, pagaria por isso, sendo presunçoso, satisfeito de si e conservador, como os ingleses.

Quando o rapaz passou pelo cercado, os bugios guinchavam. Pete lembrou-se de certas considerações que mr. Propter fizera sobre a literatura. Acerca do enfado que provocam, num espírito adulto, todas essas peças e romances puramente descritivos que os críticos propõem à admiração geral. Todas essas inúmeras e intermináveis anedotas, romances e estudos de caracteres, sem uma teoria geral da anedota, sem uma hipótese explicativa do romance e do caráter. Apenas uma imensa coleção de fatos sobre a luxúria, a inveja, o medo, a ambição, o dever, a afeição; só fatos, e fatos imaginários, sem filosofia coordenadora superior ao senso comum e ao sistema local de convenções; sem um princípio de disposição mais racional que a simples conveniência estética. E que dizer, então, das pasmosas tolices enunciadas por aqueles que se propunham a elucidar e explicar esse emaranhado de fatos e fantasias artisticamente apresentados? E daquele palavreado solene sobre literatura regional, por exemplo, como se houvesse algum mérito especial e relevante em relatar fatos desconexos sobre as luxúrias, cobiças e ocupações dos que vivem no interior e falam dialeto? Ou, quando não, exposições de fatos sobre o pobre da cidade, com a tentativa de coordená-lo de acordo com alguma teoria pós-marxista, talvez parcialmente correta, mas sempre inadequada. E, neste caso, chamavam-no o grande romance proletário. E se não era o romance proletário, era outro qualquer que escrevia um livro proclamando a vida sagrada, querendo dizer com isso que qualquer coisa que o homem fizesse no sentido de fornicar, embriagar-se, encolerizar-se ou tornar-se piegas era abonada por Deus e devia, pois, ser considerada permissível e até mesmo virtuosa. Nesse caso, os críticos falavam no maduro senso de humanidade do autor, na sua sabedoria terna e profunda, nas suas afinidades com o grande Goethe, nas suas dívidas para com William Blake.

Ao recordar essas coisas, havia no sorriso de Pete tanto divertimento como tristeza; porque ele também as tinha tomado com a seriedade que toda aquela verborragia parecia exigir.

Seriedade mal aplicada — eis a origem de alguns de nossos erros mais fatais. Só devemos levar a sério, dissera mr. Propter, o que merece ser levado a sério. E, no plano estritamente humano, nada merecia ser levado a sério, a não ser os sofrimentos que os homens infligiam a si mesmos pelos seus crimes e loucuras. Mas, em última análise, quase todos esses crimes e loucuras resultavam de se levarem demasiadamente a sério coisas que não o mereciam. E esse, continuara mr. Propter, era um dos enormes defeitos da chamada "boa literatura", que, aceitando a escala convencional de valores, respeitando o poder e a posição social, admirando o sucesso, considerando razoáveis as preocupações, em geral idiotas, dos estadistas, amantes, homens de negócios e dos ansiosos por subir na escala social — numa palavra, levando a sério tanto as causas dos sofrimentos quanto os próprios sofrimentos —, contribuía para perpetuar a desgraça, aprovando, implícita ou explicitamente, ideias, sentimentos e práticas que só podiam resultar em desgraça. E o pior é que exprimira tal aprovação na linguagem mais magnífica e persuasiava. De maneira que, mesmo quando uma tragédia acabava mal, o leitor, hipnotizado pela eloquência da peça, sentia-se propenso a imaginar, ainda assim, que tudo aquilo era, de algum modo, nobre e compensador. O que não era, é claro. Porque, considerados desapaixonadamente, nada podia ser mais sórdido que os temas de *Fedra*, de *Otelo*, de *O morro dos ventos uivantes* ou de *Agamenon*. Mas, como a maneira de se tratar esses temas era sublime e empolgante no mais alto grau, o leitor ou espectador tinha a convicção de que, a despeito da catástrofe, "tudo estava muito bem neste mundo" — o mundo demasiadamente humano que produzira aquela tragédia. Não; uma boa sátira era muito mais profundamente verdadeira e, naturalmente, muito mais eficaz que uma boa tragédia. Pena serem tão poucas as boas sátiras existentes, por serem tão poucos os satiristas dispostos a levar bastante longe sua crítica dos valores humanos. O *Cândido*, por exemplo, era admirável até certo ponto; mas só até certo ponto. Limitava-se a desmascarar as principais atividades humanas em nome do ideal da "inofensividade". E, realmente, tinha toda a razão em dizer que a inofensividade era o ideal mais alto a que a maioria podia aspirar; pois, embora poucos fossem capazes de fazer algum bem positivo, quem quer que o desejasse podia abster-se de fazer o mal. Entretanto, a simples inofensividade, ainda que excelente, com toda a certeza não representava o mais alto ideal possível. "É preciso cultivar nosso jardim" não era a última palavra em matéria de sabedoria humana; quando muito, a penúltima.

O sol estava em tal posição que, descendo a coluna, Pete viu dois pequeninos arcos-íris nimbando os seios da ninfa de Giambologna. Ato contínuo, ocorreram-lhe ao mesmo tempo pensamentos sobre Noé e sobre Virgínia no seu maiô de cetim branco. Tentou reprimir os últimos como incompatíveis aos novos pensamentos que tentava cultivar sobre a irmã de caridade; e, como Noé não era assunto que desse muito pasto ao pensamento, Pete pôs-se a recordar aquela conversa que tivera com mr. Propter sobre o sexo. A palestra se iniciara quando ele perguntara intrigado a mr. Propter que espécie de conduta sexual seria a norma — não a estatisticamente normal, é claro, mas a normal na acepção absoluta com que se podiam proclamar normais a digestão não perturbada e a visão perfeita. Nessa acepção da palavra, que espécie de conduta sexual era a normal? E mr. Propter respondera: nenhuma. Mas devia haver uma, protestara ele. Já que o bem podia se manifestar no plano animal, então devia haver uma espécie de conduta sexual absolutamente normal e natural, como havia uma espécie normal e natural de atividade digestiva. Mas a conduta sexual do homem, respondera mr. Propter, não estava no mesmo plano de sua digestão. As atividades sexuais de um rato, sim, estavam no mesmo plano da digestão de um rato; porque todo o processo era instintivo, isto é, controlado pela inteligência fisiológica do corpo — a mesma inteligência fisiológica que coordenava as funções do coração, dos pulmões, dos rins, que regulava a temperatura, que alimentava os músculos e os fazia executar o trabalho que deles exigia o sistema nervoso central. Essa mesma inteligência fisiológica controlava as atividades corporais do homem; e era essa inteligência que, no plano animal, manifestava o bem. Nos seres humanos, porém, a conduta sexual estava quase completamente fora da jurisdição dessa inteligência fisiológica. Esta controlava apenas as atividades celulares que possibilitavam a conduta sexual. Tudo mais era não instintivo e ocorria no plano estritamente humano da consciência. Mesmo quando os homens se julgavam exclusivamente animais em sua sexualidade, ainda estavam no plano humano. O que quer dizer: ainda eram conscientes, ainda dominados por palavras — e onde havia palavras havia, necessariamente, inevitavelmente, recordações e desejos, juízos e imaginação, o passado e o futuro, o real e o fantástico, a saudade e a esperança, o bem e o mal, o honroso e o desonroso, o belo e o feio. Nos homens e nas mulheres, mesmo os atos aparentemente mais bestiais de erotismo associavam-se com parte ou com a totalidade desses fatores não animais, fatores que a existência da linguagem injetava em qualquer situação humana. Isso queria dizer que não havia um só tipo de sexualidade humana que se pudesse chamar normal, na acepção em que se diz que há uma normalidade na visão ou na digestão. Nessa acepção, todas as espécies de sexualidade humana são estritamente anormais. Só se podiam julgar as várias espécies de conduta sexual referindo-se aos objetivos finais de cada indivíduo e aos resultados observados em cada caso. Assim, quando o indivíduo queria ser conceituado numa dada sociedade, ele ou ela podia considerar normal o tipo de conduta sexual correntemente tolerado pela religião local e aprovado pela "nata social". Mas havia indivíduos a quem pouco importava o julgamento de um Deus irado ou mesmo o de uma "nata social". Indivíduos cujo desejo principal era o de estimulação intensa e repetida de seus sentidos e de seus sentimentos. É claro que, para esses, a normalidade da conduta sexual seria muito diferente da dos indivíduos mais sociáveis. E havia ainda vários espécimes de sexualidade normais, para todos os desejosos de conciliar as duas coisas — o mundo pessoal das sensações e emoções e o mundo social das convenções morais e religiosas. As normalidades de Tartufo e Pecksniff; dos padres que não podem passar sem meninas de colégios; dos ministros que alimentam, em segredo, predileções pelos rapazes bonitos. E, finalmente, havia os que nem se preocupavam com vencer na sociedade, nem com aplacar a divindade local, nem com desfrutar os repetidos estímulos emocionais e sensoriais, mas cuja maior preocupação era o esclarecimento e a libertação, o problema de transcender a personalidade, de passar do plano humano para o da eternidade. Naturalmente sua concepção de normalidade na conduta sexual tinha ser diferente da dos homens e mulheres pertencentes a qualquer das outras categorias.

Na quadra de tênis cimentada, os filhinhos do cozinheiro chinês soltavam pipas com a forma de pássaros e dotados de pequeninos apitos que trinavam, plangentemente, ao vento. O som alegre do dialeto cantonês chegou aos ouvidos de Pete. "Do outro lado do Pacífico", refletiu o rapaz, "milhões e milhões de crianças como estas estavam mortas ou morrendo".

Pouco abaixo da quadra, na Gruta Sagrada, estava a imagem de Nossa Senhora, em gesso. Pete pensou em Virgínia, ajoelhada, de shortinho branco e boné de iatista, na eloquência injuriosa do reverendo Schlitz, nas piadas do doutor Obispo, no que Alexis Carrel dizia sobre os fatos de Lourdes, na *História da inquisição* de Lea, em Tawney referindo-se às relações entre o protestantismo e o capitalismo, em Niemöller, John Knox, Torquemada, na irmã de caridade, de novo em Virgínia e por fim em mr. Propter, a única pessoa conhecida capaz de entender a absurda, insana e diabólica confusão daquilo tudo.

CAPÍTULO VI

Para grande desapontamento de Jeremy, o doutor Obispo não ficou absolutamente melindrado quando soube que suas ideias tinham sido antecipadas no século XVIII.

— Gostaria de saber mais alguma coisa sobre o quinto conde... — dissera ele enquanto desciam, em companhia do Vermeer, para os porões. — Diz o senhor que ele chegou aos noventa, não?

— Mais de noventa — respondeu Jeremy. — Noventa e seis ou noventa e sete, não me recordo bem. E mais, morreu envolvido num escândalo.

— Que espécie de escândalo?

Jeremy tossiu, deu uma palmadinha no alto da cabeça e flautou:

— A espécie habitual...

— O senhor quer dizer que o velho ainda...? — perguntou, incrédulo, o doutor Obispo.

— Ainda — repetiu Jeremy. — Existe uma referência ao caso nos papéis inéditos de Greville. Morreu muito oportunamente. Já iam prendê-lo.

— Por que motivo?

Jeremy luziu os olhos, tossiu e:

— Bom... — disse, pausadamente, na sua maneira mais *cranfordiana*.[2] — Parece que ele tinha certa tendência a desfrutar um tanto homicidamente seus prazeres...

— Não me diga que ele matou alguém!

— Matar, não — respondeu Jeremy. — Apenas danificou.

O doutor Obispo ficou um tanto desapontado, mas consolou-se quase imediatamente ao pensar que, aos noventa e seis anos, mesmo danificar já era algo digno de admiração.

— Gostaria de saber alguma coisa mais sobre o caso — acrescentou.

— Bom, o livro de notas está à sua disposição... — disse Jeremy, polido.

O doutor Obispo agradeceu; dirigiram-se, juntos, ao gabinete de Jeremy.

— A letra é bastante arrevesada — disse Jeremy, ao entrarem. — Acho que seria mais fácil eu ler alto para o senhor.

O doutor Obispo protestou; não queria tomar-lhe o tempo. Mas, como o outro estava ansioso por descobrir um pretexto de adiar para outra ocasião o trabalho enfadonho de catalogar documentos que não lhe interessavam, o protesto foi rebatido. Jeremy insistiu em seu altruísmo. O doutor Obispo agradeceu e acomodou-se para ouvir.

Jeremy tirou os olhos de seu elemento nativo, o tempo bastante para limpar as lentes, e pôs-se a reler, em voz alta, o trecho que tinha interrompido pela manhã quando a sineta o chamara para o almoço.

— "E, sim, na lama" — concluiu —, "que só espera um Pescador habilidoso."

2 *Cranford* (1853) é o título de um romance de Elizabeth Gaskell, que descreve a vida de aldeia na Inglaterra. [N.T.]

O doutor Obispo teve um riso gutural.

— Quase se pode usar a frase como uma definição da ciência — disse ele. — Que é ciência? Ciência é pescar na lama: pescar a imortalidade e tudo que porventura apareça.

E, tornando a rir, declarou gostar do velho malandro.

Jeremy continuou a ler:

"Agosto, 1796. Hoje, a tagarela da minha sobrinha Caroline reprovou o que ela chama a Inconsistência de minha Conduta. Um Homem que trata tão humanitariamente os Cavalos de suas cavalariças, os Veados de seus parques, as Carpas de seus viveiros, devia mostrar Consistência sendo mais sociável do que eu sou, mais tolerante para com os Estúpidos de suas relações, mais caritativo para com os pobres e os humildes. A que eu respondi observando que a palavra Homem é o Nome genérico que se dá às sucessões de Atos inconsistentes, originadas no interior de um Corpo bípede e implume, e que palavras como Caroline, John etc. nada mais são do que nomes próprios que se aplicam a sucessões particulares de Atos inconsistentes dentro de Corpos determinados. A única Consistência revelada pela massa da Humanidade é a Consistência da Inconsistência. Em outras palavras, a natureza de toda sucessão particular de Atos inconsistentes depende da história do indivíduo e de seus antepassados. Toda sucessão de Inconsistências é determinada e obedece a leis que lhes são impostas pelas suas próprias Circunstâncias antecedentes. Pode-se dizer que um Caráter é consistente no sentido que suas inconsistências são predestinadas e não podem ultrapassar as fronteiras que lhe são prefixadas. A Consistência exigida pelos Tolos do tipo de Caroline é de espécie mui diferente. Eles nos reprovam o fato de nossos Atos sucessivos não serem consistentes com certo grupo de Preconceitos arbitrariamente escolhidos, ou com ridículos Códigos de Conduta, tais como o hebraico, o estoico, o iroquês, o cristão. Tal consistência, diga-me por favor, encontra a senhora entre suas conversas com o Deão sobre a Redenção e o flagelo Draconiano das jovens criadinhas? Entre suas notáveis obras de caridade e as armadilhas para homens colocadas em suas propriedades? Entre suas maneiras na Corte e sua *chaise percée*? Ou entre o comparecimento ao serviço divino, domingo de manhã, e os prazeres fruídos, sábado à noite, com seu marido, e às quintas e sextas, conforme suspeita todo mundo, com certo Baronete cujo nome não mencionarei? Mas, antes de ter concluído a pergunta final, Caroline retirou-se do aposento."

— Pobre Caroline! — chacoteou o doutor Obispo. — Entretanto, não teve mais do que mereceu...

Jeremy leu a nota seguinte:

"Dezembro, 1796. Depois deste segundo ataque de congestão pulmonar, a Convalescença veio mais lentamente que nas outras vezes, e não foi até tão longe. Cá estou eu suspenso sobre o túmulo por um só fio; fio cuja substância é o Desespero."

Dobrando elegantemente o mindinho, o doutor Obispo lançou ao chão a cinza do cigarro.

— Mais uma dessas tragédias farmacêuticas... — comentou. — Com um tratamento de cloreto de tiamina e um pouco de testosterona, eu o tornaria tão alegre quanto um menino na praia. O senhor por acaso já reparou — acrescentou — que grande parte da mais bela literatura romântica é resultado do tratamento impróprio?

Quisera eu me deitar, qual criança cansada,
Com lágrimas purgar a vida desgraçada...

Lindo! Mas, se já naquele tempo se soubesse como livrar o pobre Shelley de sua pleurisia tuberculosa crônica, isto jamais teria sido escrito. Deitar-se, qual criança cansada, e purgar suas desgraças da vida a poder de lágrimas é um dos sintomas mais característicos dessa espécie de pleurisia. E quase todo o resto da turma dos *Weltschmerz* eram, quando não doentes, alcoólatras ou outras castas de viciados. Eu poderia impedir qualquer um deles de escrever o que escreveu — e o doutor Obispo olhou para Jeremy com aquele sorriso lupino, quase pueril na candura de seu cinismo triunfante. — Bom, vejamos como o velho se livrará de apuros...

"Dezembro, 1796", leu Jeremy. "A ronda das hienas que aguardam o meu passamento tornou-se tão intolerável que ontem resolvi pôr-lhe um termo. Quando lhes pedi para que no futuro me deixassem em paz, Caroline e John protestaram sua Afeição mais que filial. Por fim, vi-me forçado a dizer-lhes que, se ao meio-dia de hoje ainda não tivessem se retirado, eu mandaria o meu Administrador, com uns vinte homens, escorraçá-los de minha Casa. De minha janela, hoje de manhã, assisti à sua partida."

O assentamento seguinte tinha a data de 11 de janeiro de 1797. "Neste ano, meu aniversário evocou-me Pensamentos mais fúnebres que de costume. Acho-me muito fatigado para anotá-los aqui. Como fez bom tempo e um Calor invulgar para a Estação, fiz-me transportar, em minha cadeira, para perto do viveiro de peixes. Ao som da sineta as Carpas acorreram imediatamente, em busca da Comida. Extraio do espetáculo da Criação bruta os poucos prazeres que me restam. A estupidez dos Brutos é despretensiosa, e como sua malignidade depende do Apetite, é apenas intermitente. Os Homens, além de sistemática e continuamente cruéis, justificam suas Loucuras em nome da Religião e da Política, e envolvem sua Ignorância nas vestes pomposas da Filosofia.

"Entretanto, enquanto via os peixes entrechocando-se, debatendo-se pelo seu jantar, qual uma multidão de Teólogos lutando por um Benefício, meus Pensamentos voltaram à misteriosa Questão sobre que tanto especulei no passado. Por que haverá um homem de morrer aos setenta, enquanto um Peixe conserva a Mocidade durante dois ou três séculos? Tenho debatido comigo mesmo várias respostas possíveis. Durante algum tempo, por exemplo, pensei que a longevidade da Carpa e do Lúcio podia ser devida à superioridade do Elemento Aquoso sobre a nossa Atmosfera. A verdade, porém, é que a existência de algumas Criaturas subaquáticas é curta, enquanto a de certas aves excede a duração da vida humana.

"Perguntei novamente a mim mesmo se não se poderia atribuir a longevidade dos Peixes a seu modo peculiar de procriar seus filhos. Mas, também aqui, deparei com Objeções fatais. Os Papagaios e Corvos machos não se onanizam: copulam; as fêmeas dos Elefantes não põem ovos: concebem os filhos no interior do ventre, e num período — se dermos crédito a *monsieur* de Buffon — não menor que vinte e quatro meses. Entretanto, Papagaios, Corvos e Elefantes são criaturas longevas; devemos, pois, concluir, que a Brevidade da Vida humana é devida a causas outras que não a maneira de os Homens procriarem e de as Mulheres reproduzirem a Espécie.

"As únicas Hipóteses a que não encontro Objeções manifestas são as seguintes: Ou a Alimentação dos peixes como a Carpa e o Lúcio contém alguma substância que lhes preserva o Corpo da Decadência (essa Decadência que atava a maioria das Criaturas ainda em vida), ou a substância que impede a Decadência encontra-se no interior do Corpo dos Peixes, especialmente — seria razoável presumir — no Estômago, Fígado, Intestinos e nos outros órgãos de Concocção e Assimilação. Nos animais de vida curta, tais como o Homem, é de se supor que faltem estas

Substâncias Preventivas da Decadência. Surge então a pergunta: poder-se-ão introduzir essas Substâncias, extraídas dos Peixes, no Corpo humano? A História não menciona sequer um caso notável de longevidade entre os Ictiófagos, nem eu, tampouco, observei que os Habitantes de Portos do Mar e de outros lugares em que há abundância de Peixe sejam particularmente longevos. Mas nem por isso devemos concluir que jamais se possa transferir dos Peixes para o Homem a Substância preventiva da Decadência. Porque o homem cozinha o seu alimento antes de comê-lo, e milhares de exemplos nos mostram que a aplicação de Calor altera profundamente a natureza de muitas Substâncias; ademais, o Homem rejeita, como impróprios para o seu Consumo, precisamente os Órgãos do Peixe em que é mais razoável presumir esteja a Substância preventiva da Decadência."

— Jesus! — disse o doutor Obispo, não podendo conter-se por mais tempo. — Não me diga que esse velho safado vai comer tripas de peixe cruas!

Cintilantes por detrás das bifocais, os olhos de Jeremy desceram ao fim da página e passaram para o alto da seguinte:

— É justamente o que ele está fazendo — exclamou, com delícia. — Ouça isto: "As três primeiras tentativas provocaram náuseas irreprimíveis; na quarta consegui engolir o que pus na boca, mas, dois ou três minutos depois, um acesso de vômito destruiu o meu triunfo. Foi só depois do nono ou do décimo ensaio que consegui engolir e reter algumas colheradas do nauseante picadinho".

— Puxa! Isso é que é coragem! — disse o doutor Obispo. — Eu antes me sujeitaria a um bombardeio aéreo!

Entretanto, Jeremy sequer levantara os olhos do livro:

— "Já faz um mês" — continuou ele a ler — "desde que comecei pôr à prova a veracidade de minha Hipótese, e estou agora a ingerir, diariamente, nada menos que duzentos gramas de Vísceras cruas e trituradas de Carpas estripadas de fresco."

— E o peixe — disse o doutor Obispo, balançando vagarosamente a cabeça — tem maior variedade de vermes parasitas que qualquer outro animal. Só de ouvi-lo, sinto o sangue gelar-me nas veias...

— Pois não tem com que se preocupar... — disse Jeremy, que prosseguira na leitura. — Sua Excelência nada sente, senão melhoras sobre melhoras. Regista aqui "um singular aumento de Forças e de Vigor durante o mês de março". Para não mencionar a "Volta do Apetite, o Rejuvenescimento da Memória e dos Poderes de Raciocinação". Gosto deste "raciocinação" — observou Jeremy, apreciativamente. — É um belo exemplar da época, não acha? Um autêntico "termo Chippendale"!

Continuou a ler para si mesmo e, após um breve silêncio, anunciou triunfalmente:

— Em abril o Conde já andava a cavalo, "todas as tardes, uma hora, no baio castrado". E a dose do que ele chama sua "papa visceral e estercorária" elevou-se a trezentos e cinquenta gramas por dia.

O doutor Obispo saltou da cadeira e pôs-se a percorrer, nervoso, a sala.

— Isto é demais! — vociferou. — Já passa de brincadeira! É sério! Tripas de peixes cruas, flora intestinal, prevenção do envenenamento dos esteróis, rejuvenescimento. Rejuvenescimento! — repetiu.

— O Conde é mais cauteloso que o senhor — disse Jeremy. — Ouça só: "Se devo meu restabelecimento às Carpas, à Volta da Primavera ou à *Vis medicatrix Naturae*, ainda não posso determinar".

O doutor Obispo aprovou, com a cabeça:

— É esta a atitude correta!

— "O tempo" — continuou Jeremy — "mostrará, isto é, se eu forçar a isso, o que pretendo fazer persistindo no meu Regime atual. Porque considerarei minha Hipótese comprovada se, depois de perseverar nela por mais algum tempo, reconquistar não apenas meu primitivo estado de Saúde, mas uma dose de Vigor ainda não experimentado desde os dias de minha Juventude."

— Muito bem! — exclamou o doutor Obispo. — Quem me dera que tio Jo soubesse encarar as coisas desta maneira científica... Ou, talvez... — acrescentou ele, lembrando-se, de repente, do Nembutal e da fé pueril de mr. Stoyte em sua onisciência médica —, talvez seja melhor não. Teria seus inconvenientes...

Riu consigo mesmo da pilhéria que só ele podia compreender.

— Bom, prossigamos com o histórico do nosso caso — acrescentou.

— Em setembro o Conde já podia cavalgar, sem fadiga, três horas a fio — disse Jeremy. — Está renovando seus conhecimentos sobre a literatura grega e, pelo que vejo, faz muito fraco conceito de Platão. Depois, não temos assentamentos até 1799.

— Não temos assentamentos até 1799!? — repetiu, indignado, o doutor Obispo. — Velho cretino! Justamente quando o seu caso se torna realmente interessante, ele nos deixa no escuro!

Jeremy levantou os olhos do livro de notas e sorriu:

— Não de todo no escuro. Lerei o que ele diz após dois anos de silêncio e o senhor tirará suas conclusões sobre o estado de sua flora intestinal...

Pigarreou e pôs-se a ler, na sua maneira à miss Gaskell:

— "Maio, 1799. As fêmeas mais promiscuamente devassas, sobretudo entre as Mulheres de Posição Elevada, são muitas vezes aquelas a quem a Natureza cruel negou a Razão e a Excusa ordinárias para a Galanteria. Privada, por uma Frigidez constitucional, do gozo do Prazer, vivem em eterna Rebeldia contra seu Destino. A Força que as impele a multiplicar o número de suas Aventuras galantes não é a Sensualidade, e sim a Esperança; não o desejo de reiterar a experiência de um Prazer conhecido, e sim a aspiração a uma felicidade vulgar e mui gabada, que nunca tiveram a fortuna de experimentar. Ao Voluptuoso, a mulher de Virtude fácil é, muitas vezes, não menos odiosa, conquanto por outras razões, do que o Moralista severo. Deus me livre, no Futuro, de Conquistas iguais à que fiz, nesta Primavera, em Bath!"

Jeremy depôs o livro e perguntou:

— O senhor ainda acha que o deixaram no escuro?

CAPÍTULO VII

Com um guincho de ensurdecer, o lixador elétrico raspava a superfície áspera da madeira. Curvado sobre a banca de carpinteiro, mr. Propter não ouvira o som dos passos de Pete, que tinha entrado e se aproximado. Durante um longo meio minuto, o rapaz ficou em silêncio a vê-lo mover, ora num sentido, ora noutro, o lixador elétrico sobre a tábua em que trabalhava. Estavam cheias de serragem, notou Pete, suas sobrancelhas espessas; e na testa queimada de sol, onde ele passara os dedos sujos de óleo, ficara uma nódoa preta.

De repente, Pete sentiu-se contrito. Não era direito ficar espiando um homem sem ele saber. Era uma baixeza; podia estar vendo algo que ele não quisesse que vissem. Chamou mr. Propter pelo nome.

O velho ergueu o rosto, sorriu e parou o motor do maquinismo.

— Pete! — disse ele. — Você é justamente o homem de que eu precisava. Isto é, se você concorda em trabalhar um pouco para mim. Quer? Ah! Já ia me esquecendo — acrescentou, interrompendo a resposta afirmativa de Pete — de que você sofre do coração. Ah! Essas febres reumáticas! Talvez você não possa...

Pete corou ligeiramente. Ainda não tivera tempo de se acostumar à sensação de vergonha proveniente de sua incapacidade física.

— O senhor não vai me fazer correr os quatrocentos metros, vai?

Mr. Propter ignorou a pergunta jocosa:

— Tem certeza de que pode? — insistiu, olhando com afetuosa seriedade o rosto do rapaz.

— Se é só isto... — disse Pete, indicando com um gesto a banca de carpinteiro.

— Certeza?

Sensibilizado, agradado pela solicitude do outro, o rapaz afirmou:

— Certeza!

— Então, muito bem — disse mr. Propter, tranquilizado. — Considere-se empregado. Aliás, empregado não, porque terá muita sorte se ganhar uma coca-cola pelo seu trabalho. Está conscrito!

Todo o pessoal da redondeza, explicou ele, estava ocupado. Ficara sozinho com a fábrica de móveis. E o pior é que havia trabalho urgente a fazer; três das famílias de retirantes alojadas nos barracões ainda estavam sem mesas e cadeiras.

— As dimensões são estas — disse ele, indicando uma folha datilografada fixa à parede. — E este é o material. Agora vou lhe dizer como deve começar — acrescentou, pegando uma tábua e colocando-a sobre a banca.

Durante algum tempo os dois homens trabalharam em silêncio, não ousando contrariar o barulho da ferramenta elétrica. No intervalo de atividade menos rumorosa que se seguiu, Pete, demasiadamente tímido para abordar o assunto de suas perplexidades, começou a falar do novo livro que o professor Pearl escrevera sobre demografia. Em cada quilômetro quadrado da superfície do planeta havia cem habitantes. Dezesseis acres por cabeça. Abatendo-se pelo menos cinquenta por cento de terras improdutivas, restavam ainda oito acres. Com os métodos agrícolas comuns, um ser humano podia sustentar-se com o produto de dois acres e meio. Dispondo cada pessoa de um excesso de cinco acres e meio, por que razão haveria de passar fome um terço da humanidade?

— Pensei que você tivesse achado a resposta na Espanha... — disse mr. Propter. — Passam fome porque não é só de pão que vive o homem...

— Que tem isto a ver com o assunto?

— Tudo! — respondeu mr. Propter. — Os homens não podem viver só de pão porque precisam sentir que há um propósito em sua vida. Por isso aderem ao idealismo. Mas tanto a experiência como a observação demonstram que quase todos os idealismos conduzem à guerra, à perseguição e à loucura coletiva. Não é só de pão que vive o homem; mas, se nutrir o espírito com alimento espiritual inadequado, não obterá sequer o pão. E não obterá porque perderá tanto tempo matando e se preparando para matar os seus vizinhos em nome de Deus, da pátria ou da justiça social, que não terá tempo de cultivar o seu campo. Nada mais simples e mais evidente; mas, ao mesmo tempo — concluiu mr. Propter —, e infelizmente, nada mais certo do que a maioria continuar a escolher o alimento espiritual inadequado, e, portanto, de modo indireto, a própria destruição.

Ligou a corrente elétrica; o lixador tornou a desferir seu guincho estridente. Os dois homens calaram-se.

— Num clima como o nosso — disse mr. Propter, no intervalo de silêncio seguinte — e com a água de que disporemos quando o aqueduto do rio Colorado entrar em funcionamento, no ano que vem, poderemos fazer praticamente tudo o que quisermos.

Desparafusou o lixador e apanhou uma verruma:

— Tome-se uma cidade de mil habitantes; deem a eles três ou quatro mil acres de terra e um bom sistema de cooperativas de produtores e consumidores. Essa comunidade poderá produzir o necessário à sua subsistência e suprir dois terços de suas outras necessidades, além de um excesso para cambiar pelo que não puder produzir. Nada impede que se encha um estado de cidades assim. Isto é — acrescentou, com um sorriso tristonho —, nada impediria se se obtivesse o consentimento dos bancos e um contingente humano bastante inteligente e virtuoso para fundar uma autêntica democracia.

— Certamente nunca se poderia obter o consentimento dos bancos... — disse Pete.

— E provavelmente nunca se poderia ter mais que um número reduzido de gente adequada — acrescentou mr. Propter. — E é evidente que nada é mais desastroso do que iniciar um experimento social com gente imprópria. Veja a história de todas as tentativas que se têm feito para fundar comunidades neste país... Robert Owen, por exemplo, ou os fourieristas, ou quaisquer outros... Dúzias de experimentos sociais, e todos falharam. Por quê? Por que os homens que os fizeram não souberam escolher a sua gente. Porque não havia exames de admissão nem noviciados. Aceitavam qualquer um que se apresentava. É este o resultado do otimismo excessivo para com os entes humanos.

Pôs a verruma em movimento, enquanto Pete tomava o seu lugar ao lixador.

— O senhor acha que não devemos ser otimistas? — perguntou o rapaz.

Mr. Propter sorriu:

— Que pergunta singular, Pete! Como você chamaria um homem que instalasse uma bomba aspirante num poço de quinze metros de fundo? Iria chamá-lo de otimista?

— Iria chamá-lo de burro.

— Eu também — disse mr. Propter. — E é essa a resposta à sua pergunta. É burro todo aquele que encara com otimismo qualquer situação que a experiência mostrou não justificável. Robert Owen, acolhendo uma horda de viciados, incompetentes e gatunos contumazes, e esperando que eles se organizassem numa sociedade humana nova e melhor, cometeu autêntica burrice.

Por alguns momentos reinou o silêncio. Pete serrava.

— Acho que tenho sido muito otimista... — disse, meditativamente, quando acabou o trabalho.

Mr. Propter assentiu com a cabeça:

— Demasiadamente otimista numas coisas e, ao mesmo tempo, demasiadamente pessimista em outras.

— Por exemplo? — inquiriu Pete.

— Bom, para começar, você tem sido muito otimista quanto às reformas sociais. Por exemplo, você imagina que se pode *fabricar* o bem com processos de produção em série; mas, infelizmente, o bem não é um produto dessa natureza. O bem é um artefato moral. Só se pode produzir individualmente. E é evidente que se os indivíduos não souberem em que consiste o bem e não desejarem trabalhar por ele, o bem não se manifestará, por mais perfeita que seja a maquinaria social. Pronto! — acrescentou, em outro tom, extraindo com um sopro a serragem do buraco que verrumara. — Vamos agora às pernas das cadeiras e às travessas.

E, dirigindo-se ao outro lado da oficina, começou a ajustar o torno.

— Na sua opinião, sobre que coisas tenho sido muito pessimista? — perguntou Pete.

Sem tirar os olhos do trabalho, mr. Propter respondeu:

— Sobre a natureza humana.

— Esperava que o senhor dissesse que nesse ponto eu era muito otimista! — disse Pete, surpreso.

— Bom, em certos particulares, é verdade — concordou mr. Propter. — Como quase todos hoje em dia, você é insanamente otimista com respeito aos homens tais como são, sobre os que vivem exclusivamente no plano humano. Parece que você imagina que as pessoas podem continuar sendo o que são e, no entanto, se tornarem habitantes de um mundo notavelmente melhor do que o mundo em que vivemos. Mas o mundo em que vivemos é uma consequência do que os homens têm sido e uma projeção do que são agora. Se os homens continuarem a ser o que são e o que foram no passado, é evidente que o mundo em que vivemos não poderá ser melhorado. Se você imagina que sim, está sendo brutalmente otimista em relação à natureza humana. Mas, por outro lado, será brutalmente pessimista se imaginar que, por sua natureza, os homens e mulheres estão condenados a passar a vida inteira no plano estritamente humano. Graças a Deus — disse ele, com ênfase — não é assim. Está em seu poder alçarem-se ao plano da eternidade. Nenhuma sociedade humana pode tornar-se notavelmente melhor do que é se não contiver uma boa proporção de indivíduos que saibam que sua humanidade não é a última palavra e que procurem conscientemente transcendê-la. É por isso que devemos encarar com profundo pessimismo as coisas que quase todos encaram com otimismo: a ciência aplicada, a reforma social e a natureza humana dos homens e das mulheres ordinários. Pela mesma razão, devemos encarar com profundo otimismo as coisas que todos encaram com tanto pessimismo, que nem sabem que existem — quero dizer, a possibilidade de transformar e transcender a natureza humana. Não mediante o progresso evolutivo, não em um futuro remoto, mas a qualquer momento — aqui, agora, se se quiser —, mediante o uso da inteligência bem dirigida e da boa vontade.

Experimentou o funcionamento do torno e logo o parou outra vez para fazer novos.

— É essa a espécie de pessimismo e otimismo que se encontra em quase todas as grandes religiões — acrescentou. — Pessimismo quanto ao mundo, em geral, e quanto à natureza humana tal como se manifesta na maioria dos homens e mulheres. Otimismo tratando-se das coisas que podem ser realizadas por quem quiser e souber como.

Ligou novamente o torno e, dessa vez, deixou-o funcionando.

— Você conhece o pessimismo do Novo Testamento — continuou, entre o ruído da máquina. — Pessimismo com respeito à massa da humanidade: muitos são os chamados, poucos os escolhidos. Pessimismo quanto à fraqueza e à ignorância: dos que não têm, vai ser tirado mesmo o que têm. Pessimismo no tocante à existência tal como é vivida no plano humano ordinário: pois que deve perder esta vida quem quiser ganhar a vida eterna. Pessimismo, mesmo sobre as mais altas formas de moralidade mundana: não terão acesso ao Reino dos Céus aqueles cuja virtude não exceder à dos escribas e fariseu. Mas quem são os escribas e fariseus? Simplesmente os melhores cidadãos, os pilares da sociedade, todos os homens bem pensantes. E, apesar disso, ou antes, por causa disso, Jesus lhes chama "raça de víboras". Pobre doutor Mulge! — acrescentou, num parêntese. — Como ficaria desgostoso se tivesse o infortúnio de se encontrar com o meu Salvador! — E mr. Propter riu para si mesmo, enquanto continuava seu trabalho — Bom, é este o lado pessimista dos ensinamentos dos Evangelhos — continuou. — E, mais sistemática e filosoficamente, você encontrará as mesmas coisas expressas nas escrituras budista e hindu. Não há esperança para o mundo tal qual é e para o homem no plano estritamente humano: eis o veredicto universal. A esperança só surge quando os seres humanos começam a perceber que o reino dos céus — ou seja qual for o nome que se dê a isso — está dentro de nós, e pode ser experimentado por quem quer que se dê ao trabalho necessário. Esse é o lado otimista do cristianismo e de todas as outras religiões universais.

Mr. Propter parou o torno, tirou a perna da cadeira que estava a lavrar e pôs outra em seu lugar.

— Não é esta a espécie de otimismo que nos ensinam nas igrejas liberais... — disse Pete, lembrando-se do período de transição por que passara, entre o reverendo Schlitz e o antifascismo militante.

— Não, não é — concordou mr. Propter. — Humanismo dos princípios do século XX temperado com o evangelismo do século XIX. Que combinação! O humanismo afirma que se pode realizar o bem num plano em que este não existe e nega a eternidade. O evangelismo, afirmando a existência de uma divindade pessoal que perdoa as ofensas, nega as relações entre causas e efeitos. Humanismo e evangelismo são, pois, como Jack Spratt[3] e a mulher: entre um e outro, eles lambem o prato, deixando-o vazio de sentido. Aliás, nem tanto assim — acrescentou mr. Propter, entre o zumbido da máquina. — Não de *todo* sentido. Os humanistas só falam de uma raça, e os evangélicos só adoram um deus. Aos patriotas compete eliminar esse último vestígio de sentido. Aos patriotas e aos sectários políticos, com suas centenas de idolatrias a se excluírem mutuamente. "Há muitos deuses, e os chefes locais são seus

3 Personagem popularíssima do folclore provincial inglês. Jack Spratt "não podia comer gordura", ao passo que a mulher "não podia comer carne magra". [N.T.]

respectivos profetas." A tolice amável das igrejas liberais satisfaz, nos tempos normais; mas, para os tempos de crise, é sempre completada pelos delírios ferozes do nacionalismo. Com essas filosofias educamos os nossos filhos. Com essas filosofias seus avós otimistas esperam que vocês reformem o mundo.

Mr. Propter pausou por um minuto, e logo continuou:

— Porém está escrito que o homem colhe conforme semeia. A Deus não se pode iludir. Não se pode iludir — repetiu. — Não obstante, o homem recusa-se a crê-lo. Continua a pensar que pode mandar impunemente às favas a natureza das coisas. Às vezes tenho vontade de escrever um tratado, como um livro de receitas que intitularia: "Cem maneiras de iludir Deus". Tomaria cem exemplos, da história e da vida contemporânea, mostrando o que acontece quando o homem se mete a fazer as coisas sem atentar, devidamente, para a natureza da realidade. O livro seria divido em capítulos: Iludindo Deus na agricultura, Iludindo Deus na política, Iludindo Deus em educação, Iludindo Deus em filosofia, Iludindo Deus em economia etc. Seria um livrinho instrutivo. Embora um tanto deprimente... — acrescentou.

CAPÍTULO VIII

A notícia de que o quinto conde tivera três filhos ilegítimos aos oitenta e um anos de idade era anunciada, no livro de notas, com uma discrição realmente aristocrática. Sem vanglória nem congratulações. Apenas a referência, calma, sumária, espremida, como um recheio de sanduíche, entre o registro de uma palestra com o duque de Wellington e uma apreciação sobre a música de Mozart. Cento e vinte anos após o acontecimento, o doutor Obispo — que não era um *gentleman* inglês — fez tal estardalhaço que parecia ter sido ele o autor da proeza.

— Três filhos! — exclamou, em seu entusiasmo proletário. — *Três!* O que o senhor acha disto?

Educado nas mesmas tradições que o quinto conde, Jeremy achou que não era mau e continuou a ler.

Em 1820 o conde adoecera de novo, mas não gravemente; um tratamento de entranhas de carpa cruas restaurara-lhe, em três meses, a saúde normal, "a saúde", tal como ele frisava, de um homem na flor da idade.

Um ano mais tarde visitou, pela primeira vez depois de um quarto de século, o sobrinho e a sobrinha, e teve a satisfação de encontrar Caroline rabujenta, John calvo e asmático, e a filha mais velha do casal tão monstruosamente gorda que ninguém ousaria desposá-la.

Quando soube da morte de Bonaparte, escreveu, filosoficamente, que um homem precisava ser muito estúpido para não saber satisfazer o desejo de glória, poder e emoção de outro modo que não mediante as durezas da guerra e o tédio do governo civil. "A linguagem da conversação polida", concluía ele, "mostra, de forma bastante clara, que empresas como as de Alexandre e Bonaparte têm, todas, seus equivalentes domésticos e pacíficos. Falamos em *Aventuras* amorosas, na *Conquista* da Mulher desejada, na *Posse* de sua Pessoa. Para um Homem sensato, estes são *tropos* deveras eloquentes. Considerando o seu significado, ele percebe serem a Guerra e a Conquista de um Império falazes porque estúpidos, estúpidos porque desnecessários, e desnecessários porque as satisfações extraídas da Vitória e do Domínio podem ser obtidas com muito menos dor, tédio e trabalho, por detrás das cortinas de veludo da Alcova da Duquesa ou sobre a Enxerga de palha da Mocinha do Estábulo. E se algum dia, porventura, estes Prazeres tão simples lhe parecerem insípidos; se, como o Herói antigo, ele se vir clamando por novos Mundos a conquistar, então, mediante a oferta de um guinéu de gratificação, e, em muitos casos, como tive ocasião de verificar, gratuitamente, para simples satisfação de um Desejo latente de Humilhação ou mesmo de Dor por parte da paciente, o homem poderá desfrutar o Privilégio de usar a Palmatória, as Algemas, a Prisão ou qualquer outro Emblema que o Poder absoluto e a Fantasia de Conquistador lhe sugerirem, e, ou a Paciência assalariada da Conquista tolerará, ou o seu Gosto anuente aprovará. Lembro-me de uma observação do Dr. Johnson, que diz: raramente se aplica o homem com mais inocência, do que quando diligencia ganhar Dinheiro. Mas Amar é emprego ainda mais inocente do que ganhar Dinheiro. Se Bonaparte tivesse tido a sabedoria de dar vazão a seu Desejo de Domínio nos Salões e nas Alcovas de sua

Córsega natal, teria morrido em Liberdade, no seio de seu Povo, e muitas centenas de milhares de homens, ora mortos, mutilados e cegos, estariam vivos e em pleno gozo de suas faculdades. É verdade que, sem dúvida, estariam empregando os seus Olhos, Membros e Vidas, tão estúpido e malignamente como os empregaram os que Bonaparte não assassinou. Mas, conquanto um Ser Superior possa aplaudir o ex-Imperador, por limpar a Terra de tanta Vermina, esta será sempre de outra opinião. Na minha qualidade de simples Homem Sensato, e não de Ser Superior, estou do lado da Vermina."

— O senhor já notou, por acaso — disse o doutor Obispo, meditativamente —, como até mesmo as pessoas desavergonhadas vivem procurando demonstrar que são, de fato, boas? Até este velho malandro! Qualquer um de nós pensaria que ele pouco se importava com o que achassem dele, contanto que se divertisse... Mas não. Tem que escrever um longo arrazoado, demonstrando ser homem muito melhor que Napoleão. Indubitavelmente o é, sob qualquer ponto de vista razoável; mas ninguém esperaria que ele se desse ao trabalho de dizê-lo.

— Bom, como não era provável que outro o dissesse em seu lugar... — observou Jeremy.

— Ele teve de dizê-lo — concluiu o doutor Obispo. — Isso corrobora o meu argumento. Não existem Iagos; há quem seja capaz de fazer tudo o que fez Iago, mas não se qualificará de vilão. Construirá um belo mundo verbal em que todas as suas vilanias sejam justas e razoáveis. Eu esperava que o velho tripas de carpa fosse uma exceção. Mas, que nada! Estou bastante desapontado.

Jeremy casquinou com certo desprezo protetor:

— O senhor gostaria que ele bancasse o Don Juan no inferno, não é? "*Le calme héros courbé sur sa rapière.*" O senhor é mais romântico do que eu pensava...

Voltou ao livro de notas e, após uma pausa, anunciou que, em 1823, o quinto conde passara algumas horas na companhia de Coleridge e achara sua conversa profunda, mas singularmente turva, "características", acrescentava, "admiráveis em Aquários, mas deploráveis no Discurso Racional, que deve ser sempre bem translúcido e bem raso, para que qualquer um o possa atravessar a vau, sem correr o risco de afogar-se num abismo de absurdos."

Os olhos de Jeremy cintilaram de prazer. Coleridge não era um de seus favoritos:

— Quando penso nas bobagens que ainda se andam dizendo sobre as porcarias que esse velho morfinômano escreveu...

O doutor Obispo interrompeu-o, abrupto:

— Vejamos alguma coisa mais sobre o conde.

Jeremy voltou ao caderno de notas.

Em 1824 o velho aristocrata lamentava a aprovação do decreto que, equiparando o transporte de escravos à pirataria, tornava esse comércio um crime punível de morte. Isso queria dizer que, a partir dali, seus rendimentos diminuiriam entre oito e nove mil libras por ano. Mas se consolara pensando em Horácio, que vivera com filosófica tranquilidade sem sua quinta sabina.

Em 1826 hauria os mais agudos prazeres de um novo estudo de Teócrito e da companhia de uma jovem chamada Kate, que fizera caseira do castelo. No mesmo ano, apesar das reduções sofridas por sua renda, não pôde resistir à tentação de comprar uma deliciosa *Assunção da Virgem* de Murilo.

1827 foi um ano de reveses monetários, reveses estes aparentemente relacionados com a morte, consecutiva a um aborto, de uma criadinha muito jovem, servente da caseira. O assentamento, no livro de notas, era breve e obscuro, mas parecia subentender que tivera de pagar aos pais da moça uma quantia muito elevada.

Pouco depois o conde ficou novamente mal de saúde e escreveu uma longa e pormenorizada descrição das sucessivas fases de putrefação no cadáver humano, com referência especial aos olhos e aos lábios; um breve tratamento de carpa triturada elevou-lhe o moral a um nível mais otimista. Em 1828 visitou Atenas, Constantinopla e o Egito. Em 1831 entabulava negociações para a compra de uma casa perto de Farnham.

— Deve ser Selford — observou Jeremy. — É a casa de onde vieram estas coisas — indicou os vinte e sete caixotes. — A residência das duas velhas.

Continuou a leitura:

— "A casa é velha, sombria, imprópria, mas situada em Terras assaz extensas, sobre uma Eminência que domina o Rio Wey, cuja margem sul, neste ponto, eleva-se quase a prumo, numa Escarpa de grés amarelo, à altura de cerca de quarenta metros. A pedra é mole e fácil de trabalhar, circunstância que explica a existência de porões muito extensos sob a casa, abertos — ao que parece — há cerca de um século, quando se usavam as Galerias para armazenar contrabandos de Álcool e outras mercadorias, no seu trajeto das costas de Hampshire e Sussex para a Metrópole. Para acalmar os receios da Esposa, que temia perder um filho nestes meandros subterrâneos, o Granjeiro, proprietário da Mansão, obstruiu a maior parte de seus porões; porém mesmo o que resta tem a aparência de uma verdadeira Catacumba. Em Galerias como estas, um Homem pode dispor de toda a Solidão necessária para a satisfação de seus Gostos mais excêntricos."

Jeremy olhou, por sobre o livro:

— Isto tem um ar um tanto sinistro, não acha?

O doutor Obispo deu de ombros:

— Nunca se pode dispor de bastante solidão! — disse, com ênfase. — Quando penso nas dificuldades que tive de enfrentar por falta de uma galeriazinha como essa de que o senhor acabou de falar...

Deixou a frase interrompida; uma sombra de tristeza enuviou-lhe o rosto. Não poderia dar, indefinidamente, cápsulas de Nembutal ao patife do Jo Stoyte!

— Bom, o velho comprou a casa — disse Jeremy, que continuara a ler em silêncio. — Mandou fazer vários reparos e adições em estilo gótico. Montou um apartamento, quinze metros sob o nível do solo, no extremo de uma longa galeria. Ficou radiante com o encontro de um poço subterrâneo e de outro ramal ainda mais profundo, que se podia usar como privada. Descobriu também que o local era perfeitamente seco, dispunha de farto arejamento e...

— Mas que pretenderá ele fazer lá embaixo? — perguntou o doutor Obispo, impaciente.

— Como posso saber? — respondeu Jeremy. Correu os olhos para o fim da página. — No momento — continuou ele —, o velho está preparando um discurso para a Câmara dos Lordes, em favor do Ato da Reforma.

— Em favor? — inquiriu, surpreso, o doutor Obispo.

— "Nos primeiros dias da Revolução Francesa" — leu Jeremy — "enfureci os adeptos de todos os Partidos políticos dizendo: a Bastilha caiu; viva a Bastilha. Quarenta e três anos se passaram após a ocorrência desse Acontecimento singularmente fútil, e o surto de novas Tiranias, a restauração das antigas, demonstraram a correção de meus Prognósticos. É, pois, com toda a Confiança que agora digo: o Privilégio está morto; viva o Privilégio. As massas humanas são incapazes de Emancipação e demasiadamente ineptas para dirigirem os próprios Destinos. O Governo deve ser sempre exercido por Tiranos e Oligarcas. O conceito que faço da Aristocracia agrária e da classe dos Pares é extremamente baixo;

mas o conceito que elas fazem de si mesmas deve ser ainda mais baixo. Creem elas que o Voto lhes arrebatará das mãos o Poder e os Privilégios, enquanto eu tenho a certeza que, mesmo com o exercício da escassa dose de Prudência e de Astúcia com que os prendou a parcimoniosa Natureza, poderão facilmente manter-se na preeminência atual. Assim sendo, deixai a Ralé divertir-se com o Voto! Que é uma Eleição senão um espetáculo gratuito de marionetes que os governantes oferecem aos governados para distrair-lhes a atenção?"

— Imagine como este homem gostaria de uma moderna eleição comunista ou fascista! — disse o doutor Obispo. — A propósito, que idade tinha ele quando fez o discurso?

— Deixe ver... — Jeremy parou um momento para calcular, e logo respondeu: — Noventa e quatro.

— Noventa e quatro! — repetiu o doutor Obispo. — Bem, se isto não é efeito das tripas de peixe, não sei de que será...

Jeremy voltou ao livro de notas.

— Nos princípios de 1833, o velho revê o sobrinho e a sobrinha, por ocasião do sexagésimo quinto aniversário de Caroline. Caroline usa, agora, uma peruca ruiva, a filha mais velha morreu de câncer, a mais nova é infeliz com o marido e dedica-se à prática da devoção, e o filho, atualmente coronel, contrai dívidas de jogo e espera que os pais as paguem. "Tudo considerado", observa o conde, "foi uma noite das mais agradáveis, a noite da minha visita."

— E sobre os porões, nada? — lamentou o doutor Obispo.

— Nada; mas a caseira, Kate, adoeceu, e o conde ministrou-lhe um regime de carpas.

O interesse do doutor Obispo reavivou-se.

— E quais os resultados?

Jeremy balançou a cabeça:

— A nota seguinte é sobre Milton.

— Milton?! — exclamou o doutor Obispo, num misto de indignação e desgosto.

— Diz ele que os escritos de Milton demonstram que a religião depende, para sua existência, do uso pitoresco da linguagem destemperada.

— Pode ser — disse o doutor Obispo, irritado. — Mas eu quero saber o que aconteceu à caseira.

— Evidentemente está viva, porque há aqui uma pequena observação em que ele se queixa do tédio resultante da exagerada dedicação feminina.

— Tédio? — repetiu o doutor Obispo. — O homem está sendo delicado. Conheci mulheres piores que papel de apanhar moscas.

— É, mas parece que esta não se opunha a uma infidelidade casual. Pelo menos encontro aqui referência a uma mulatinha...

Fez uma pausa e continuou, a sorrir:

— "Deliciosa criatura! Combina a imbecilidade bruta de uma Hotentote com a malícia e a cupidez de uma Europeia". Depois de escrever isto, o velho aristocrata vai jantar, em Farnham Castle, com o bispo de Winchester, e acha o seu clarete ordinário, seu porte execrável e seus poderes intelectuais abaixo da crítica.

— E sobre a saúde de Kate? Nada? — insistiu o doutor Obispo.

— Por que haveria ele de mencioná-la? Considera evidente a cura.

— E eu que esperava que ele fosse um homem de ciência! — tornou o doutor Obispo, quase queixoso.

Jeremy não pôde deixar de rir:

— Parece-me que o senhor tem ideias muito estranhas sobre quintos condes e undécimos barões... Por que cargas-d'água haveriam de ser homens de ciência?

E como o doutor Obispo fosse incapaz de responder, Jeremy entrou na página seguinte:

— Puxa! Esta é forte! — explodiu. — O homem anda lendo a *Análise do espírito humano*, de James Mill. Aos noventa e cinco anos! Considero o fato ainda mais notável do que a existência da caseira rejuvenescida e da mulatinha. "O Estúpido vulgar é apenas tolo e ignorante. Para ser um Grande Estúpido, um homem precisa de muito preparo e grandes aptidões. Para crédito imperecível de mr. Bentham e de seus Lugares-Tenentes, devemos dizer que sempre foram Estúpidos na maior escala. A *Análise* de Mr. Mill é um verdadeiro coliseu de sandices." A observação seguinte é sobre o Marquês de Sade. A propósito — interpelou Jeremy, tirando os olhos do livro para fixá-los nos doutor Obispo —, quando o senhor pretende devolver meus livros?

O doutor Obispo deu de ombros:

— Quando o senhor quiser — respondeu. — Já estou farto deles.

Jeremy procurou dissimular a alegria e, com um pigarro, voltou ao livro de notas:

— "O Marquês de Sade" — leu ele, em voz alta — "era um homem de poderoso gênio, infelizmente desequilibrado. Na minha opinião, atingiria a Perfeição o Autor que combinasse as qualidades do Marquês com as do Bispo Butler e as de Sterne." — Jeremy fez uma pausa. — O Marquês, o Bispo Butler e Sterne... — repetiu, lentamente. — Palavra! Daria um livro notável!

Continuou a ler:

— "Outubro, 1833. Degradar-se é tanto mais agradável quanto maior a altura da Eminência intelectual e mundana de que se desce e a que se volta, concluído o ato de Degradação." Muito bem! — comentou Jeremy, lembrando-se das mulheres troianas e das tardes de sexta-feira em Maida Vale. — Sim, senhor, muito bem! Vejamos onde paramos... Ah, sim! "Os Cristãos vivem falando na Dor, mas nada do que dizem tem sentido. Porque as Características mais evidentes da Dor são: a Desproporção entre a enormidade do sofrimento físico e suas causas, muitas vezes banais; e a maneira por que, em aniquilando todas as faculdades e reduzindo o corpo ao desamparo, trai o próprio Objeto a que a destinou, aparentemente, a Natureza, que é o avisar o sofredor da aproximação do Perigo, quer interior, quer exterior. Em relação com a Dor, essa palavra oca que é Infinidade quase adquire um sentido. O mesmo não se dá com o Prazer, pois o Prazer é estritamente finito, e qualquer tentativa de estender-lhes as fronteiras tem por consequência transformá-lo em Dor. Por este motivo a Inflição do Prazer jamais poderá ser tão deliciosa, para um espírito ambicioso, quanto a Inflição da Dor. Prodigar uma quantidade finita de Prazer é um ato meramente humano; mas a Inflição dessa Infinidade que chamamos Dor é divina e digna dos deuses."

— Será que esse velho patife tornou-se místico na velhice? — queixou-se o doutor Obispo. — Quase me faz lembrar mr. Propter...

Ele acendeu um cigarro. Houve um silêncio.

— Ouça isto! — exclamou, de súbito, Jeremy, animadíssimo. — "Março, 1834. Devido à criminosa negligência de parte de Kate, Priscilla conseguiu escapar de sua reclusão subterrânea. Levando, como ela, sobre sua Pessoa a prova de que vem sendo, há algumas semanas, Objeto de minhas Investigações, ela tem em suas mãos minha Reputação, e talvez mesmo minha Liberdade e minha Vida."

— Presumo que era a este caso que o senhor se referia antes de começarmos a leitura... — disse o doutor Obispo. — O escândalo final. Que aconteceu?

— Bom, suponho que a moça contou a história — respondeu Jeremy, sem tirar os olhos da página que lia. — De outro modo, como explicar o aparecimento súbito desta "Ralé hostil" em que ele, inopinadamente, começa a falar? "A Humanidade dos homens e mulheres é inversamente proporcional a seu Número. Uma Turba não é mais humana que uma Avalanche ou um furacão. Uma Corja de homens e mulheres é inferior, moral e intelectualmente, a uma Vara de Porcos ou de Chacais."

O doutor Obispo, lançando para trás a cabeça, soltou uma de suas gargalhadas surpreendentes, espalhafatosas, metálicas:

— Perfeito! — disse. — Perfeito! Não pode haver melhor exemplo de conduta tipicamente humana. O *homo* portando-se como *sub-homo*, e depois se tornando *sapiens*, a fim de provar que é, na realidade, um *super-homo* — esfregou as mãos. — Verdadeiramente celestial! — disse, e acrescentou: — Vejamos o que aconteceu.

— Bom, pelo que posso inferir... — disse Jeremy —, foi necessário enviar uma companhia de milicianos de Guilford para proteger a casa contra a ralé. Um magistrado expediu mandado de prisão contra o conde, mas até agora nada se fez, dada a sua idade, posição e o escândalo de um julgamento público. Ah! Agora mandaram chamar John e Caroline, o que deixa furioso o velho aristocrata. Mas nada pode fazer, de modo que eles chegam a Selford. "Caroline, com sua peruca alaranjada, John com seus setenta e dois anos, mas aparentando pelo menos vinte mais que eu, que já tinha vinte e quatro anos quando meu Irmão, mal chegado à maioridade, teve a imprudência de casar-se com a Filha de um Advogado, e o infortúnio mais que merecido de engendrar este Neto de Advogado, que sempre tratei com o Desprezo devido a suas baixas Origens e fracos méritos intelectuais, mas a quem a negligência de uma Prostituta facultou agora o poder de impor-me a sua Vontade."

— Uma dessas encantadoras reuniões de família, não? — disse o doutor Obispo. — Mas presumo que ele não nos dê pormenores...

Jeremy balançou a cabeça:

— Pormenores, não. Apenas um resumo das negociações. Aos 17 de março comunicam-lhe que poderá evitar o processo se desistir, por ato de doação das propriedades não hipotecadas, transferindo-lhes a renda dos latifúndios hipotecados e consentido em internar-se num asilo particular.

— Condições duras, hein?

— Mas que ele rejeita — continuou Jeremy — na manhã do dia 18.

— Bravo!

— "Manicômios particulares" — leu Jeremy, em voz alta — "são prisões particulares, em que, livres do controle do Parlamento e do Judiciário, isentos de Inspeção policial e fechados até mesmo às visitas humanitárias dos Filantropos, Algozes de Carcereiros assalariados executam os tenebrosos desígnios da Vingança familiar e do Ódio pessoal."

O doutor Obispo bateu palmas de contentamento:

— Outro traço admiravelmente humano! As visitas humanitárias dos filantropos!... — gargalhou ele. — Algozes assalariados! — Parece o sermão de um Padre da Roda de Expostos! Magnífico! Quando se pensa naqueles navios negreiros e na pobre miss Priscilla... Quase tão divertido quanto o marechal Goering condenando o hábito de maltratar animais! Algozes e carcereiros assalariados! — repetiu, regalado, como se a frase fosse um bombom delicioso, a derreter lentamente no céu da boca. — Qual o próximo incidente? — perguntou.

— Dizem-lhe que será julgado, condenado e degredado. Ao que ele responde que prefere o degredo ao asilo particular. "Resposta esta que, evidentemente, deixou desconcertados minha preciosa sobrinha e meu precioso sobrinho. Juraram que meu tratamento no Manicômio seria humano. Respondi-lhes que não acreditava em suas juras. John falou em sua honra. 'Honra de Advogado, pois não!' disse eu; e falei em como o Advogado vende suas convicções por Dinheiro. Então suplicaram-me, pelo bom nome da Família, que aceitasse suas propostas. Respondi-lhes que o bom nome da Família me era indiferente, mas que não tinha o menor desejo de submeter-me às Humilhações de um Julgamento Público, ou às dores e desconfortos do Degredo. Estava pronto, disse eu, a aceitar qualquer Alternativa razoável ao Julgamento e ao Degredo, mas não considerarei razoável Alternativa alguma que não me garantisse, de algum modo, um tratamento condigno em suas mãos. Sua palavra de honra eu não considerava Garantia; nem podia aceitar o internamento numa Instituição em que ficaria confiado aos cuidados de Doutores e Guardas pagos por aqueles cujo interesse era que eu perecesse com toda a Celeridade possível. Recusei-me, pois, a subscrever qualquer Acordo que me deixasse à sua Mercê, sem os submeter, igualmente, à minha."

— Eis os princípios da diplomacia numa casca de noz! — disse o doutor Obispo. — Se ao menos Chamberlain os tivesse entendido um pouquinho melhor antes de partir para Munique... Não que isso trouxesse muita diferença ao resultado final — acrescentou — porque, no fim das contas, pouco importa o que façam os políticos; o nacionalismo sempre produzirá, pelo menos, uma guerra a cada geração. Produziu no passado, e presumo que podemos estar seguros de que há de produzir no futuro. Mas como pretende o conde pôr em prática os seus princípios? Que ele se acha à mercê dos sobrinhos é claro; mas como irá colocá-los à sua?

— Ainda não sei — respondeu Jeremy, das profundezas do passado. — O homem tornou a enveredar por uma de suas divagações filosóficas...

— Agora? — disse o doutor Obispo, pasmado. — Com uma ordem de prisão expedida contra ele!

— "Em outros tempos" — leu Jeremy — "eu supunha que todos os Esforços da Humanidade se dirigissem para um Ponto localizado aproximadamente no Centro da Pessoa Feminina. Hoje, porém, sinto-me inclinado a pensar que a Vaidade e a Avareza desempenham papel mais considerável, na direção dos Atos e na determinação da natureza dos Pensamentos humanos, que a própria Luxúria." E assim por diante... Que diabo! Quando voltará ele ao assunto? Talvez nunca; não seria de surpreender... Não, aqui tem algo: "Março, 20. Hoje, Robert Parsons, meu Agente, regressou de Londres trazendo, na própria carruagem, três caixas-fortes cheias de moedas de Ouro e Notas de Banco, no valor de duzentas e dezoito mil libras, produto da venda de minhas Cauções e de todas as Joias, Pratarias e obras de Arte que me foi possível reunir e vender em tão curto espaço. Se dispusesse de mais tempo, obteria, pelo menos, trezentas e cinquenta mil libras. Posso suportar filosoficamente esta perda, pois a soma que tenho em mãos é mais que suficiente para os meus propósitos".

— Quais são esses propósitos? — inquiriu o doutor Obispo.

Jeremy demorou um pouco para responder. Depois, balançou a cabeça, como quem não pode acreditar no que lê.

— Que diabo está acontecendo? — disse ele. — Ouça isto: "Meus Funerais serão realizados com toda a Pompa condizente com minha Posição exalçada e a eminência de minhas virtudes. John e Caroline foram bastante sovinas e ingratos para objetar à Despesa; mas eu insisti. As Exéquias custarão Quatro Mil Libras;

nem um tostão menos. Só lamento não poder deixar o meu Retiro subterrâneo para assistir às Exibições de Desespero e estudar a expressão de Pesar estampadas nos rostos encarquilhados do novo Conde e de sua Condessa. Esta noite, eu e Kate nos recolheremos a nossos Aposentos do Subterrâneo; e amanhã de manhã o Mundo ouvirá a notícia de minha Morte. O corpo de um velho Indigente, já secretamente transportado de Haslemere para cá, ocupará meu lugar no Esquife. Após a Inumação, o novo Conde e a nova Condessa seguirão imediatamente para Gonister, onde fixarão Residência, deixando esta casa vazia, salvo no tocante a Parsons, que servirá de Zelador e provirá às nossas necessidades materiais. O Ouro e as Notas de Banco que Parsons trouxe de Londres já estão guardados no Esconderijo Subterrâneo que só eu sei onde fica. Está combinado que, a cada primeiro de junho, enquanto eu viver, farei entrega de cinco mil libras a John e Caroline, ou, no caso de eles morrerem antes de mim, a seu Herdeiro ou a qualquer Representante devidamente autorizado pela Família. Por esta combinação, de que me orgulho, ficam meus sobrinhos quase tanto em meu poder quanto eu no deles. Se traírem meu Segredo, perderão o Título e as Propriedades, e se exporão, além do mais, a um processo por Perjúrio. E isto não é tudo. Minha Vida lhes vale cinco mil libras em Metal Sonante por ano, e eles sabem muito bem que, à primeira suspeita de perfídia, destruirei imediatamente essa fonte de Renda. Conto com a Cupidez e o Medo para fortalecer-lhes a Honra e fazer as vezes da Afeição que eles certamente não me têm." E isto é tudo — disse Jeremy, levantando o rosto. — Nada mais... Duas páginas em branco e o livro acaba. Nem mais uma palavra.

Houve um silêncio. O doutor Obispo tornou a levantar-se e pôs-se a dar voltas ao redor do quarto.

— E ninguém sabe quanto tempo ainda viveu o velho malandro? — perguntou por fim.

Jeremy balançou a cabeça:

— Não, exceto a família. Talvez as duas velhotas...

O doutor Obispo parou defronte dele e, batendo com o punho na mesa, anunciou dramaticamente:

— Vou tomar o próximo navio para a Inglaterra!

CAPÍTULO IX

Naquele dia, nem mesmo a visita ao Hospital das Crianças trouxe algum conforto a mr. Stoyte. As enfermeiras o tinham saudado com o mais cordial dos sorrisos. O jovem médico da casa, que encontrara no corredor, fora de uma deferência lisonjeira. Os convalescentes gritaram "tio Jo!" com o entusiasmo costumeiro e, quando ele chegava à cabeceira das caminhas, os rostos dos doentinhos iluminavam-se momentaneamente de prazer. Os presentes foram recebidos como sempre, ora com turbulento regozijo, ora (o que era ainda mais comovente), no silêncio de uma felicidade atônita de surpresa e de incredulidade. Em sua visita às várias enfermarias viu, como nos outros dias, a pungente sucessão de pequeninos corpos deformados pela escrofulose ou pela paralisia, de rostinhos macerados, resignados ao sofrimento, de pequeninos anjos agonizantes, de mártires inocentes e travessos diabretes de nariz arrebitado, na tortura de uma imobilidade relutante.

Normalmente isso lhe fazia bem: dava-lhe vontade de chorar e, ao mesmo tempo, de gritar e de se orgulhar — orgulhar-se porque era humano, porque esses garotos eram humanos e os mais corajosos do mundo; orgulhar-se por ter lhes feito essa caridade, por ter lhes dado o melhor do hospital do Estado e tudo o que o dinheiro podia comprar.

Mas, naquele dia, a visita não lhe trouxe nenhuma das reações de costume. Não sentira vontade nem de chorar, nem de gritar. Não sentira orgulho, nem a angústia da compaixão, nem a esquisita felicidade resultante da combinação desses dois sentimentos. Nada sentia, a não ser aquela tristeza penosa e corrosiva que o acompanhara o dia inteiro, no Panteão, no encontro com Clancy, no seu escritório da cidade...

Enquanto voltava, vinha ansiando pela visita ao hospital como um asmático anseia por uma dose de adrenalina ou um fumador de ópio por uma cachimbada longamente adiada. Mas o esperado alívio não veio. De nada lhe valeram os garotos.

Como sempre acontecia no fim das visitas, o porteiro sorriu para mr. Stoyte quando ele deixou o hospital e disse algo sobre "a garota mais linda que conhecia". Mr. Stoyte olhou-o abstraído, aquiesceu sem uma palavra e continuou o seu caminho.

O porteiro acompanhou-o com o olhar. "Caramba!", disse para si, lembrando-se da expressão do rosto do patrão.

Mr. Stoyte voltou ao castelo tão infeliz como quando o deixara pela manhã. Subiu com o Vermeer ao décimo quarto andar; Virgínia não estava no toucador. Desceu ao décimo; Virgínia não estava no salão de bilhar. Desceu ao segundo. Também não estava nem na manicura nem no massagista. Num súbito acesso de suspeita, mr. Stoyte desceu ao subsolo e foi, quase correndo, verificar se ela estava no laboratório com Pete; encontrou o laboratório vazio. Um rato guinchou na sua gaiola; por detrás do vidro do aquário, uma das carpas idosas deslizou lentamente da sombra para a luz e voltou a se esfumar no crepúsculo esverdeado. Como uma bala mr. Stoyte dirigiu-se para o elevador, fechou-se com o sonho de gênio holandês sobre a vida cotidiana elevada misteriosamente ao ápice da perfeição matemática, e apertou o último dos vinte e três botões.

Chegado a seu destino, correu a porta do elevador e espiou pelo vidro da segunda porta. A água da piscina estava perfeitamente calma. Por entre as ameias podia se ver as montanhas, revestidas de sua riqueza crepuscular de ouro e anil. O céu, sem nuvens, era de um azul transparente. Sobre a mesinha de ferro que ficava do outro lado da piscina, uma bandeja com garrafas e copos. Além da mesa, num dos divãs muito baixos em que mr. Stoyte costumava tomar seus banhos de sol, Virgínia estava prostrada, como que anestesiada, os lábios entreabertos, os olhos cerrados, um braço caído, inerte, a mão pousada no solo com a palma para cima, qual uma flor jogada e esquecida. Meio oculto pela mesa, o doutor Obispo — o Claude Bernard do assunto — olhava-lhe o rosto, com uma expressão de curiosidade científica ligeiramente divertida.

No primeiro ímpeto irreprimível, a fúria homicida de mr. Stoyte chegou quase a salvar a sua vítima. Com um esforço enorme reprimiu o impulso de gritar, de se precipitar para fora do elevador, sacudindo os punhos, a boca cheia de espuma. Tremendo, à pressão interna da raiva e do ódio reprimidos, meteu a mão no bolso do paletó. Exceto um reco-reco e dois pacotes de chicletes que tinham sobrado de sua distribuição de presentes no hospital, o bolso estava vazio. Pela primeira vez, em muitos meses, tinha esquecido a pistola automática.

Por alguns segundos mr. Stoyte hesitou, sem saber o que fazer. Deveria sair, conforme seu primeiro impulso, e matar o homem com as próprias mãos? Ou descer e buscar a pistola? Por fim, resolveu buscar a pistola. Apertou o botão; o elevador desceu silenciosamente no seu poço. Mr. Stoyte olhava furioso para o Vermeer, sem vê-lo; de seu universo de beleza geométrica perfeita, a jovem sentada de cetim azul desviava o olhar do cravo aberto e contemplava, por entre os reposteiros ondeados, além do pavimento enxadrezado de preto e branco e pela janela da moldura, este outro universo em que mr. Stoyte e seus semelhantes viviam a sua feia e sórdida existência.

Mr. Stoyte correu ao quarto de dormir, abriu a gaveta dos lenços, revolveu furiosamente as sedas e cambraias e nada encontrou. Então se lembrou de que, na véspera de manhã, estava sem paletó. A pistola ficara no bolso da calça. Depois Pedersen chegou para dar-lhe a aula de ginástica sueca. E como a pistola no bolso traseiro o incomodava toda vez que precisava se deitar de costas no assoalho, ele a tinha tirado e posto na escrivaninha de seu escritório.

Mr. Stoyte voltou ao elevador, desceu quatro andares e correu ao escritório. A pistola devia estar na primeira gaveta esquerda da escrivaninha. Lembrava-se perfeitamente.

Mas a primeira gaveta esquerda da escrivaninha estava fechada, bem como as outras.

— Cadela dos infernos! — berrou, tentando freneticamente forçar os puxadores das gavetas.

Conscienciosa nos menores detalhes, miss Grogram, a secretária, sempre fechava tudo a chave antes de ir para casa.

Ainda amaldiçoando a secretária, que no momento odiava tão veementemente quanto aqueles dois que surpreendera lá em cima, mr. Stoyte voltou, como um furacão, ao elevador. A porta estava fechada. Enquanto estivera no escritório, alguém certamente apertara o botão automático em outro andar. Podia-se ouvir, através da porta fechada, o zumbido abafado do maquinismo. O elevador estava funcionando. Só Deus sabia quanto tempo teria de esperar!

Mr. Stoyte soltou um mugido inarticulado, precipitou-se pelo corredor, dobrou à direita, abriu uma porta de molas, dobrou novamente à direita e saiu em frente ao elevador de serviço. Girou a maçaneta e puxou. Estava fechada. Apertou o botão. Nada! O elevador de serviço também estava sendo utilizado.

Mr. Stoyte voltou pelo corredor, transpôs a porta de molas, ainda outra... Em um poço central que mergulhava sessenta metros, até o último porão, uma escada em caracol subia e descia. Mr. Stoyte começou a subir, mas, exausto ao segundo andar, voltou aos elevadores. O de serviço ainda estava ocupado, mas o outro obedeceu à chamada do botão. Descendo de algum lugar lá de cima, parou diante dele. A porta abriu-se automaticamente. Mr. Stoyte correu-a e entrou. A moça de cetim ainda ocupava a mesma posição de equilíbrio num universo perfeitamente calculado. A distância de seu olho esquerdo ao lado esquerdo do quadro estava para a distância ao lado direito como um está para a raiz quadrada de dois menos um; e a distância do mesmo olho ao limite inferior do quadro era igual à sua distância ao lado esquerdo. Quanto ao laço de fitas do ombro direito, achava-se precisamente no canto de um quadrado imaginário com o lado igual à maior das duas seções douradas em que era divisível a base do quadro. Uma ruga profunda na saia de cetim indicava a posição do lado direito desse quadrado; a tampa do cravo, o outro. A tapeçaria do canto superior direito cobria exatamente um terço da largura do quadro, e a fímbria inferior estava a uma altura igual ao comprimento da base. Repelido pelos pardos e ocres sombrios do fundo, o cetim azul vinha bater nos quadrados de mármore preto e branco do piso, e, rebatido, ia pairar suspenso, bem como no meio do quadro, como um pedaço de aço entre dois ímãs de polaridades contrárias. Dentro da moldura, nada poderia ser diferente; a quietude daquele mundo não era a mera imobilidade das pinturas antigas, a mera imobilidade da tela; era também o vívido repouso da perfeição consumada.

— Cadela dos infernos! — rosnava ainda mr. Stoyte. E em seguida, passando da secretária ao doutor Obispo: — Porco!

O elevador parou. Mr. Stoyte precipitou-se para fora e correu, pelo corredor, ao escritório vazio de miss Grogram. Julgava saber onde ela guardava as chaves; mas aconteceu que se enganava. Deviam estar em outro lugar qualquer; mas onde? onde? onde? A decepção transformou-lhe a cólera num verdadeiro ataque de nervos. Abriu gavetas e despejou-lhes o conteúdo no chão, espalhou pela sala a papelada, tão bem arrumadinha, derrubou o ditafone, deu-se mesmo ao trabalho de esvaziar as estantes e virar o vidro de esmalte e o aquário de peixinhos dourados que miss Grogram tinha na sacada da janela. Escamas vermelhas cintilaram, por entre cacos de vidro e os livros de consulta. Uma cauda de gaze manchou-se de respingo de tinta. Mr. Stoyte pegou um vidro de cola e atirou-o com toda a força ao chão, entre os peixinhos moribundos.

— Cadela — berrou. — Cadela!

De repente viu as chaves reunidas em molho num gancho que ficava perto da lareira, no mesmo lugar em que já as tinha visto um milhão de vezes.

— Cadela! — rosnou, ainda mais furioso, pegando as chaves. Precipitou-se para a porta, só se detendo para derrubar a máquina de escrever. Ela caiu, com um estrondo, naquele caos de papéis rasgados, cola e peixinhos dourados. "Isso ensinaria àquela cadela!", refletia mr. Stoyte, com uma espécie de regozijo maníaco, enquanto se dirigia, a toda pressa, para o elevador.

CAPÍTULO X

Barcelona caíra.

Mas, mesmo se não tivesse caído, mesmo se nunca a tivessem sitiado, que importava?

Como outra comunidade qualquer, Barcelona era em parte máquina, em parte organismo sub-humano, em parte gigantesca projeção *pesadélica* e encarnação das paixões e loucuras dos homens — de sua avareza, de seu orgulho, de sua concupiscência de poder, de sua obsessão por palavras sem sentido, de seu culto a ideais lunáticos.

Capturada ou não, toda cidade, toda nação tem sua sede no plano da ausência de Deus. Tem a sua sede no plano da ausência de Deus e está, pois, fadada a perpetuamente estultificar-se, a tentar, incessante e reiteradamente, destruir-se.

Barcelona caíra. Mas, mesmo a prosperidade das sociedades humanas é um processo contínuo de decadência gradual ou catastrófica. Os que erigem a estrutura das civilizações são os mesmos que as solapam. O homem é o cupim de si próprio, e continuará a ser enquanto persistir em não ser mais que homem.

Erguem-se torres, palácios, templos, vivendas, oficinas; mas o cerne de cada trave, quando assentada, já está reduzido a pó, as cantoneiras esburacadas, o assoalho carcomido...

Que poesias, que estátuas — bem nas vésperas da guerra do Peloponeso! E, depois, pinta-se o Vaticano — a tempo para o saque de Roma. Compõe-se a *Heroica* — mas para um herói que mostra não passar de um bandido como outro qualquer. E a natureza do átomo é elucidada pelos mesmos físicos que, em tempo de guerra, se apresentam como voluntários para aperfeiçoar as artes homicidas.

No plano da ausência de Deus, os homens nada podem fazer senão destruir o que construíram — e destruir mesmo enquanto constroem, visto que constroem com os próprios elementos da destruição. A loucura consiste em não reconhecer os fatos; em fazer os desejos pais dos pensamentos; em supor as coisas, outras do que realmente são; em tentar realizar os fins desejados com meios que um sem-número de experiências anteriores demonstraram ser inapropriadas.

A loucura consiste, por exemplo, em pensar em si como uma alma, uma entidade humana coerente e duradoura, quando entre o animal, abaixo, e o espírito, acima, nada existe no plano humano senão um enxame de impulsos, sentimentos e conceitos entrelaçados; um enxame reunido pelos acidentes da hereditariedade e da língua; um enxame de pensamentos e desejos incôngruos e muitas vezes contraditórios. A memória e o corpo em lenta mutação constituem uma espécie de gaiola espaço-temporal que encerra o enxame. Referir-se-lhe como se fora uma "alma" coerente e durável é loucura. No plano estritamente humano, não existe essa coisa que se chama alma.

Constelações de pensamentos, arranjos de sentimentos, padrões de desejos. Cada qual estritamente condicionado pela natureza de suas origens fortuitas. Nossas "almas" são tão pouco "nós" que não podemos formar sequer a mais pálida ideia de como reagiríamos ao universo se ignorássemos a linguagem em geral ou a nossa língua em particular. A natureza de nossas "almas" e do mundo que habitam seria inteiramente diversa se jamais tivéssemos aprendido a falar, ou se tivéssemos aprendido a falar esquimó, e não inglês. A loucura consiste, entre outras coisas, em imaginar que nossa "alma" existe independentemente da língua que nossas amas nos ensinaram.

Cada padrão psicológico é determinado; e, dentro da gaiola da carne e da memória, o enxame total desses padrões não é mais livre que cada um de seus membros. Falar em liberdade com referência a atos que, na realidade, são determinados, é loucura. No plano estritamente humano, não existem atos livres. Por sua insensata recusa de reconhecer os fatos tais como são, os homens e mulheres condenam-se a ter os desejos estultificados, as existências deformadas ou extintas. Não menos que as cidades e as nações de que são membros, os homens e as mulheres estão sempre em decadência, sempre a destruir o que construíram ou constroem. Mas, ao passo que as cidades e nações obedecem às leis que entram em jogo sempre que se trata de grandes números, os indivíduos não. Ou antes, não são obrigados a isso; pois, embora quase todos consintam, na realidade, em sujeitar-se a essas leis, não sentem necessidade de fazê-lo. Porque não sentem necessidade de permanecer exclusivamente no plano humano da existência. Está em seu poder passar do plano da ausência de Deus ao da presença de Deus. Cada membro do enxame psicológico é determinado; assim também a conduta do enxame total. Mas, além do enxame, e, no entanto, contendo-o e penetrando-o, jaz a eternidade, pronta a experimentar-se a si mesma, à espera da ocasião de fazê-lo. Mas, para que a eternidade possa experimentar-se dentro da gaiola espaço-temporal de um ser humano individual, o enxame a que chamamos "alma" deve renunciar voluntariamente ao frenesi, deve, por assim dizer, ceder espaço a outra consciência sem tempo, deve silenciar para tornar possível a emergência de um silêncio mais profundo. Deus só está completamente presente na ausência completa do que chamamos nossa humanidade. Nenhuma necessidade férrea condena o indivíduo ao fútil tormento de ser apenas humano. Mesmo o enxame que chamamos alma tem o poder de inibir temporariamente sua atividade insensata, de ausentar-se de si mesmo — ao menos por um momento — a fim de que, ao menos por um momento, Deus possa estar presente. E, quando a eternidade se experimenta, quando Deus se apresenta bastante amiúde, na ausência de desejos, sentimentos e preocupações humanos, o resultado é uma transformação desta vida que, nos intervalos, tem de ser vivida no plano humano. Mesmo o enxame de nossas paixões e opiniões é suscetível de impressionar-se com a beleza da eternidade; e, uma vez impressionado, de sentir-se insatisfeito com a própria hediondez; e, uma vez insatisfeito, de querer transformar-se. O caos dá lugar à ordem — não à ordem arbitrária e puramente humana, resultante da subordinação do enxame a algum "ideal" lunático, mas a uma ordem que reflete a ordem real do mundo. A servidão dá lugar à liberdade — porque então as decisões não são mais ditadas pelas ocorrências fortuitas dos antecedentes históricos, mas são feitas teleologicamente, à luz de uma penetração direta da natureza das coisas. A violência e a simples inércia dão lugar à paz — porque a violência é a fase maníaca, e a inércia, a fase depressiva daquela psicose cíclica que consiste em considerar o ego ou suas projeções sociais como entidades reais. A paz é a serena atividade que brota da consciência de serem nossas "almas" ilusórias, suas criações insanas, e todos os seres, unidos potencialmente na eternidade. A compaixão é um aspecto da paz e resultado desse mesmo ato de consciência.

Entardecia. Pete, subindo a colina do castelo, vinha pensando, com uma espécie de exultação serena, em todas as coisas que mr. Propter lhe dissera. Barcelona caíra. Mas Espanha, Inglaterra, França, Alemanha, América — todas estavam caindo; caindo mesmo quando pareciam estar subindo; todas estavam destruindo o que construíram no próprio ato da construção. Porém, todo indivíduo tem o poder de estacar a queda, de parar de destruir a si próprio. A solidariedade com o mal é optativa, não compulsória.

À saída da carpintaria Pete tomara coragem e pedira a mr. Propter que lhe dissesse o que devia fazer.

Mr. Propter olhara-o com atenção:

— Se você quiser... Isto é, se você *realmente* quiser...

Pete concordara com a cabeça e nada dissera.

O sol tinha se ido; e agora o crepúsculo era como que a encarnação da paz — a paz de Deus, disse Pete com seus botões, enquanto contemplava as montanhas distantes além da planície —, a paz que transcende todo entendimento. Era-lhe insuportável o simples pensamento de ter de separar-se desta doçura. Entrando no castelo, foi direto ao elevador, apertou o botão, e quando a máquina, descendo de algum andar superior, atendeu ao chamado, fechou-se com o Vermeer e apertou o último botão. Lá em cima, no alto do torreão, estaria no próprio coração desta paz celestial.

O elevador parou. O rapaz abriu as portas e saiu. A piscina refletia uma luminosa tranquilidade. Pete volveu os olhos da água parada para o céu e deste para as montanhas; depois deu a volta na piscina para ver, por sobre as ameias, o outro lado.

— Vá embora! — disse, de repente, uma voz abafada.

Pete estremeceu violentamente e, voltando-se, avistou Virgínia, deitada na sombra, quase a seus pés.

— Vá embora! Eu o odeio! — repetiu a voz.

— Desculpe... — gaguejou ele. — Eu não sabia...

— Ah! É você! — Virgínia abriu os olhos; na luz mortiça do crepúsculo Pete pôde ver que ela tinha chorado. — Pensei que fosse Sig... Ele foi buscar um pente para mim...

Ficou algum tempo em silêncio; depois, de súbito, desabafou:

— Pete, sou tão infeliz!

— Infeliz? — Esta palavra e o tom de sua voz abalaram profundamente a paz de Deus. Na angústia do amor e da aflição, o moço sentou-se a seu lado, no divã (mas não pôde deixar de notar que ela parecia não ter nada por baixo da roupa de banho). — Infeliz?

Virgínia cobriu o rosto com as mãos e pôs-se a soluçar:

— Nem mesmo Nossa Senhora! — suspirou ela, com a inocência do sofrimento. — Nem a *ela* eu posso contar. Sinto-me tão baixa...

— Querida! — disse ele, num tom súplice, como que lhe implorando que fosse feliz. Começou a afagar-lhe os cabelos. — Minha querida!

De repente ouviu-se um violento alvoroço no outro lado da piscina. Um estrondo, quando as portas do elevador se abriram; passos precipitados; um bramido inarticulado de raiva. Pete virou a cabeça e teve tempo de ver mr. Stoyte investindo para eles com algo na mão, algo que parecia ser uma pistola automática.

Ainda não estava bem de pé quando mr. Stoyte atirou.

Chegando dois ou três minutos mais tarde com o pente de Virgínia, o doutor Obispo encontrou o velho de joelhos, procurando estancar, com um lenço, o sangue que ainda escorria das duas feridas, uma, pequena e nítida, a outra, cavernosa, que a bala abrira atravessando a cabeça do rapaz.

Prostrada à sombra das ameias, a garota rezava:

— "Santa-Maria-mãe-de-Deus-rogai-por-nós-pecadores-agora-e-na-hora-de-nossa-morte-amém".

E repetia, e tornava a repetir, tão depressa quanto lhe permitiam os soluços. De vez em quando, sacudida por um acesso de náusea, interrompia momentaneamente a prece para logo recomeçar no ponto em que a deixara:

— "... nós-pecadores-agora-e-na-hora-de-nossa-morte-amém-Santa-Maria-mãe-de-Deus...".

O doutor Obispo chegou a abrir a boca para soltar uma exclamação, mas tornou a fechá-la e murmurou: "Cristo!", e rapidamente, em silêncio, deu a volta à piscina. Antes de tornar conhecida a sua presença, tomou a precaução de pegar a pistola e metê-la no bolso. Por via das dúvidas... Depois chamou mr. Stoyte pelo nome.

O velho estremeceu. Uma hedionda expressão de terror surgiu em seu rosto. Mas ao medo sucedeu o alívio quando, voltando-se, viu quem lhe falara:

— Graças a Deus é você! — disse. De repente, lembrou-se de que era aquele o homem que ele queria matar. Mas isso tinha sido há um milhão de anos, a um milhão de léguas de distância. O fato recente, imediato, urgente, não era a garota, nem o ódio, nem o amor; era o terror, e aquilo que jazia no chão.

— Você tem de salvá-lo! — disse, num murmúrio rouco. — Podemos dizer que foi um acidente. Eu dou o que ele quiser. Dentro do razoável, é claro — um velho reflexo impeliu-o a acrescentar. — Mas você tem de salvá-lo!

E, levantando-se com dificuldade, puxou o doutor para junto do cadáver. O único gesto do doutor Obispo foi um movimento de recuo. O velho estava coberto de sangue, e ele não tinha o menor desejo de estragar um terno de noventa e cinco dólares.

— Salvá-lo? — repetiu. — O senhor está louco! Olhe os miolos espalhados pelo chão!

Da sombra, por detrás deles, Virgínia interrompeu o murmurar choroso de suas preces para soltar um grito.

— No chão! — ficou ela a lamuriar. — No chão!

— Cale essa boca, está ouvindo? — disse o doutor, voltando-se feroz em sua direção.

Os gemidos, num momento, cessaram; mas, poucos segundos depois, ouviu-se o som de um vômito violento e em seguida:

— "Santa-Maria-mãe-de-Deus-orai-por-nós-pecadores-agora-e-na-hora-de-nossa-morte-amém-Santa-Maria-mãe-de-Deus-rogoai-por-nós-pecadores-agora..."

— Já que o senhor quer salvar alguém — continuou o doutor Obispo —, é melhor salvar a si próprio. E acredite em mim — acrescentou, com ênfase, sustentando-se na perna esquerda e apontando com o bico do sapato direito para o cadáver —, bem que o senhor precisa! Isto vai dar ou câmara letal, ou San Quentin para o resto da vida...

— Mas foi um acidente! — protestou mr. Stoyte, tão aflito que mal podia respirar. — Isto é, foi tudo um equívoco! Jamais pretendia matá-lo. Pretendia...

Calou-se, de súbito, e ficou remexendo a boca, como que tentando engolir a palavra não dita.

— O senhor queria matar a *mim*! — disse o doutor Obispo, completando a frase para ele e sorrindo com aquela expressão de bom humor lupino própria para as ocasiões em que o gracejo era ou embaraçoso, ou doloroso. Certo de que o velho cretino estava por demais atemorizado para zangar-se e, fosse como fosse, a pistola estava no seu bolso, prolongou o gracejo:

— Bom, é nisto que dá andar metendo o bedelho...

— "Agora-e-na-hora-de-nossa-morte-amém" — papagueou Virgínia, no silêncio que se seguiu. — "Santa-Maria-Mãe..."

— Nunca pretendi! — reiterou mr. Stoyte. — Foi uma alucinação! Acho que não sabia o que estava fazendo...

— Diga isso ao júri — volveu o doutor Obispo, com sarcasmo.

— Mas eu juro que não sabia! — protestou mr. Stoyte. Sua voz grossa esganiçou-se grotescamente. Estava pálido de medo.

O doutor deu de ombros:

— Pode ser... Mas o fato de o senhor não saber o que estava fazendo não remedeia isto.

E, de novo sobre uma perna só, tornou a apontar, com o pé elegantemente calçado, para o cadáver.

— Mas que é que eu vou fazer? — quase gemeu mr. Stoyte, na angústia do terror.

— Não pergunte a mim!

Mr. Stoyte iniciou o gesto de pousar implorativamente a mão na manga do outro, mas o doutor, rápido, recuou.

— Não me toque! — disse de forma ríspida. — Olhe para suas mãos!

Mr. Stoyte olhou. Os dedos gordos como cenouras estavam vermelhos; sob suas unhas grossas, o sangue já coagulado e seco parecia barro. — Meu Deus! — murmurou ele. — Meu Deus!

— "... e-na-hora-de-nossa-morte-amém-Santa-Maria..."

Ouvindo a palavra *morte* o velho estremeceu, como que atingido por uma chicotada.

— Obispo! — começou novamente —, venha cá. Você tem de me ajudar a me safar disto. Tem de me ajudar... — implorou.

— Depois de o senhor ter feito tudo para fazer *isto* a mim? — e o sapato branco e bege tornou a apontar na direção do cadáver.

— Mas vai deixar que me prendam!? — suplicou o velho, com um terror abjeto.

— Por que não?

— Mas você não pode! — quase gritou ele. — Não pode!

O doutor inclinou-se para verificar, à luz moribunda da tarde, se o divã não estava sujo de sangue; depois, levantando a calça bege, sentou-se:

— Ficar muito tempo em pé cansa, não acha? — disse, num tom agradável de palestra.

Mr. Stoyte continuou a implorar:

— Você não há de se arrepender. Você terá tudo o que quiser. Tudo! — repetiu, dessa vez sem nenhuma referência restritiva ao "razoável".

— Ah — disse o doutor Obispo. — Agora o senhor está sendo mais claro!

— "Mãe-de-Deus" — balbuciava a garota — "rogai-por-nós-pecadores-agora-e-na-hora-de-nossa-morte-amém-Santa-Maria-mãe-de-Deus-rogai-por-nós-pecadores-agora..."

— Mais claro! — repetiu o doutor Obispo.

PARTE III

CAPÍTULO I

Bateram à porta do gabinete de Jeremy e mr. Propter entrou. Estava — notou aquele — com o mesmo terno cinza-escuro, a mesma gravata preta que usara no funeral de Pete. O traje urbano o diminuía; vestido assim parecia menor do que na sua roupa de trabalho, e, ao mesmo tempo, um tanto mudado. Aquele rosto marcado pelos anos, de traços profundos — aquele rosto de estátua no alto do frontispício de uma catedral —, ficava singularmente incongruente sobre um colarinho engomado.

— Será que o senhor se esqueceu? — perguntou ele, depois de apertar a mão de Jeremy.

Em resposta, Jeremy indicou o paletó e as calças listadas. Eram esperados em Tarzana para a cerimônia inaugural do novo Auditório Stoyte.

Mr. Propter consultou o relógio:

— Bom, ainda temos uns minutos antes de pensarmos em partir. Quais são as novidades? — perguntou, sentando-se.

— Não podiam ser melhores — respondeu Jeremy.

Mr. Propter assentiu:

— Agora que o pobre Jo e os outros se foram, isto aqui deve ser bem agradável...

— A sós com vinte milhões de dólares de bricabraque — disse Jeremy. — Divirto-me a valer.

— Como o senhor se divertiria pouco — disse mr. Propter, meditativamente — se ficasse na companhia dos autores do bricabraque! De El Greco e Rubens, Turner e Fra Angélico...

— Deus me livre! — disse Jeremy, erguendo os braços para o céu.

— É este o encanto da arte — continuou mr. Propter. — Representa apenas os aspectos mais amáveis dos seres humanos mais talentosos. Eis por que nunca pude crer que a arte de um dado período pudesse revelar muita coisa sobre as condições de vida desse período. Mostre a um marciano uma coleção bem representativa de Botticellis, Peruginos e Rafaéis. Poderá ele inferir desses quadros as condições descritas por Maquiavel?

— Não, não poderá — concordou Jeremy. — No entanto, eis outra pergunta. As condições descritas por Maquiavel seriam as reais? Não quero dizer que Maquiavel mentisse. Aconteceram realmente as coisas que ele descreveu. Mas, seus contemporâneos as teriam achado tão horríveis quanto nos parecem quando lemos a respeito delas? A *nós parece* que eles deviam sofrer com o que acontecia; mas sofreriam?

— Sofreriam? — repetiu mr. Propter. — Eis a pergunta que fazemos aos historiadores. E eles, naturalmente, não sabem responder. Porque é claro que não se pode compilar estatísticas sobre a soma de felicidade, tampouco comparar os sentimentos dos que vivem em determinadas condições com os dos que vivem em outras muito diversas. As condições reais de determinada época são as condições subjetivas dos homens que vivem nela. E o historiador não dispõe de um meio de descobrir quais foram essas condições.

— Nenhum meio, a não ser por intermédio das obras de arte — disse Jeremy. — Na minha opinião, são elas que revelam as condições subjetivas. Consideremos um dos exemplos que o senhor deu: Perugino. Perugino foi contemporâneo de Maquiavel; só isso já nos diz que pelo menos uma pessoa conseguiu manter-se jovial durante um período desagradável. E se conseguiu, por que não muitas? — E, com um pigarro, abriu caminho para uma citação: — "O estado de um país nunca fez com que um homem interrompesse o jantar".

— Sabedoria consistente! — disse mr. Propter. — Mas lembre-se de que quando o doutor Johnson escreveu isso, o estado da Inglaterra era excelente, mesmo nos piores aspectos. Mas que dizer do estado de um país como a China, digamos, ou como a Espanha, um país em que o homem não pode interromper o seu jantar pela simples razão de não ter o que jantar? E, inversamente, que dizer das faltas de apetite ocorridas quando tudo vai muito bem?

Pausou, sorriu interrogativamente para Jeremy e balançou a cabeça:

— Às vezes há muita alegria ao lado de muita miséria; outras vezes parece só haver miséria. Eis tudo o que um historiador pode dizer, na qualidade de historiador. Na qualidade de teólogo, é claro, ou na de metafísico, pode tagarelar indefinidamente, como Marx, Santo Agostinho ou Spengler.

E mr. Propter fez uma careta de desgosto:

— Meu Deus! Quanta tolice conseguimos dizer nestes últimos milênios!

— Tolices que têm os seus encantos — insistiu Jeremy. — Há, realmente, tolices de primeira ordem...

— Sou bastante bárbaro para preferir o bom senso — disse mr. Propter. — É por isso que, quando desejo uma filosofia da história, recorro ao psicólogo.

— *Totem e tabu*? — perguntou Jeremy, um tanto espantado.

— Não, não — disse mr. Propter, com certa impaciência. — Não *essa* espécie de psicólogo. Refiro-me ao psicólogo religioso, o único que sabe, por experiência direta, que os homens são capazes de libertação e esclarecimento. É o único filósofo da história cuja hipótese se verificou experimentalmente, e, por este motivo, o único capaz de fazer uma generalização que abranja os fatos.

— E quais são as suas generalizações? — inquiriu Jeremy. — As do costume?

Mr. Propter riu.

— Sim, as do costume. As velhas verdades enfadonhas, de que não se pode escapar. No plano humano os homens vivem imersos em ignorância, concupiscência e temor. Disso resultam alguns prazeres temporários, muitas misérias duradouras e frustração final. A natureza da cura é óbvia; as dificuldades que impedem sua realização, quase insuperáveis. Temos de escolher entre dificuldades quase insuperáveis de um lado, e misérias e frustração absolutamente certas do outro. Entretanto, a hipótese geral continua sendo a explicação inteligível da história. Só o psicólogo religioso pode explicar Perugino, Maquiavel, por exemplo, ou tudo isso aí...

E mr. Propter apontou para os Hauberk.

Jeremy luziu os olhos por detrás dos óculos e, dando um tapinha na calva, retrucou com sua voz aflautada:

— O verdadeiro erudito nem faz questão de compreendê-los...

— É verdade! — disse mr. Propter, com tristeza — Sempre me esqueço disso.

Jeremy pigarreou.

— "Deu-nos a doutrina do *De* enclítico" — disse, citando *Funeral do gramático*.

— Deu-a para seu regalo pessoal — volveu mr. Propter, levantando-se da cadeira. — Deu-a, sem levar em conta o fato de ser a gramática que ele andou estudando, desesperadamente não científica, infestada de metafísica disfarçada, completamente provincial e antiquada. Enfim... — acrescentou — que outra coisa se poderia esperar?

Tomando Jeremy pelo braço, mr. Propter dirigiu-se para o elevador.

— Que curiosa figura é esse Browning! — continuou ele, voltando ao *Gramático*. — Uma inteligência tão fina e, no entanto, tão estúpido! Aqueles seus absurdos sobre o amor romântico! Que tinha ele de meter Deus no amor, o amor no céu, e de falar no casamento e nas formas superiores de adultério como se fossem idênticos à visão beatífica? Que estupidez! Enfim, que outra coisa se poderia esperar?

Suspirou e, após uma pausa, acrescentou:

— Não sei por que me vem tantas vezes ao espírito aquele seu verso, não me lembro de que poema: "Uma vez ele beijou minh'alma, numa névoa ardente". Minh'alma numa névoa ardente, isso mesmo — repetiu. — Sinceramente, prefiro mil vezes Chaucer neste particular. O senhor se recorda? "E assim foi macheada a mulher deste carpinteiro." Tão lindamente objetivo, tão despretensioso, tão isento de verborragem! Browning vivia tagarelando sobre Deus, mas creio que estava muito mais longe da realidade que Chaucer, conquanto Chaucer nunca pensasse em Deus, podendo evitá-lo. Entre si e a eternidade, Chaucer tinha apenas os seus apetites. Browning tinha, além dos apetites, uma grande barragem de insensatez. E, pior, insensatez *proposital*. Porque, naturalmente, esse misticismo charlatanesco não era simples palanfrório gratuito. Tinha um objetivo. Existia para que Browning pudesse persuadir-se de que seus apetites eram idênticos a Deus. "E assim foi macheada a mulher deste carpinteiro" — repetiu mr. Propter, entrando no elevador.

Subiram com o Vermeer ao grande estíbulo.

— "Minh'alma numa névoa ardente"... É extraordinário como podemos alterar radicalmente a qualidade de nossa existência alterando as palavras com que nela pensamos e falamos... Flutuamos na linguagem como *icebergs*: quatro quintos debaixo d'água e só um quinto projetando-se na atmosfera da experiência imediata, não linguística.

Atravessaram o vestíbulo. O carro de mr. Propter esperava em frente à porta de entrada. O velho sentou-se ao volante; Jeremy a seu lado. Partiram, estrada abaixo; passaram pelos bugios, pela ninfa de Giambologna, pela Gruta, pela porta levadiça, pela ponte...

— Penso tanto naquele pobre rapaz... — disse mr. Propter, rompendo um longo silêncio. — Morrer assim, tão de repente!

— Eu não o julgava tão mal do coração — disse Jeremy.

— Em certo sentido — continuou mr. Propter —, sinto-me responsável por sua morte. Pedi-lhe que me ajudasse na carpintaria. Presumo que ele tenha trabalhado demais, mas ele insistiu que não lhe fazia mal algum. Eu devia ter percebido que o rapaz tinha o seu orgulho, e era moço demais para não ter vergonha de confessar que não podia. Somos punidos tanto por nossa insensibilidade como por nossa ignorância. E o mesmo sucede com as vítimas de nossa insensibilidade.

Em silêncio passaram pelo hospital e entraram nos laranjais.

— Há como que um despropósito na morte súbita e prematura — disse finalmente Jeremy. — Uma espécie de irrelevância especialmente aguda...

— Especialmente aguda? — inquiriu mr. Propter. — Não, não concordo. Ela é mais irrelevante que qualquer outro acontecimento humano. Apenas parece mais porque, de todos os acontecimentos possíveis, a morte prematura é o que mais clamorosamente destoa da imagem que fazemos de nós mesmos.

— Que o senhor quer dizer com isto?

— O mesmo, presumo, que o senhor quis dizer — respondeu mr. Propter, sorrindo. — Se uma coisa parece irrelevante, deve haver algo em relação ao que ela o é. No caso presente, esse algo é o conceito que fazemos de nós mesmos. Imaginamo-nos criaturas livres, dotadas de uma finalidade. Mas, de vez em quando, acontecem coisas incompatíveis com esse conceito. Chamamo-las acidentes. Mas em que critérios nos baseamos para julgar? No retrato que nossa fantasia faz de nós mesmos, o retrato altamente lisonjeiro da alma livre, capaz de decisões criadoras e senhora de seu destino. Mas, infelizmente, o retrato em nada se assemelha à realidade humana ordinária. É o retrato do que gostaríamos de ser, do que de fato poderíamos nos tornar se nos déssemos a esse trabalho. Mas para um ser, na realidade, escravo das circunstâncias, não há irrelevância especial na morte prematura. É apenas um dos incidentes característicos do universo em que vive, não do universo em que estupidamente supõe viver. Um acidente é a colisão de uma série de acontecimentos no plano do determinismo com outra série no plano da liberdade. Achamos nossa vida cheia de acidentes porque supomos que nossa existência humana transcorra no plano da liberdade. Mas, na realidade, não é assim. Quase todos vivemos no plano mecânico, o plano em que os acontecimentos ocorrem de acordo com as leis dos grandes números. As coisas que chamamos acidentais e irrelevantes pertencem à própria essência do mundo em que queremos viver.

Contrariado por ter se posto, com uma palavra inconsiderada, numa posição que mr. Propter podia tachar de injustificavelmente "idealista", Jeremy manteve-se calado. Durante algum tempo os dois homens ficaram em silêncio.

— Aquele funeral! — disse por fim Jeremy, pois seu espírito, cronicamente anedótico, já regressara para o que havia de concreto, particular e esquisito na situação discutida. — Parecia ter sido tirado de alguma obra de Ronald Firbank! — continuou. — Aconselhei mr. Habakkuk a dar um jato de vapor quente nas estátuas. São terrivelmente inverossímeis ao *tato*...

E, com a mão em concha, afagou uma protuberância imaginária de mármore.

Mr. Propter, que estava pensando na libertação, assentiu e sorriu polidamente.

— E o ofício lido pelo doutor Mulge! — continuou Jeremy. — Que unção! Não podia ser mais untuoso, nem mesmo numa catedral inglesa... Tal qual vaselina com gosto de vinho do Porto... E o modo de ele dizer: "Eu sou a ressurreição e a vida!", como se quisesse realmente afirmá-lo, como se ele, Mulge, pudesse pessoalmente garanti-lo, por escrito, numa base monetária: devolve-se o custo do funeral se o mundo futuro deixar de satisfazer amplamente!

— É até provável que ele o creia — disse mr. Propter, meditativamente. — De algum modo curiosamente pickwickiano, é claro. Sim, o senhor sabe: é verdade, mas age-se consistentemente como se não fosse; é o fato mais importante do universo, mas não se pensa nele, podendo evitá-lo...

— E como o senhor crê nele? — perguntou Jeremy. — Pickwickiana ou não pickwickianamente?

E quando mr. Propter respondeu que não cria nessa espécie de ressurreição e vida, Jeremy continuou, no tom de um pai indulgente que surpreendeu o filho beijando a empregada:

— Ah! Então existe também uma ressurreição pickwickiana?

Mr. Propter riu:

— Presumo que exista.

— Nesse caso, que é do pobre Pete?

— Bom, para começar — disse mr. Propter, pausadamente — eu diria que Pete, *qua* Pete, não mais existe.

— Superpickwickiano! — exclamou Jeremy.

— Mas a ignorância de Pete — continuou mr. Propter —, os terrores e anseios de Pete... Bom, é bem possível que ainda existam, em algum lugar, perturbando o mundo. Perturbando o mundo para tudo e todos, especialmente para eles próprios. Sim, para eles próprios, seja qual for a forma que tenham assumido.

— E se por acaso Pete não tivesse sido ignorante nem concupiscente?

— Bom, neste caso é claro que nada haveria para provocar distúrbios futuros — respondeu mr. Propter. E, após um momento de silêncio, citou a definição de Deus, por Tauler:

— "Deus é um ser à parte das criaturas, um poder livre, uma atividade pura."

Saindo da estrada principal, entraram numa avenida de pimenteiras que serpenteava pelos verdes gramados do parque de Tarzana. O novo auditório destacava-se, austeramente romântico. Mr. Propter estacionou o seu Ford modelo antigo entre os lustrosos Cadillacs, Chryslers e Packards que já estavam parados em frente ao auditório. Entraram. Os fotógrafos da imprensa, postados à entrada, deram-lhes uma olhada, mas, percebendo de relance que não eram nem banqueiros, nem astros de cinema, nem advogados de companhias, nem dignitários de igreja alguma, nem senadores, voltaram-se com desprezo.

Os alunos já estavam em seus lugares. Sob seus olhares, Jeremy e mr. Propter foram conduzidos pela passagem lateral às filas de assentos reservados aos convidados importantes. E que distinção! Na primeira fila estava Sol R. Katzenblum, presidente da Abraham Lincoln Pictures, tendo a seu lado o bispo de Santa

Mônica. Também mr. Pescecagniolo, do Banco do Far West. A grã-duquesa Eulália sentava-se ao lado do senador Bardolph. Na fila seguinte, dois irmãos Engels e Gloria Bossom, que conversava com o contra-almirante Shotover. Aquela toga alaranjada e a barba com ondulação permanente pertenciam ao swami Yogalinda, fundador da Escola da Personalidade, que tinha ao lado o vice-presidente da Consol Oil e mr. Wagner...

De repente o órgão entoou, a todo sopro, o Hino de Tarzana. A procissão acadêmica entrou, em fila. Dois a dois, de toga, borla e capelo, os doutores em teologia, filosofia, ciências, lei, letras, música embarafustaram pelo corredor central até os degraus que conduziam à plataforma, onde os esperavam os assentos, dispostos num grande arco próximo ao pano de fundo. No centro do palco havia uma estante, e em frente a ela achava-se o doutor Mulge. Não que ele precisasse ler, é claro; porque o doutor Mulge se gabava de poder falar indefinidamente sem uma anotação sequer. A estante estava ali para que ele pudesse segurá-la ou repeli-la apaixonadamente, para que pudesse bater-lhe com a palma da mão, para que pudesse afastar-se dramaticamente e tornar a se aproximar...

O órgão silenciou e o doutor Mulge deu início à sua oração — naturalmente com uma referência a mr. Stoyte. Mr. Stoyte, cuja generosidade... A realização de um Sonho... A corporificação de um ideal em Pedra... Sem Visão o povo perece... Mas este Homem tivera Visão... A Visão de que Tarzana estava destinada a ser... O centro, o foco, o porta-facho... A Califórnia... Nova Cultura, ciência mais rica, espiritualidade mais alta... (a voz do doutor Mulge modulava do baixão para a trombeta. De vaselina, com um simples sabor de vinho do Porto, a álcool graxo concentrado). Mas, ai! (e neste ponto a voz baixou, pateticamente, para o saxofone e lanolina), ai!... Não pode dar-nos hoje a honra de sua companhia... Um triste acontecimento súbito... Arrebatado no limiar da vida... Um jovem colaborador naqueles campos científicos que mr. Propter tinha tão perto do coração — ousava ele dizer — quando os campos do serviço social e da cultura... O abalo nervoso... O coração delicadamente sensitivo sob a aparência às vezes rude... Seu médico recomendava uma mudança completa e imediata de ambiente... Mas, apesar da ausência física, seu espírito... Sentimo-lo, hoje, entre nós... Inspiração para todos, velhos e moços... O facho da Cultura... O Futuro... O Ideal... O Espírito do Homem... Grandes coisas já realizadas... Fortalecidos e guiados... Avante... Para cima... Fé e esperança... Democracia... Liberdade... A herança imperecível de Washington e Lincoln... A glória que foi a Grécia ressuscitada à margem do Pacífico... A bandeira... A missão... O destino manifesto... A vontade divina... Tarzana...

Afinal, terminou. O órgão tornou a soar. A procissão acadêmica voltou a desfilar pelo corredor central. Os distintos convidados seguiram-na em pequenos grupos.

Fora, ao sol, mr. Propter foi abordado por mrs. Pescecagniolo.

— Maravilhosamente edificante este discurso! — disse ela, com entusiasmo.

Mr. Propter aquiesceu:

— Dos mais edificantes que tenho ouvido. E Deus sabe — acrescentou — quantos ouvi durante a minha vida!

CAPÍTULO II

Até mesmo em Londres reinava a claridade tênue de um solzinho, que mais forte e brilhante se tornava à medida que o carro transpunha a névoa decrescente dos subúrbios afastados, e que, por fim, nas imediações de Esher, converteu-se na mais luminosa manhã de primavera.

Embrulhado num casacão de peles, mr. Stoyte cochilava, estendido em diagonal no assento traseiro do automóvel. Mais para o seu próprio bem, agora, que para o de seu médico, voltara aos sedativos; era-lhe difícil manter-se acordado antes do almoço. Vinha roncando estertorosamente quase desde a partida do Ritz.

Pálida, olhos tristes, ruminando em silêncio uma infelicidade que cinco dias de chuvosa travessia do Atlântico e mais três de escuridão londrina em nada tinham contribuído para aliviar, Virgínia sentava, retraída, no assento dianteiro.

Ao volante (pois achara melhor não levar chofer nesta expedição), o doutor Obispo assobiava e mesmo, de quando em quando, trauteava o "Stretti, stretti, nell'estasi d'amor", ou "Achas que um copinho nos fará mal?", ou "Sonhei que morava entre paredes de mármore". Em parte era o bom tempo que o fazia tão alegre: "A primavera", dizia ele consigo mesmo, "é a alegre estação dos noivados, como também das celidônias, das flores silvestres (onde quer que estivessem) e das prímulas no bosque. E poderia esquecer algum dia seu espanto ao ver que os ingleses tinham começado a falar em *cops* no singular, e em ocasiões em que *policemen*[1] parecia completamente deslocado? 'Vamos colher primaveras nos polícias.' Que extraordinária flora intestinal! Melhor ainda que a das carpas... E, por falar em carpas, esta era a segunda razão que tinha para estar satisfeito com vida. Iam visitar as duas senhoras Hauberk, e talvez encontrar algo interessante sobre o quinto conde, sobre a relação entre a senilidade, os esteróis e a flora intestinal das carpas."

Com uma ênfase lírica prenhe de escárnio, o doutor Obispo voltou à cantiga:

— So-onhei mo-orar entre paredes de má-ármore — proclamou —, rodeado de va-assalos e servos. E de to-odos que viviam entre estas paredes, eu era a esperança e o orgu-ulho...

De repente Virgínia, que vinha a seu lado, petrificada de tristeza, voltou-se, exasperada:

— Oh! Pelo amor de Deus! — quase gritou ela, rompendo um silêncio que mantinha desde Kingston-on-Thames. — Não pode ficar calado?

O doutor Obispo não fez caso dos seus protestos.

— Tinha riquezas — continuou ele a cantar (enquanto refletia, rindo-se por dentro de satisfação, que o que a canção dizia era, agora, verdade). — Tinha riquezas gra-andes demais para co-ontar. — Não, assim também era exagero. Apenas um dinheirinho; o suficiente para dar-lhe segurança e meios de continuar as pesquisas sem se ver obrigado a perder o seu tempo com um batalhão de

1 Em geral o americano trata o policial de *cop*; o inglês, porém, costuma chamá-lo sempre *policeman*. Daí a estranheza do doutor Obispo, que começara por confundir *copse* (bosque) com *cops*. [N.T.]

doentes que deviam estar mortos. Duzentos mil dólares em dinheiro e quatro mil e quinhentos acres de terra no vale de San Felipe, terra esta que tio Jo positivamente jurara estar prestes a receber água de irrigação. (E se por acaso não recebesse... Puxa! Como ele torceria as orelhas do velho malandro!) "Estase cardíaca devido à miocardite de origem reumática." Podia ter exigido muito mais que duzentos mil dólares por aquele atestado de óbito; principalmente por não ter sido este o seu único grande serviço. Que nada! Tivera de resolver tudo. (O terno bege, de noventa e cinco dólares, acabara mesmo estragado). Tivera de afastar os criados; tivera de fazer dormir a garota com uma boa injeção de morfina. Tivera de obter permissão do parente mais próximo da vítima para incinerar o cadáver; era uma irmã, que felizmente vivia em circunstâncias precárias, em Pensacola, na Flórida, e que por isso não pudera vir à Califórnia assistir ao funeral. Depois, a parte mais delicada, a procura de uma agência funerária desonesta; a descoberta de um patife acessível; a entrevista, cheia de alusões veladas à necessidade de manter em segredo um lamentável acidente, custasse o que custasse, custasse *quanto* custasse... E depois, quando o indivíduo começara um discursozinho cheio de santimônia sobre o dever de ajudar um cidadão eminente a evitar publicidades desagradáveis, a mudança abrupta de maneiras, a exposição fria, comercial dos fatos inevitáveis e das ficções necessárias, as negociações quanto ao preço... Afinal mr. Pengo concordara em não reparar nos buracos que havia no crânio de Pete, mediante a reduzida quantia de vinte e cinco mil dólares.

— Tinha riquezas gra-andes demais para co-ontar, podia vangloriar-me de um grande no-ome. — "Sim", refletia o doutor Obispo, a cantar; "sim, decididamente podia ter exigido muito mais. Mas, para quê? Afinal, ele era um homem razoável, quase se podia dizer mesmo um filósofo; modesto nas suas ambições, desinteressado de sucessos mundanos e tão simples de gostos que os mais exigentes (excluídos os referentes às pesquisas científicas) podiam ser satisfeitos quase sempre de graça, às vezes mesmo com lucro, como quando Mrs. Bojanus lhe dera de presente aquela cigarreira de ouro maciço, em sinal de estima, e aqueles botõezinhos de pérola de Josephine, e as abotoaduras de esmalte com o seu monograma em diamantes, da pequena... como era mesmo o seu nome?"

— Mas so-onhei ta-ambém, o que mais me agradou — cantou ele, elevando a voz nesta afirmação final e imprimindo-lhe um trêmulo apaixonado —, que me amavas como o-outrora, que a-amavas como o-outrora, que me amavas... — repetiu, tirando momentaneamente os olhos da estrada de Portsmoutn para mirar, de sobrancelha alçada e com uma expressão divertida e ironicamente inquiridora, o rosto de Virgínia, voltado para o outro lado — que me a-amavas como o-outrora — e, pela terceira vez, com ênfase tremenda, patética: — que me a-amavas como o-ou-tro-ra.

Tornou a olhar para Virgínia. A moça olhava fixamente para a frente e mordia o lábio inferior, como se estivesse sofrendo, mas decidida a não chorar.

— Terei sonhado corretamente? — perguntou ele, com o seu sorriso lupino.

A garota não respondeu. Estirado no assento traseiro, mr. Stoyte roncava como um buldogue.

— Ainda me a-a-amas como o-outrora? — insistiu o doutor, desviando o carro para a direita e pisando o acelerador, a fim de passar à frente de uma coluna de caminhões do exército.

A garota libertou o lábio para dizer:

— Seria capaz de matá-lo!

— Claro que seria — concordou o doutor Obispo. — Mas não o fará. Porque me a-a-amas demais para isto. Ou antes — acrescentou com um sorriso, que a cada palavra mais exultantemente canino se tornava —, você não a-a-ama a mim. A-a-ama... — pausou um momento — bom, digamo-lo de uma maneira mais poética. A poesia nunca é demais, concorda? Você a-a-ama o amo-or, e a-a-ama-o tanto que, no momento oportuno, não teve coragem de me mandar às favas. Porque, sejam quais forem os sentimentos que você me dedica, eu sou o tipo que produz o amo-or...

E dito isso, o doutor Obispo recomeçou a cantar:

— So-onhei que mata-ara a galinha dos o-ovos de o-ouro...

Virgínia tapou os ouvidos com as mãos, na tentativa de eliminar o som daquela voz — o som odioso da verdade. Porque naturalmente era verdade. Mesmo depois da morte de Pete, mesmo depois te ter prometido a Nossa Senhora que aquilo jamais aconteceria de novo —, acontecera.

O doutor Obispo continuava a sua improvisação:

— "E a-assim perdi a ú-única desculpa de mostrar a pe-ele das pe-ernas..."

Virgínia apertou ainda mais os dedos de encontro aos ouvidos. Acontecera de novo. Apesar de ela ter dito "não", apesar de ter se enfurecido, lutado, arranhado... Sig limitara-se a rir e a prosseguir; e ela sentira-se, subitamente, muito cansada para continuar a resistir. Muito cansada e muito infeliz. Sig tinha conseguido o que queria; e o pior é que tinha sido também o que ela queria, ou antes, o que queria a sua infelicidade; porque, com aquilo, sua tristeza recebera um alívio momentâneo; conseguira esquecer o sangue, conseguira dormir. Mas, na manhã seguinte, desprezava-se e se odiava mais do que nunca.

— Tinha grutas e velas, e bugigangas à vontade — cantarolou o doutor Obispo; e continuou, em prosa: — Para não mencionar fetiches e relíquias, mantras, rodas de orações, palavrórios e roupagens...

Mas também sonhei, o que mais me agradou (ou melhor, o que me encheu de felicidade, para rimar com "à vontade") — e o doutor Obispo, abrindo a boca, desferiu as notas mais ricas e tremidas — que me ama-a-a-a-avas como outra-ora, que me ama-a-a-avas...

— Cale a boca! — gritou Virgínia, como toda a força dos pulmões.

Tio Jo acordou, assustado;

— Que é que há? — perguntou.

— É ela implicando com o meu canto — respondeu o doutor Obispo, sem mesmo voltar-se. — Não sei por que... Tenho uma voz encantadora. Perfeita para auditórios pequenos, como este automóvel...

Gargalhou, com prazer. A contradança da garota a vacilar entre Príapo e a Gruta Sagrada divertia-o muito. Isso, o bom tempo, as prímulas do bosque e a perspectiva de descobrir algo decisivo sobre os esteróis e a senilidade eram os responsáveis por esses transportes de bom humor.

Eram cerca de onze e meia quando chegaram a seu destino. A casinha do porteiro estava deserta; o doutor Obispo teve de saltar para abrir os portões.

Dentro, o capim invadira o caminho; o parque recaíra na sordidez da natureza virgem. Desenraizadas pelas tempestades, árvores mortas apodreciam onde haviam tombado. Nos troncos das vivas cresciam grandes cogumelos, qual pálidos bolos de leite. As plantas ornamentais tinham se transformado em pequeninas florestas, que as silvas tornavam impenetráveis. Sobre o outeiro que dominava a estrada, o mirante grego estava em ruínas. Fizera a curva: lá estava a mansão, jacobita numa extremidade, com estranhas adições de gótico moderno na outra. As sebes de teixo tinham se convertido em alterosas muralhas de folhagem hirsuta.

A posição do que outrora foram canteiros era denunciada por viçosos círculos de azeda brava, losangos e crescentes de cardo e urtiga. Entre as touças de capim do gramado abandonado emergiam arcos enferrujados de críquete.

O doutor Obispo encostou o carro nos primeiros degraus da escadaria e saltou; enquanto o fazia, uma garotinha de uns oito ou nove anos de idade surgiu correndo de um túnel existente na sebe de teixo. Avistando o carro e seus ocupantes, a criança parou, fez um movimento de recuo, depois tornou a olhar e, tranquilizada, aproximou-se.

— Olhem aqui o que eu achei! — disse, num deplorável inglês meridional, mostrando-lhes, segura pela alça, uma máscara contra gases cheia de primaveras e urtigas mortas.

O doutor Obispo riu, jubiloso.

— O bosque! — exclamou ele. — Você colheu-as no bosque!

E acariciando os cabelos cor de estopa da menina, perguntou:

— Como é que você se chama?

— Millie — respondeu a garota; e logo acrescentou com uma nota de orgulho na voz: — Sabe que há cinco dias eu não vou *àquele lugar*?

— Cinco dias?

Millie confirmou, triunfante:

— Vovó disse que tem de me levar ao médico...

E, tornando a balançar a cabecinha, sorriu para ele com o ar de alguém que acaba de anunciar a sua próxima viagem a Bali.

— E acho que sua avó faz muito bem — disse o doutor Obispo. — Ela mora aqui?

A criança fez sinal que sim.

— Está na cozinha — respondeu; e acrescentou, sem mais nem menos: — Ela é surda.

— E lady Jane Hauberk? — continuou o doutor Obispo. — Mora aqui? E a outra... Lady Anne, não é?

A garota assentiu novamente; apareceu-lhe no rosto uma expressão de malícia:

— Sabe o que é que ela faz?

— Não; o que é?

Millie, com um sinal, pediu que ele se curvasse, de modo a poder falar-lhe ao ouvido.

— Faz barulho com a barriga! — cochichou.

— Não me diga!

— Faz, sim senhor. Parecem passarinhos cantando! — acrescentou, poeticamente. — Toda vez que ela acaba de almoçar...

O doutor Obispo tornou a acariciar a cabecinha cor de estopa e disse:

— Pois nós desejávamos visitar lady Anne e lady Jane.

— Visitá-las? — repetiu a menina, num tom quase alarmado.

— Você quer pedir a sua vovó para nos receber?

Millie balançou a cabeça:

— Não adianta. Vovó não deixa ninguém entrar. Outro dia vieram aqui uns homens para trazer estas coisas... — E mostrou a máscara. — Lady Jane ficou tão zangada que eu fiquei com medo. Mas depois ela quebrou uma lâmpada com a bengala; sem querer, sabe, bam!, e a lâmpada se espatifou no chão. Então eu comecei a rir...

— Então, você não quer rir de novo? — perguntou o doutor Obispo.

A garota olhou-o, desconfiada:

— Como?

O doutor Obispo, tomando ares de conspirador, baixou a voz até reduzi-la a um sussurro:

— Você podia deixar-nos entrar por uma das portas do lado; nós iríamos na pontinha dos pés, assim... — e o doutor fez uma demonstração, por sobre o cascalho. — Encontraríamos de repente o quarto em que elas estão e, com o susto, talvez lady Jane quebrasse outra lâmpada; aí você riria à vontade. Que tal?

— Vovó ficaria danada — disse a criança com ar de dúvida.

— Mas nós não diremos que foi você...

— Ela descobre.

— Não, não descobre — disse o doutor Obispo, confiante. E logo, mudando de tom: — Você gosta de confeitos?

A garota olhou-o, perplexa:

— Confeitos gostosos — repetiu ele, voluptuosamente; mas de súbito lembrou-se que naquele país maldito confeitos não se chamavam confeitos. Como era mesmo que se dizia? Ah! Bombons!

E o doutor, correndo ao automóvel, voltou com uma luxuosa caixa de bombons comprada para o caso de Virgínia sentir fome no caminho. Destampou-a, fez a pequena sentir o cheiro e tornou a fechar:

— Se você nos deixar entrar, eu dou tudo para você.

Cinco minutos depois, ei-los esgueirando-se por uma porta-balcão ogival da ala moderna da mansão. No interior, a penumbra cheirava a pó, mofo e naftalina. Pouco a pouco, à medida que os olhos iam se acostumando à escuridão, apareceram uma mesa de bilhar encapada, uma lareira com um relógio dourado, uma estante com os romances do ciclo de Waverly encadernados em couro carmesim e a oitava edição da Enciclopédia Britânica, uma grande tela parda representando o batismo do futuro Eduardo VII, cinco ou seis galhos de veado. Pendente da parede, junto à porta, havia um mapa da Crimeia; bandeirinhas presas a alfinetes indicavam a posição de Sebastopol e de Alma.

Ainda com a florida máscara contra gases numa das mãos, o dedo indicador da outra apertado de encontro aos lábios, Millie ia, na ponta dos pés, mostrando o caminho. Passaram por um corredor, uma sala de visitas escura, uma antessala, outro corredor... Aí Millie parou e, esperando que o doutor Obispo a alcançasse, indicou numa porta:

— O quarto é este. Elas estão lá dentro.

Sem uma palavra, o doutor Obispo entregou-lhe a caixa de bombons; a menina abraçou-se a ela e, como um animal que roubou um bom bocado, esgueirou-se por detrás de Virgínia e de mr. Stoyte e meteu-se pelo corredor escuro, para saborear tranquilamente a presa. O doutor Obispo, depois que a viu partir, virou-se para os companheiros.

Houve um sussurro de confabulações, e, afinal, concordou-se que o doutor Obispo entrasse sozinho. Ele se adiantou, abriu a porta de mansinho, insinuou-se pela abertura estreita e tornou a fechá-la.

Fora, no corredor, a garota e tio Jo esperaram, ao que lhes parecia, horas e horas. Afinal, houve como que um crescendo de rumores confusos, culminando com o aparecimento repentino do doutor Obispo que bateu a porta, meteu a chave na fechadura e deu a volta.

Um instante depois, alguém do interior girou violentamente a maçaneta, e uma voz esganiçada de velha gritou:

— Como ousa o senhor?

Uma bengala de ébano desferiu uma série de golpes peremptórios e a voz quase gritou;

— Devolva-me essas chaves! Devolva-me imediatamente!

O doutor Obispo meteu a chave no bolso e saiu corredor afora, radiante de alegria.

— As duas corujas velhas mais horrorosas que eu já vi! — disse. — Uma de cada lado da lareira, como a rainha Vitória e a rainha Vitória.

Uma segunda voz juntou-se à primeira; redobraram as bengaladas e as sacudidas na porta.

— Podem bater à vontade! — gritou o doutor Obispo, irrisoriamente; e empurrando mr. Stoyte com uma das mãos, e, com a outra, dando um tapinha nas nádegas da garota, disse:

— Vamos!

— Vamos aonde? — perguntou mr. Stoyte, entre espantado e ressentido. Não conseguia compreender o objetivo daquela expedição idiota ao outro lado do Atlântico. Naturalmente tinham de sair do castelo; quanto a isso, não havia dúvidas. A questão era saber se algum dia poderiam voltar a ele, depois do que tinha acontecido. Se poderiam algum dia voltar a se banhar naquela piscina, por exemplo... Jesus! Só em pensar... Mas para que escolher a Inglaterra? Nesta estação do ano? Por que não a Flórida ou o Havaí? Mas, não. O doutor Obispo insistira: iriam à Inglaterra. E iriam por causa de seu trabalho, porque poderia descobrir algo de importante... E ele não podia dizer não a Obispo; pelo menos por enquanto. Ademais, não podia passar sem o homem. Seus nervos, sua digestão, tudo estava em pandarecos. Não conseguia dormir sem tomar um narcótico e sempre que passava por um policial o coração parava de bater. Por mais que dissesse "Deus é amor, não existe morte" (e ele o dizia até que seu rosto ficasse congestionado), não adiantava. Estava velho e doente; a morte, próxima, e se o doutor Obispo não fizesse, rápido, alguma coisa, se não descobrisse depressa...

No corredor sombrio mr. Stoyte, de súbito, estacou:

— Obispo! — disse, angustiado, enquanto as senhoras Hauberk martelavam com as bengalas de ébano a porta da sua prisão.

— Obispo, você tem certeza absoluta de que não existe inferno? Pode provar?

O doutor Obispo deu uma risada:

— Você pode provar que o outro lado da lua não é habitado por elefantes verdes? — perguntou.

— Não, Obispo... — insistiu mr. Stoyte, angustiado. — Estou falando sério!

— Eu também — respondeu jovialmente o doutor Obispo. — Nada posso provar sobre uma asserção que não pode ser verificada.

Não era a primeira vez que tinham essa conversa. O doutor experimentava um prazer singular e cômico em argumentar com o terror insensato do velho.

A garota ouvia em silêncio. Porque ela *sabia* que havia um inferno; sabia o que acontecia quando se cometiam pecados mortais, pecados tais como deixar que *aquilo* tornasse a acontecer depois de ter prometido a Nossa Senhora que não aconteceria mais. Porém Nossa Senhora era tão boa, tão maravilhosa! E, no fim das contas, tudo tinha sido culpa daquele animal, Sig... Suas intenções eram absolutamente puras. Sig é que viera e a fizera quebrar a promessa. Nossa Senhora compreenderia. O pior é que aquilo tinha acontecido de novo, e, desta vez, sem que ele a forçasse. Mas mesmo assim a culpa não fora propriamente sua, porque, no fim das contas, ela tinha sido vítima daquela experiência terrível; não estava passando bem; não...

— Mas você acha o inferno possível? — recomeçou mr. Stoyte.

— Tudo é possível — disse o doutor Obispo, jovialmente, e inclinando a cabeça para ouvir melhor o que as velhas corujas estavam berrando por detrás da porta.

— Você acha que há uma oportunidade em mil de que exista? Ou uma em um milhão?

O doutor Obispo sorriu mostrando os dentes e, dando de ombros, sugeriu:

— Pergunte a Pascal...

— Quem é Pascal? — inquiriu mr. Stoyte, disposto a se agarrar, com unhas e dentes, a qualquer tábua de salvação.

— Já morreu — positivamente bradou o doutor Obispo, tão radiante estava. — Morto como uma pedra. E agora, pelo amor de Deus, vamos! — E, pegando mr. Stoyte pelo braço, rebocou-o corredor afora.

A palavra terrível ecoou na imaginação de mr. Stoyte.

— Mas eu quero ter certeza! — protestou ele.

— Certeza sobre o que não se pode saber!

— Mas deve haver um jeito...

— Não há. O único meio é morrer e ver o que acontece. Que diabo, onde está essa menina? — acrescentou em outro tom; e chamou:

— Millie!

Com o rostinho todo lambuzado de chocolate, a pequena saiu de trás de uma chapeleira da antessala.

— O senhor falou com elas? — perguntou, de boca cheia.

O doutor Obispo inclinou a cabeça.

— Pensaram que eu fosse da Air Raid Precautions.

— Isso mesmo! — exclamou a criança, animada — Foi esse o homem que a fez quebrar a lâmpada!

— Venha cá, Millie — ordenou o doutor Obispo. A menina aproximou-se. — Onde é que fica a porta do porão?

Uma sombra de receio enuviou o rosto de Millie.

— Está fechada — respondeu ela.

O doutor Obispo concordou com a cabeça.

— Eu sei. Mas lady Jane me deu as chaves — disse, tirando do bolso uma argola com três grandes chaves.

— Mas lá embaixo há demônios...

— Não nos importamos.

— Vovó diz que eles são horrorosos!... — continuou Millie. — Diz que eles são não sei o quê... crônicos — a voz converteu-se em sussurro. — Diz que se eu não for *àquele lugar* os demônios virão me buscar. Mas que é que eu vou fazer? — Seus olhos se encheram de lágrimas. — Eu não tenho culpa!

— Claro que não! — disse o doutor Obispo, impaciente. — Ninguém tem culpa de coisa alguma. Nem mesmo da prisão de ventre. Mas agora eu quero que você nos mostre onde fica a porta do porão.

Debulhada em lágrimas, Millie balançou a cabeça:

— Tenho medo!

— Mas você não precisa descer ao porão. Basta mostrar a porta.

— Mas eu não quero.

— Não quer ser boazinha para mim — adulou o doutor Obispo — e mostrar a porta?

Com a obstinação do terror, Millie continuou a balançar a cabeça.

Rápida, a mão do doutor Obispo arrebatou-lhe a caixa de bombons.

— Pois, se não me disser, não terá mais confeitos! — disse; e logo corrigiu, irritado: — Isto é, bombons.

Millie soltou um grito de angústia e tentou reaver a caixa; mas o doutor Obispo ergueu-a bem alto, fora do alcance da menina.

— Só depois de você me mostrar a porta do porão — disse.

E para mostrar que estava falando sério, abriu a caixa, tirou um punhado de bombons e meteu-os, um a um, na boca.

— Oh, que delícia! — disse ele, mastigando. — Que maravilha! Ainda bem que você não quer me mostrar a porta, porque assim posso comê-los todos... — Mordeu outro bombom, com uma careta regalada: — Que bom, que bom! — disse, estalando a língua. — Pobre Milliezinha! Não comerá mais nenhum!... — E serviu-se de outro chocolate.

— Não, não! — implorava a criança, cada vez que via um dos deliciosos quadradinhos marrons sumir na boca do doutor Obispo. No fim a gula venceu o medo:

— Eu mostro a você onde é! — gritou ela, como uma supliciada que, sucumbindo à tortura, promete confessar.

O efeito foi mágico. O doutor Obispo recolocou na caixa os três bombons que tinha na mão e fechou-a.

— Vamos! — disse, dando a mão à pequena.

— Então me dê a caixa! — exigiu ela.

Mas o doutor Obispo, que bem conhecia os princípios da diplomacia, balançou a cabeça:

— Não enquanto você não nos tiver levado até a porta.

Millie hesitou um momento; mas logo, resignando-se à dura contingência de cumprir a sua parte do contrato, pegou-lhe a mão.

Seguidos de tio Jo e da garota, saíram da antessala, tornaram a atravessar a sala de visitas, passaram pelo mapa da Crimeia e, cruzando o salão de bilhar, penetraram, por um corredor, em uma grande biblioteca. As cortinas de veludo vermelho estavam cerradas, mas entre elas filtrava-se um raio de luz. Em redor da sala, as camadas marrom, azuis e carmesins de literatura clássica cobriam as paredes, até a distância de três pés do alteroso teto; a intervalos regulares, sobre o friso de acaju, sucediam-se bustos de mortos ilustres. Millie apontou para Dante:

— Esta é lady Jane — sussurrou, confidencialmente.

— Pelo amor de Deus! — explodiu, de súbito, mr. Stoyte. — Que é que você pretende fazer? Para onde vamos?

O doutor Obispo não lhe fez caso.

— Onde é a porta? — perguntou a Millie.

A criança apontou.

— Onde? — berrou ele, colérico. Foi então que verificou que o que tinha tomado por outra seção de estantes era, de fato, uma simples superfície falsa de madeira e couro, simulando a lombada dos trinta e três volumes da *Coletânea de sermões do arcebispo Stillingfleet* (e nisto ele reconheceu o gosto do quinto conde) e as *Obras completas*, em setenta e três volumes, de Donatien Alphonse François, o Marquês de Sade. Um exame mais atento revelou um buraco de fechadura.

— Me dá meus bombons — reclamou a criança.

Mas o doutor Obispo era desconfiado:

— Não enquanto não tiver verificado se as chaves abrem esta porta.

Experimentou; à segunda tentativa a chave girou na fechadura.

— São seus os bombons! — disse, entregando a Millie a caixa, ao mesmo tempo que abria a porta. A criança soltou um grito de terror e disparou.

— Que ideia é esta? — insistiu mr. Stoyte, inquieto.

— A ideia — disse o doutor Obispo, olhando a escadaria que, poucos pés adiante, mergulhava numa treva impenetrável —, a ideia é que talvez o senhor não precise descobrir se existe ou não o inferno. Não por enquanto, pelo menos. Não por muito tempo. Ah! Graças a Deus, teremos luz! — acrescentou.

Havia duas velhas lanternas de azeite numa prateleira junto à porta. O doutor Obispo pegou uma delas, sacudiu-a, aproximou-a do rosto. Estava com azeite. Então ele pegou as duas, acendeu-as, entregou uma mr. Stoyte e, com a outra na mão, pôs-se a descer cautelosamente a escada.

Depois de muito descerem, viram-se em uma câmara circular aberta no arenito amarelo. Havia quatro passagens. O doutor Obispo escolheu uma delas e, entrando num estreito corredor, passou a uma segunda câmara, com duas passagens. A primeira formava um fundo de saco; a outra conduzia a um lance de escadas que ia a uma caverna cheia de cacarecos antigos, caverna esta que não tinha saída. Laboriosamente, depois de errarem duas vezes o caminho, conseguiram voltar à câmara circular de que haviam saído e tentaram a segunda passagem. Um lance de escada levava a uma série de quartinhos, um deles forrado de argamassa, e em cujas paredes mãos do princípio do século XVIII haviam rabiscado grafites obscenos. Outro lance de escadas conduziu-os a uma grande peça quadrada, que um respiradouro comunicava, por intermédio de um túnel aberto obliquamente na rocha, com uma distante elipse de luz branca. Era tudo. Voltaram. Mr. Stoyte começava a praguejar, mas o doutor insistiu que continuassem. Tentaram a terceira passagem: um corredor, uma série de três quartos, o último deles com duas saídas, uma que subia, com paredes de material, a outra descendo para um corredor mais profundo. Depois de dez ou quinze metros, encontraram uma abertura à esquerda. O doutor Obispo projetou nesta direção o feixe luminoso da lanterna; a luz revelou um recesso abobadado e, ao fundo, sobre um pedestal de estuque, uma reprodução em mármore da *Vênus* de Médicis.

— Puxa! — disse mr. Stoyte; e, a um segundo pensamento, dominou-o uma espécie de pânico. — Como diabo isto veio parar aqui, Obispo? — disse ele, correndo ao encalço do doutor.

O doutor Obispo, sem responder, prosseguiu a toda a pressa.

— É loucura! — tornou mr. Stoyte, apreensivo, trotando atrás do doutor. — Pura loucura! Eu digo a você, não gosto nada disso...

Afinal o doutor rompeu o silêncio:

— Podemos ver se a conseguimos para o Panteão Berverly, hein? — disse, com uma jovialidade lupina. — Ué, que é isto? — acrescentou.

Estavam à saída do túnel; tinham à frente um salão bem espaçoso. No centro deste salão havia um cilindro de tijolo, com uma haste de ferro de cada lado e, suspensa a elas, uma barra transversal com uma polia no meio.

— O poço! — disse o doutor Obispo, lembrando-se de um trecho do livro de notas do quinto conde.

Foi quase correndo que ele se dirigiu a um túnel cuja entrada ficava no outro lado do salão. Ainda não tinha andado três metros quando teve o caminho obstruído por uma pesada porta de carvalho cravejada de tochões. O doutor Obispo tirou do bolso o molho de chaves, escolheu uma ao acaso e abriu a porta à primeira tentativa. Acharam-se no limiar de uma pequena câmara oblonga. A lanterna revelou uma segunda porta, na parede oposta. Dirigiu-se imediatamente para ela.

— Carne em conserva! — disse mr. Stoyte, pasmado, percorrendo com o feixe de luz de sua lanterna as fileiras de latas e vidros que guarnecia as prateleiras de um imenso guarda-comida. — Camarões Biloxi, Abacaxi em calda, Feijão em Conserva Boston — leu ele, em voz alta; e logo, voltando para Obispo:

— Obispo, eu disse, eu não estou gostando nada disso!

A garota puxava um lenço saturado de "Escândalo" e apertava-o sobre o nariz.

— Que cheiro! — disse ela indistintamente, através do pano; e com um arrepio de nojo repetiu: — Que cheiro!

Enquanto isso, o doutor Obispo experimentava as chaves do molho na fechadura da outra porta. Afinal, conseguiu abri-la. Um jato de ar quente penetrou no quartinho, que imediatamente se encheu de um fedor intolerável.

— Deus me livre! — disse mr. Stoyte; por detrás do lenço, a garota desferiu um grito de horror e engulho.

O doutor Obispo fez uma careta e investiu contra a corrente de ar fétido. No extremo de um pequeno corredor encontrou uma terceira porta, esta com grades de ferro — como as das celas de condenados nas prisões, refletiu o doutor Obispo. Aproximando a lanterna, iluminou, por entre as grades, a escuridão fétida do interior.

De repente, mr. Stoyte e a garota, que tinham ficado no quartinho, ouviram um grito de espanto, seguido, após um momento de silêncio, por um riso explosivo, relinchado, e uma série de gargalhadas, ferozes e metálicas, do doutor Obispo. Paroxismo sobre paroxismo, irreprimível, o riso ecoava repercutindo no espaço limitado do corredor. O ar morno e fétido vibrava de uma alegria ensurdecedora, quase delirante.

Seguido de Virgínia, mr. Stoyte atravessou o quarto e precipitou-se, pela porta aberta, no tunelzinho. As gargalhadas do doutor Obispo estavam começando a deixá-lo nervoso.

— Que diabo... — gritou ele, com raiva, ao aproximar-se; mas, no meio da frase, interrompeu-se, embasbacado. — Que é aquilo? — murmurou.

— Um feto de macaco! — explicou o doutor Obispo; mas não pôde continuar, pois novo acesso de hilaridade fê-lo vergar como se tivesse levado um soco no plexo solar.

— Virgem Maria! — murmurou a garota, através do lenço.

No outro lado das grades, a luz da lanterna destacara da treva um pequeno mundo de formas e de cores. Sentado à beira de um leito baixo, bem no centro desse mundo, um homem olhava, como fascinado, para a luz. As pernas, densamente cobertas de pelos ruivos, hirsutos, estavam nuas. Tinha a camisa — única vestimenta que usava — imunda e esfrangalhada. Sobre o peito hercúleo, em diagonal, ostentava uma fita de seda larga que em outros tempos devia ter sido azul. Em um barbante que lhe rodeava o pescoço estava suspenso um medalhão de ouro e esmalte, com a imagem de São Jorge e o dragão. O homem estava acocorado, a cabeça estendida e, ao mesmo tempo, mergulhada entre os ombros. Com uma das horrendas manoplas coçava uma chaga que se destacava, vermelha, entre os pelos da barriga da perna esquerda.

— Um feto de macaco que teve tempo para crescer — conseguiu explicar, afinal, o doutor Obispo. — Isto é maravilhoso demais! — Sacudiu-o outro acesso de riso. — Olhem só a cara dele! — disse, recobrando o fôlego e apontando por entre as grades.

Por sobre o pelo hirsuto que cobria as mandíbulas e as bochechas do monstro, olhos azuis luziam em órbitas cavernosas. Não tinha sobrancelhas; sob a pele imunda e enrugada da testa projetava-se, como um rochedo, uma grande protuberância óssea.

De repente, saído da treva, outro rosto simiesco surgiu no círculo luminoso da lanterna — um rosto apenas levemente coberto de pelos, de modo que se podia ver não só a protuberância sobre os olhos, mas também as curiosas deformações da mandíbula inferior e as excrescências ósseas entre as orelhas. Vestido com uma velha capa de xadrez e algumas contas de vidro passadas ao pescoço, um corpo veio para a luz após o rosto.

— É uma mulher! — disse Virgínia, quase doente, tal o nojo que sentia vendo aqueles seios magros e pendentes.

O doutor Obispo explodiu num acesso de riso ainda mais ruidoso.

Mr. Stoyte, segurando-o pelos ombros, sacudiu-o violentamente.

— Quem são eles? — perguntou.

O doutor Obispo enxugou os olhos, respirou profundamente, e a tempestade de seu riso amainou numa calmaria pesada. Já tinha aberto a boca para responder à pergunta de mr. Stoyte quando a criatura de camisa caiu sobre a de capa e deu-lhe uma pancada na cabeça. A palma da manopla atingiu a face. A criatura de capa soltou um grito de dor e cólera, e desapareceu da luz. Vieram da treva uns ganidos estridentes, furiosos, que pareciam vacilar perpetuamente no limiar da blasfêmia articulada.

— Aquele que tem a jarreteira — disse o doutor Obispo, dominando o tumulto com a voz — é o quinto conde de Gonister. A outra é a sua caseira.

— Mas, que lhes aconteceu?

— O tempo. Só o tempo — disse o doutor Obispo negligentemente.

— O tempo?

— Não sei a idade da fêmea — continuou o doutor Obispo —, mas o conde... Vejamos... O conde completou duzentos e um anos em janeiro.

Na treva, a voz esganiçada continuava a guinchar seus desaforos quase articulados. Impassível, o quinto conde coçava a chaga da perna e mirava a luz.

O doutor Obispo prosseguiu em sua explicação. Marcha do desenvolvimento retardada... um dos mecanismos da evolução... quanto mais velho um antropoide, mais estúpido... senilidade e envenenamento por esteróis... a flora intestinal das carpas... o quinto conde antecipara a sua descoberta... nem morte, talvez, exceto por acidente... mas enquanto isto o antropoide fetal podia atingir a maturidade... Enfim, a melhor pilhéria do mundo!

Sem sair de onde estava, o quinto conde urinou no chão. Veio da treva um grazinar mais estrídulo. Voltando-se na direção de onde vinha o rumor, o quinto conde vociferou umas corruptelas guturais de obscenidades quase esquecidas.

— Não há necessidade de fazer mais experimentos — dizia o doutor Obispo. — Agora sabemos que dá certo. O senhor pode começar imediatamente a tomar a coisa. Imediatamente — repetiu ele, com uma ênfase carregada de sarcasmo.

Mr. Stoyte nada disse.

No outro lado das grades, o quinto conde pôs-se em pé, espreguiçou-se, coçou-se, bocejou e deu dois passos em direção à fronteira entre a luz e a treva. O papaguear da caseira tornou-se mais nervoso e rápido. Fingindo não ter notado, o conde parou, alisou com a palma da mão a larga fita da ordem da jarreteira, depois brincou com a medalha que tinha ao pescoço, com um curioso murmúrio, sorte de memória simiesca da serenata de *Don Giovanni*. A criatura de capa gemeu, apreensiva, e sua voz pareceu afundar-se ainda mais dentro da sombra. De repente, com um rugido feroz, o quinto conde saltou do exíguo universo luminoso para a treva. Ouviu-se tropel de passos, uma sucessão de latidos; depois, um grito, som de pancadas, e mais gritos; afinal, tudo serenou; só vinham, da treva, um roncar estertoroso e gritinhos abafados.

Mr. Stoyte rompeu o silêncio.

— Quanto tempo acha você que seria necessário para uma pessoa ficar assim? — disse ele e hesitantemente: — Sim, porque é claro que isto não acontece logo... Demora, antes de a gente começar a mudar... Depois, passado o primeiro choque... Não lhe parece que eles são felizes? Felizes a seu modo, bem entendido. Não lhe parece, Obispo? — insistiu.

O doutor Obispo olhou-o em silêncio; depois, lançando a cabeça para trás, desatou novamente a rir.

POSFÁCIO

CIDADÃO STOYTE

Sérgio Augusto

Qualquer semelhança entre *Também o cisne morre* e o filme *Cidadão Kane* é mera coincidência. Segundo consta, muito antes de lê-lo, Orson Welles já contemplava seriamente a ideia de transformar o magnata da imprensa William Randolph Hearst num personagem ficcional. Igual desejo alimentaria, há mais tempo ainda, o roteirista Herman J. Mankiewicz, parceiro de Welles no script de *Cidadão Kane*, que começou a ser delineado na primeira semana de março de 1940, quatro meses depois de *Também o cisne morre* chegar às livrarias, com o título de *After many a summer dies the swan*.

Hearst foi um dos homens mais ricos, poderosos e temidos da América, o Kublai Khan da imprensa marrom, um megalômano sem escrúpulos cujo império jornalístico parecia ter firmado um pacto com o diabo — e com Mamon, o deus do dinheiro. Além de perseguir desafetos, meter-se em cruzadas que, não raro, beneficiavam em primeiro lugar seu próprio bolso e dar força às piores bandeiras dos republicanos, arrastou os Estados Unidos a uma guerra imperialista contra a Espanha, em 1898, que começou em

Cuba e terminou nas Filipinas, devidamente invadidas e apossadas pelos norte-americanos. Hearst era casado, mas tinha uma amante, a atriz Marion Davies, para quem construiu o inacreditável castelo de San Simeon, no alto de uma colina mirando o Pacífico, nas vizinhanças de Hollywood, com tudo que o dinheiro e a ostentação *kitsch* podem comprar. Aberto à visitação pública depois que o magnata e sua protegida morreram, San Simeon é um misto de palácio e museu como não se via desde o apogeu dos Médicis, um monstrengo arquitetônico com pedaços de palácios, abadias e conventos europeus, entulhado de estátuas, quadros, tapeçarias, sarcófagos romanos, escadarias barrocas, criptas góticas e tetos renascentistas. Ao deparar com sua piscina coberta — presunçosamente batizada de Piscina de Netuno —, Umberto Eco não se conteve: "É um misto do Alhambra com o metrô de Paris e o mictório de um califa, porém com mais majestade".

Em sua fortaleza amorosa, Hearst e Davies recebiam à tripa forra: banquetes à noite e piqueniques nos fins de semana, com direito a gincanas milionárias. Nove em cada dez *habitués* pertenciam à colônia cinematográfica. Welles lá jantou uma ou duas vezes — antes de filmar *Cidadão Kane*, é claro. Aldous Huxley também — antes de escrever *After many a summer dies the swan*, evidentemente. O cineasta não devia favor algum ao ogro da comunicação. O escritor devia. Fora como correspondente da cadeia de jornais de Hearst que Huxley sobrevivera no sul da França, alguns anos antes de trocar a Europa pelos Estados Unidos.

Também o cisne morre não é apenas um *roman à clef*, estrelado por Hearst (ou melhor, Joseph Stoyte), Marion Davies (aliás, Virginia Maunciple) e dois personagens que soam como compósitos do autor e seu guru Gerald Heard. É, acima de tudo, uma parábola da loucura americana, do delírio arquitetônico de Los Angeles, do arrogante *nouveau-richismo* californiano e do mito de Titonos. Dela Huxley se aproveitou para também questionar o cinismo (sobretudo dos intelectuais), a crescente militarização da Europa, a visão romântica que, a seu ver, muitos tinham da Guerra Civil espanhola e atualizar sua retórica pacifista à luz dos últimos acontecimentos no outro lado do Atlântico.

O título saiu de um poema de Tennyson sobre a desdita de Titonos, o grego que, a pedido de Eos, a deusa da aurora, que por ele se apaixonara, Zeus tornou imortal, esquecendo-se, contudo, de conceder-lhe a juventude eterna. No poema, Titonos transforma-se numa "sombra cinzenta", num velho encarquilhado, a maldizer sua "imortalidade cruel" e a invejar "os homens felizes que têm o poder de morrer". O maior desejo de Jo Stoyte, o Hearst de Huxley, é poder comprar o único bem que lhe é inacessível: o dom da imortalidade. Tennyson escreveu uma tragédia em versos. O romance de Huxley guia-se por outro diapasão: é uma sátira que afinal descamba para o absurdo, para a ficção científica.

Em 27 de novembro de 1936, Huxley fez sua última conferência pacifista na Inglaterra. Quatro meses e uma semana depois, ele e a mulher, Maria, rumaram para Nova York a bordo do S.S. *Normandie*. Pretendiam ficar nove ou dez semanas na América, mas a crescente ameaça de uma nova guerra e o fracasso de sua campanha pacifista na Inglaterra forçaram o casal à expatriação permanente. Viajaram de costa a costa, naquela primavera, passaram o verão no rancho de Frieda Lawrence (viúva de D.H.), perto de Taos (Novo México), onde Huxley terminou *Ends and Means*, coletânea de ensaios sobre a aptidão da humanidade para resistir às tentações e aos perigos da guerra. Embora tivesse jurado que não faria palestras na América, acompanhou Gerald Heard num *tour* de conferências por diversas cidades. A mudança para Los Angeles foi uma sugestão de Jacob Zeitlin, seu agente literário, que volta e meia lhe falava, com entusiasmo, das atividades de F. Scott Fitzgerald, William Faulkner e outros escritores nos grandes estúdios e no especial interesse da indústria cinematográfica por autores ingleses.

Encorajados pelos romances que Somerset Maugham e H. G. Wells haviam vendido, recentemente, para Hollywood, Anthony Powell e P. G. Wodehouse foram tentar a sorte por lá em 1937. Deram-se mal. Powell arrumou um agente, mas este morreu de repente, em pleno Hollywood Boulevard, antes mesmo de articular um encontro do escritor com algum produtor. Deprimido, Powell se mandou. No ano e meio em que viveu em Los Angeles, Wodehouse não conseguiu emplacar um só script, voltando para Londres um mês antes de Aldous, Maria e o filho Matthew chegarem à cidade. Huxley estabeleceu-se na Califórnia em condições favoráveis. Tamanho era o interesse em sua grife, que a poderosa agência William Morris ofereceu a Zeitlin os dez por cento de sua comissão só para "ter a honra" de representar o escritor.

Nas primeiras semanas os Huxley moraram no legendário condomínio Garden of Allah, onde também residiam Fitzgerald e S. J. Perelman. Pelo menos quatro vezes nos treze meses seguintes eles mudariam de pouso em Hollywood. Ficaram logo amigos de Chaplin, Paulette Goddard, Greta Garbo, da roteirista Anita Loos e da confraria intelectual integrada por Chistopher Isherwood, Thomas Mann e Igor Stravinsky. Quase no vermelho, Huxley aceitou um convite da MGM, engrossando assim a colônia literária de Culver City, de que já faziam parte Fitzgerald, Perelman, Dorothy Parker, Moss Hart, Robert Benchley, Stephen Vincent Benét, Ben Hecht e Charles MacArthur. Seu primeiro trabalho seria uma biografia de

Madame Curie, estrelada por Greer Garson, que apesar de filmada em 1938 só estrearia cinco anos mais tarde, sem o nome de Huxley nos créditos.

Em outubro de 1938, com oito meses de Los Angeles e já metido na produção de *Madame Curie*, Huxley pôs de lado uma obra ambiciosa, que tocava lentamente: *Success*, sátira sobre um fabricante de salsichas que o marketing publicitário transformava em celebridade nacional, num misto de P. T. Barnum e Babbit com o Gumbril de *Antic Hay*. Fixara-se em outra ideia, uma "pequena fantasia" ambientada na Califórnia, uma "*wild extravaganza*", conforme a definiu para Harold Raymond, da editora Chatto and Windus. "Se bem que construída com elementos psicológicos solidamente realistas", acrescentou na mesma carta. Não escondia de ninguém que a inspiração lhe viera do contato com Hearst, em San Simeon, e do desejo de demonstrar como a busca da vida eterna é tão sem sentido quanto a acumulação obsessiva de riquezas. Em novembro começou a escrever sua parábola sobre a cobiça.

Pouco se sabe do passado de Jo Stoyte. Fugiu da casa do pai e da avó, em Nashville (Tennessee), foi adotado por um tio que era a ovelha negra da família e morava na Califórnia, tinha o apelido de Rolha de Poço e Chico Boia no colégio e, como Paul Getty, enriqueceu com o petróleo. A impressão que dá é a de ser dono de boa parte da Califórnia e de quase tudo na área de Los Angeles. Certamente de sua propriedade é um estrambótico cemitério para celebridades, o Panteão Beverly, com réplicas da Torre de Pisa (mas sem a inclinação), da tumba de Shakespeare e do Taj Mahal, fonte com "música colorida" (leia-se: musak celestial) e uma estatuária exuberante, do tipo "que se poderia esperar encontrar na sala de recepção de um bordel elegante do Rio de Janeiro", na descrição do autor. Huxley espelhou-se no Forest Lawn, a mais bem frequentada necrópole das estrelas do cinema americano e a primeira atração turística que sempre mostrava aos amigos de fora. O Forest Lawn também foi uma das inspirações do primoroso ensaio de Jessica Mitford sobre a indústria funerária nos Estados Unidos, "The american way of death", e da arrasadora sátira de Evelyn Waugh à glamourização da morte em Hollywood, *The Loved One*, adaptada ao cinema (*O ente querido*) por outro inglês, Tony Richardson, em 1964.

O segundo monumento ao *húbris* de Stoyte não é menos bizarro. O castelo onde mora na companhia de Virginia Maunciple — ex-stripper nascida em Oregon, com idade para ser sua neta e um fraco por morenos de cabelos lustrosos — é uma caricatura da caricatura que é San Simeon, com mármores por todo canto, quadros de Rubens e El Greco no vestíbulo, Vermeer no elevador, Rembrandt nos corredores, Watteau nos quartos e Winterhalter na copa. Até uma réplica da Gruta de Lourdes o castelo possui num de seus inúmeros jardins. Se existisse de verdade, certamente teria entrado no roteiro da *Viagem na irrealidade cotidiana*, empreendida por Umberto Eco, cujas descrições do *kitsch* californiano e, em particular, de San Simeon, muito se assemelham ao que Jeremy Pordage vê, com espanto, ao chegar pela primeira vez a Los Angeles, no final dos anos 1930.

Nada escapa ao sarcasmo de Huxley. Nem a fauna da cidade:

> Quase todas as moças que passavam pareciam absortas em preces silenciosas. Mas, pensando bem, Jeremy chegou à conclusão de que era chiclete aquilo que elas, incessantemente, ruminavam. Chiclete, e não Deus.

Pordage é um *scholar* britânico, o acadêmico que Huxley teria sido se o destino lhe tivesse pregado uma peça. Sistemático e contraditório como o escritor, também chegado a estudos esotéricos e com problemas de visão, sua vinda a Los Angeles foi providenciada por Stoyte, cujas veleidades filantrópicas rivalizam com suas ambições mecênicas. Além do Panteão Bervely, de um pomposo lar "para crianças enfermas" e da Universidade de Tarzana — que sonha transformar numa "Atenas moderna" — Stoyte tem o hábito de comprar incunábulos, bibliotecas e documentos raros, mesmo não sendo a leitura um de seus passatempos prediletos. Sua última aquisição, os Documentos Hauberk, precisam ser classificados e catalogados. Foi para isso que contratou os serviços de Pordage.

Antes de conhecer seu anfitrião pessoalmente, Pordage é apresentado a William Propter, o intelectual de plantão de Stoyte, seu amigo desde os bancos escolares. Estudioso da Contrarreforma, não por isso, mas por seu humanismo volúvel e por sua defesa da energia solar e da economia descentralizada, Propter é um Ersatz de Gerald Heard, com muitas células do próprio Huxley. Fisicamente não se parece com nenhum dos dois. Huxley e Heard eram muito magros e Propter é corpulento e não por acaso incomodado com a fama dos gordos como criaturas malévolas, a seu ver injustificável. Pacifista fanático, diz coisas que Huxley já dissera, com outras palavras, ou teria dito, com as mesmas sílabas e consoantes, dependendo das circunstâncias. Propter fala pelos cotovelos, razão pela qual Thomas Merton qualificou-o de "um dos mais tediosos personagens da literatura inglesa".

Pessimista em relação à ciência, às vantagens da longevidade e à suposta vocação humana para a bondade, Propter acredita que "quanto mais se vive, com maior quantidade de mal se entra, automaticamente, em contato", pois "ninguém entra automaticamente em contato com o bem". Seu ceticismo pouco difere da descrença com que Huxley olhava para trás e para frente. No meio de uma discussão sobre a Guerra Civil espanhola — que Huxley, aliás, combatia, indiscriminadamente — Propter faz o seguinte balanço dos últimos 150 anos da história europeia:

> Da Revolução Francesa saiu Napoleão. De Napoleão, o nacionalismo alemão. Do nacionalismo alemão, a guerra de 1870. Da guerra de 1870, a guerra de 1914. Da guerra de 1914, Hitler. Esses foram os efeitos ruins da Revolução Francesa. Os bons efeitos foram: a emancipação dos camponeses na França e a disseminação da democracia política. Ponha os bons efeitos num dos pratos da balança, os maus no outro, e veja para que lado a balança penderá. Depois execute a mesma operação com a Rússia. Ponha num dos pratos a abolição do czarismo e do capitalismo; no outro, ponha Stalin, a polícia secreta, a fome, os vinte anos de agruras suportadas por 150 milhões, a liquidação dos intelectuais, dos kulaks e dos velhos bolcheviques, as hordas de escravos nos campos de concentração; ponha a conscrição militar para todos, homens e mulheres, da infância à velhice, ponha a propaganda revolucionária que instigou a burguesia a inventar o fascismo.

Abanando a cabeça, ele prossegue:

> Ou consideremos a luta pela democracia na Espanha. Não há muito tempo, houve em toda a Europa outra luta pela democracia. Toda a prognose racional tem de basear-se na experiência passada. Pois bem; veja os resultados de 1914 e depois pergunte a si mesmo que probabilidade terão os legalistas de estabelecer um regime liberal ao cabo de uma longa guerra. Os outros estão ganhando; deste modo, jamais teremos a oportunidade de ver em que as circunstâncias e as paixões transformariam esses liberais bem intencionados...

Propter discute com Pete, jovem idealista que lutou na Espanha, um reformista moderno que morre de amores por miss Maunciple e trabalha como assistente do dr. Sigmund Obispo, cujo nome já é uma paródia. Amoral dublê de médico e prelado, Obispo é uma fusão do dr. Frankenstein com o wellsiano dr. Moreau, um geriatra prometeico exclusivamente a serviço de "Sua Majestade, o Rei Stoyte I, que preza aos céus seja também o último". Seu desafio à natureza, a Deus e a Cronos começa com a aplicação de injeções de testosterona no *gluteus medius* do patrão e evolui para persistentes testes com alcoóis graxos e vísceras de carpas, inspirados em experiências executadas num conde inglês com dois séculos de idade, ao qual chega através dos documentos entregues ao desvelo taxionômico de Jeremy Pordage.

Huxley terminou o romance na terceira semana de julho de 1939 e comemorou o acontecimento com um piquenique animado por Chaplin e diversos astros hollywoodianos, a que até Orson Welles, recém-contratado pela RKO, compareceu. Duas semanas depois, Huxley reiniciou sua faina na MGM, adaptando um clássico de Jane Austen, *Pride and Prejudice*, que, com Greer Garson e Laurence Olivier encabeçando o elenco, seria lançado no Brasil com o título de *Orgulho e preconceito*. Dos cinco scripts em que meteu a mão entre 1938 e 1951, esse foi o único pelo qual mereceu crédito na tela. Seis meses depois de seu encontro com Huxley, Welles começaria a rodar *Cidadão Kane*.

Os primeiros exemplares de *After many a summer dies the swam* chegaram às livrarias em novembro, com o avanço nazista desafiando o pertinaz pacifismo de Huxley. Os críticos ingleses, ao menos esses, não o receberam com chá e simpatia. Palavroso e inconvincente, queixou-se a maioria. Por que Hearst ameaçou, perseguiu e tentou chantagear Welles, por causa de *Cidadão Kane*, e nada fez contra Huxley foi uma pergunta que só no final da década de 1980 ganhou resposta satisfatória. Quem a deu foi David King Dunaway, que melhor do que ninguém pesquisou os últimos 26 anos do escritor. Huxley, descobriu Dunaway, foi salvo por uma briga entre Hearst e Louis B. Mayer, o poderoso chefão da MGM. Os dois haviam cortado relações por causa do intensivo apoio de Mayer a Herbert Hoover, que não era o republicano da preferência de Hearst. A desunião durou pouco tempo. O bastante, porém, para Huxley livrar-se de uma inevitável demissão.

SÉRGIO AUGUSTO

OBRAS DE ALDOUS HUXLEY PELA BIBLIOTECA AZUL:

Admirável mundo novo
Contos escolhidos
Contraponto
Os demônios de Loudun
Folhas inúteis
O gênio e a deusa
A ilha
O macaco e a essência
Moksha
As portas da percepção
Céu e inferno
Sem olhos em Gaza
A situação humana
O tempo deve parar
Também o cisne morre

ESTE LIVRO, COMPOSTO NA FONTE FAIRFIELD,
FOI IMPRESSO EM PÓLEN SOFT 70G NA GRÁFICA YANGRAF.
SÃO PAULO, BRASIL, MARÇO DE 2014.